很多时候头脑中的爱并非真实存在的。

丁锐 著

缘来是你
YUAN LAI SHI NI

项目策划：王小碧
责任编辑：王小碧
责任校对：荆　菁
封面设计：北京精准互动科技有限公司
责任印制：王　炜

图书在版编目（CIP）数据

缘来是你 / 丁锐著. — 成都：四川大学出版社，2021.8
ISBN 978-7-5690-4451-5

Ⅰ．①缘… Ⅱ．①丁… Ⅲ．①长篇小说－中国－当代 Ⅳ．① I247.5

中国版本图书馆 CIP 数据核字（2021）第 013335 号

书　名	缘来是你 YUANLAISHINI
著　　者	丁　锐
出　　版	四川大学出版社
地　　址	成都市一环路南一段 24 号（610065）
发　　行	四川大学出版社
书　　号	ISBN 978-7-5690-4451-5
印前制作	北京精准互动科技有限公司
印　　刷	涿州军迪印刷有限公司
成品尺寸	145mm×210mm
印　　张	7.875
字　　数	224 千字
版　　次	2021 年 8 月第 1 版
印　　次	2021 年 8 月第 1 次印刷
定　　价	48.00 元

版权所有 ◆ 侵权必究

◆ 读者邮购本书，请与本社发行科联系。
　电话：(028)85408408/(028)85401670/
　(028)86408023　邮政编码：610065
◆ 本社图书如有印装质量问题，请寄回出版社调换。
◆ 网址：http://press.scu.edu.cn

四川大学出版社
微信公众号

序　言

　　时隔很多年，再次来到西藏的这片湖泊边。

　　回忆真是奇怪，总是猝不及防地袭来，汹涌又不动声色。赵伟平站在澄澈的夜空下，极为罕见地红了眼眶。

　　此时此刻，像十几年前的那个冬天一样。其实那晚的细节赵伟平已经记不清楚，也不记得曾经和高月在机缘巧合下拍的那张照片，但是站在这零下二十多度的冷空气中，想到已经和自己结婚的高月，想到自己的过往，一种怅然若失的感觉侵占了赵伟平的大脑，并且很久都没有消失。回忆起生命中路过的那些人，其实结局早已注定，只是在命运的捉弄下没有人能看得真切。

　　有细碎的动静在赵伟平的耳边响起，他回头发现是旅店老板的狗来了，在西藏基本每家每户都会养狗，它虽然看起来有些凶狠，但在夜空下又有些脆弱。动物有时也是很感性的，尤其是狗，或许越是接近大自然，人的感情就越质朴，赵伟平看了看狗，是一只拉布拉多，狗也回望赵伟平，一人一狗站在空旷的夜空下，除了呼吸声，只剩下没完没了的寂静。

　　那个曾经深埋在心底却不愿意回想起来的人，此刻就这么直白地出现在赵伟平的脑海里——陆文洁。其实，在地震发生后的很长一段时间里，赵伟平都不愿意再谈感情，他内心难以言表的情感好像随着那场地震一起化为废墟，像是一场电影在高潮迭起的地方戛然而止，令人无法接受，身处其中的赵伟平也走不出来。那段日子他的事业虽然发展很顺利，但是他却像是丢了魂，约定好度过一生的女人突然不存在了,而他只能眼睁睁看着、经历着、感受着却无法改变,那是赵伟平最不愿意回忆起的一段日子。好在命运是仁慈的,经历了这么多事情之后,赵伟平最终遇到了高月,这个陪伴他一生的女人。其实高月和陆文洁的性格一点也不像,陆文洁古灵精怪,让人又恨又爱,她的脑子里好像有无穷无尽的灵感和创造力,让人不得不沉溺在她的奇妙世界里,那是一种过山车一般跌宕起伏、充满着不确定和惊喜的生活。高月则截然不同,如果说陆文洁是浪漫主义,那么高月则是现实主义,她对自己的生活总是拿捏得恰到好处,能够坦然从容地安排好自己每一天的行程,温和又妥帖,永远井井有条又从容不迫。高月的出现是及时又幸运的,至少对赵伟平来说是这样,与陆文洁在一起的浪漫与惊险被高月的从容与安稳慢慢抚平。其实生命将会在哪一刻结束,我们全然不知,我们被迫接受着命运的不确定性,又必须告诉自己要坚持、要抗争,不能就此倒下。赵伟平曾一度因害怕自己遗忘陆文洁而对高月一次又一次地疏远,但无数的夜不能寐和入骨的思念告诉他,陆文洁永远都不会被忘记,只是像一颗时间胶囊一般被锁在记忆的最深处。毕竟生活仍要继续,谁也不能将自己永远限制在看不到尽头的无期徒刑里。赵伟平只是囿于自我,害怕再次付出罢了,所幸在高月的帮助下,赵伟平看清了自己的心意并且勇敢地爱上了她。

  人生中遇到的每一个人都是命中注定,都有他存在的道理,没有无缘无故的相遇,也没有平白无故的别离。李冰是一个温柔又暴戾的女孩,是真正活在现实中的人,她精于柴米油盐的小日子,这能够让很多男人动容,另一方面,她的刻薄精明、精于算计又让赵伟平不免有些抗拒。和李冰一样,许多面孔在赵伟平的脑海里匆匆闪现又离开,现在看来,她们都是一些步履不停的过客。这是一种莫名的体验,与一些人相遇,付出感情,在情感中感动又很快失望,直到最后接受这些人的离开,他们的踪迹就像这些湖泊的浪花,席卷过后很难留下什么。如果说真正得到的,或许是那段日子里真心实意的陪伴。"陪伴"这个词足以抵消相处过程中所有的不愉快，最终这些过程也变成了生命中宝贵的经历。

手机发出了清晰的响声，是高月。这次两人因为一些小事吵了架，结婚以来虽然也有过争执，但这样的争吵还是第一次。其实赵伟平是有私心的，那天翻相册无意中看到一张在西藏的合影，原来很多年前自己就已经和高月相遇。命运有时候还真比电影情节更巧合，就像上天提前安排好一样。那时候自己还在西藏当兵，是个一心只想着如何完成任务的军人，没有李冰更没有陆文洁。原来很早以前他和高月就已经于冥冥之中见过面。赵伟平对这一切有种感动和感慨，借这次吵架他给自己放了假，既是为了放松心情，更是为了缅怀过去。其实赵伟平心里早就已经投降，没想到高月的电话先一步打来。

很多时候头脑中的爱并非真实存在的。在提及爱情时，我们或许会想到宇宙、银河、流星，浪漫而缥缈，但回归生活，我们会发现，爱永远是一剂维持生命的良药，它永远与现实无法分隔开。不去祈求马尔克斯笔下的唯一与守候，不必眷恋《倾城之恋》里的不朽与浪漫，真实的爱情无须依赖任何一种参照物，当它发生时，它就已经变得特别而又不可复制。

目 录
contents

001 ‖ 第一章　初识荆州
011 ‖ 第二章　意外横祸
020 ‖ 第三章　圣诞夜话
027 ‖ 第四章　公司爱情
033 ‖ 第五章　往事不如烟
043 ‖ 第六章　若尔盖的风
053 ‖ 第七章　霓虹日记
059 ‖ 第八章　微醺的夜晚
065 ‖ 第九章　人在西游
074 ‖ 第十章　坍缩的波函数
080 ‖ 第十一章　彷徨
089 ‖ 第十二章　往昔如昨
098 ‖ 第十三章　纸上的烙印
109 ‖ 第十四章　销蚀的真相
119 ‖ 第十五章　斩断往事

128 ‖ 第十六章　迷茫的晨曦

137 ‖ 第十七章　岁月的余烬

145 ‖ 第十八章　尘封往事

154 ‖ 第十九章　云端的钟声

163 ‖ 第二十章　尘埃的方向

173 ‖ 第二十一章　青涩年华

182 ‖ 第二十二章　夜

189 ‖ 第二十三章　断

197 ‖ 第二十四章　窥探真实

206 ‖ 第二十五章　残忍的愚弄

215 ‖ 第二十六章　愿她余生幸福

224 ‖ 第二十七章　破碎的尘埃

234 ‖ 第二十八章　梦的终点

第一章　初识荆州

这是一座风尘仆仆的小城。

之所以说风尘仆仆，是因为荆州的每个角落都透露着20世纪80年代的样子，朦胧、灰暗、清冷、低饱和度。即使是科技飞速发展的21世纪，荆州却仍保持着自己老旧沉稳的步调，缓缓地、轻轻地、力不从心地迈向这个完全不属于它的新时代。

至少高月第一眼看到荆州时是这样想的。

嘈杂的火车站里回响着此起彼伏的叫卖声。背着自己便携的双肩包，高月回头看了看透露着陈旧的"荆州站"的牌子，至少自己想象中的古都绝不是这个样子。那个浪漫的楚国、如痴如幻的春秋战国时期已经不复存在，只剩下一堆除去浪漫的现代化废墟。

高月来到之前预定的小旅馆，位于郢都路的阳光旅馆。这次出来是单独行动，高月在台里提议做一档历史名城旅游节目，总编导让她先实地考察，第一站定在荆州古都江陵。其实高月是有苦说不出，作为一个记者出身的资深新闻人士，自己所在的频道却是《生活对对碰》。《生活对对碰》里除了婆媳不和就是小两口情杀案，所以相比于采访这些，高月倒是更愿意来这里过几天清静日子。

其实，说起《生活对对碰》这个栏目，高月就气不打一处来。之前她所在的频道是《新闻早知道》，每天凌晨四点就要出任务、准备播晨报，再苦再累高月都没有一句怨言。前不久高月发现台里领导包庇上层领导的子女，制造掩人耳目的假新闻，这一点高月忍受不了，当场与领导较真起来，结果可想而知，第二天高月就被分配到了她最瞧不上的《生活对对碰》栏目。

　　三年前，高月从国内一所较有名气的大学毕业，从高中毕业填志愿选新闻系的那一刻起，高月就做好了努力成为一名好记者的准备。在高月的世界里，好与坏、善与恶，是泾渭分明、不容混淆的，她眼睛里是揉不得沙子的。即使毕业三年，在社会上吃过不少亏，比如这一次被分配到效益不好的栏目，高月也没有动摇过她的原则。

　　第二天一早，高月带着相机前往关羽祠，因为这是离阳光旅馆最近的景点。

　　她到达时已经是上午十点，由于是周一，关羽祠游客稀少。明代初年，荆州百姓为纪念关公，在卸甲山修建关羽祠，以关公忠、义、仁、勇的精神，教育后人"读好书、说好话、行好事、做好人"。走近时，极为考究的对称型建筑就出现在眼前，朱墙碧瓦颇具古韵，两人高的红墙上写着"关羽祠"三个大字。往里走是不同的院落，供奉着不同的神像，还有一段仿照长城修筑的城墙，在一个较为宽敞的院子里的关羽的雕像，威严肃穆，令人肃然起敬。这让高月想起小时候和爸爸一起画的关云长，想起小时候那幅吹胡子瞪眼的关羽画像，高月有些感慨地拿起相机一通拍摄。她没有太过注意，那个雕像底下站着三个男人，行色匆匆，可能他们做梦也不会想到，自己的五官和手里用黑布包裹着的东西会被一个不经意间的镜头完整记录下来。

　　在雕像下拍完照后，高月又拿着相机四处观察，在一个石凳上，她拿出自己的笔记本，认真记录观察到的取景地和节目策划重点，并认真检查了自己刚刚拍下的照片，确认了几个值得大做文章的细节，洋洋洒洒地写下了一大篇笔记。再抬头时已经是晌午，她快速收拾自己的行李离开。吃过午饭后，她又在古城里四处寻找特产和小吃，下午按计划去了荆州博物馆。

　　在一个小吃摊吃晚饭的时候，高月听旁边的食客闲聊，偶然间听他们谈起最近的一起文物失窃案，出于好奇她便上网搜索了一下相关新闻，这才知道了事情的始末。

两天前，荆州市白云镇双门村3组出土了一组战国编钟，全套编钟包括钮钟17件，甬钟42件，钟上均铸有篆书铭文，共2800余字。编钟上的内容全面地反映了战国时期乐律达到的高度，其不仅本身价值连城，对考察战国经济政治历史也有重要意义。除此之外，还出土有一些瓷器和珍贵文献，是一个农民在翻地时偶然发现的，他发现土地里有瓷器后就紧急联系了村主任，当天专家连夜赶到，经鉴定这些确实是战国遗物。然而就在准备运送文物的第二天却出现了大问题，编钟的5件钮钟和10件甬钟以及数十件精美瓷器不见了，显然是有人偷盗了文物。编钟原本是极为严谨的演奏乐器，缺一不可，显然偷盗的人不懂乐理，才会偷走了编钟的一部分，那么偷盗的人极有可能就住在双门村。警察虽然挨家挨户对双门村进行排查，但并没有结果。这是最近荆州公安局里最大的案件，因此今天公安局里的一大半警察都去了双门村。

高月当时只是祈祷尽快抓到犯人，让文物回到博物馆和考古专家的保护中去，却没想到她会被搅进这档子事中。当晚她回到旅馆，整理白天拍摄的照片时，看到在关羽祠拍摄的那些。她对那张关羽雕像的照片十分满意，就是下面的那些人有点碍眼。这张照片是拍武圣大人的，而这几个寻常的人杵在画面中，实在是让人不舒服。高月不快地看了他们几眼，猛然发现了不对劲的地方，他们之中有几个人手上提着包裹，其中一个包裹没有包紧，露出了里面东西的一个角，高月定睛一看，这不是编钟吗？

高月马上打开了新闻，将照片上那个包裹里露出来的东西和出土的文物照片反复对比，结果有七八成的把握认为那就是失窃的编钟。她不敢犹豫，马上带着照片来到了公安局。

警方正愁没有线索，高月的到来对他们无疑是雪中送炭。第二天，警方就将照片带到双门村。经过指认，警方发现这几个人来自附近几个不同村子，但都相距不远，显然是听到风声后动了歪心思。当晚，警察分别在这几个人家中蹲点抓到了犯罪嫌疑人。

这已经是高月到荆州的第四天，她探访了张居正故居、章华寺等几个有古韵的景点。今天她去的是一个距离主城区有一个半小时车程的古镇,古镇几乎没有被开发过,镇子的边缘被一座水库包围,水库又被堤岸环绕,一天只有两趟进城的班车。看着这个淳朴的古镇,高月难得闲下来多拍了几张照片,回去时已是暮色时分。她坐在班车上不知不觉睡着了,一觉醒来天已经完全黑透了。从班车上下来,高月琢磨着回去的路,不知不觉地走进了一条僻静的小巷子。

眼看巷子已经到头了,是个死胡同。高月正准备转身,却被人从后面一脚踹在地上,头着地的那一刻,高月感到一阵眩晕,还没她等回过神,后面又涌来了几个人。看衣着像是附近镇子上的小混混,总共五个人,其中有四个穿着紧身牛仔裤,带头的那个剃着寸头,穿一件黑色T恤,脖子上戴着一条金项链,还是个大花臂。

"谁啊,你们?"高月捂着头大声喊。

"你坏了老子的事,老子是你爸爸。"

其实在看到这群人时,高月已经在心里揣测过,可能是偷文物那帮白云镇的混混,这下她更加确定了。

从公安局出来时,高月已经有了防备的心,专门去店里买了辣椒粉,只可惜还没从包里拿出来就被一群人拳打脚踢。

"你们还是人吗?打女人!"

"老子今天不只打你,还要废了你,管你是男人还是女人。"

几个年轻男人的脚一起踢在高月身上,高月几乎喘不过气,但她知道必须求救,于是她承受着剧痛大声呼救。

没有人来,除了混混们嘴里的叫骂声,没有其他声音,猛然有人踢中了高月的耳朵,高月的脑袋里只剩下嗡嗡声。

头上和身上不断被踢的疼痛让高月出现短暂性窒息,就在她感到绝望的时候,忽然感觉身上受到的攻击在减少,并且有一道雄浑的男声在驱逐那些小混混。高月勉强抬头,只见一个身形健硕的年轻男子,正挺立在她的面前保护她。高月只看得见他的背影,但是她知道,面前这个人就是自己的救星。

后来高月多次回想起那天发生的事情,不禁感叹命运的无常。一些人总会在命运的驱使下,在关键时刻出现,没有原因也没有预兆,然后为另一个人的世界带来翻天覆地的变化。就像这一次的相遇对高月来说多多少少带了点魔幻色彩,还有些像是电影里的老套情节,高月后来再回忆起那天的事情,总感到格外不真实。又或许是回忆放大了赵伟平的英勇形象,但是在那一刻,赵伟平就像个英雄一样登场了。

赵伟平一边护着高月,一边驱逐他们,并说要报警。小混混们试图围攻赵伟平,却被赵伟平轻松地逐个击退。但是为了保护高月,赵伟平也没敢追击。混混们没有想到救人的赵伟平身手矫捷,出手干脆利落,显然是练过的。琢磨着打不过,带头的那个人使了眼色,一群人快速撤退了。

高月感到剧烈的疼痛,根本说不出话。看到高月实在虚弱,赵伟平也没说话,把人背上直接送到了医院。处理伤口之后,高月从急诊室被转入普通病房时已经是夜里一点多。高月左手臂险些骨折,身体多处被踢破流血,最严重的还是被打倒在地上的那一下,引起了轻微脑震荡。赵伟平不知道如何联系高月的家人和朋友,此时高月也缺个人照顾,于是他没有离开,借了张椅子,在高月的病床边守了一夜。

第二天,高月是从疼痛中醒过来的。醒过来时,她首先注意到的是躺在椅子上熟睡的陌生男人,没过多久,赵伟平也醒了过来。

赵伟平见高月醒了,马上来到了床边,关切地问:"醒了?"

高月虽然右脸被擦破了皮、肿了起来,但还是睁大了眼睛笑起来,五官里都是笑意。

"是你救了我吧,谢谢,非常感谢!要不是你及时出现,我都不晓得自己现在是否还活着。"

"我住在巷子附近,听到有人喊救命,就过去了。举手之劳而已,你客气了。"

"哪里是举手之劳,不过你身手真好,直接就把几个混混打跑了。"

"也不看看我多大岁数,那帮混混还没出生我就在打群架了。"

听到这句话,高月没忍住笑了出来,赵伟平看样子顶多也只有二十五六岁,比那帮小混混大不了多少,不过看着他故作老成的样子,高月还是觉得十分好笑。

"我看你最多二十五。"

"小姑娘看着机灵,眼力还是不行啊。"

虽然是简单的几句话,其中的幽默感却消解了高月开口之前的陌生与紧张。后来在聊天中,高月才知道赵伟平以前当过兵,小时候还练过散打,所以几个混混对他来说不是问题。两人聊了一会儿,高月才突然想起来医药费的问题。

"对了,医药费是你出的吗,等出院了我把钱给你。"

"哪能是我出啊,公安局最后来人了解完情况,和医院协调给报销了。"

"公安局还给报销这个?"

"是真的。住院的时候拿你身份证登记了一下,知道你叫高月,然后我去派出所报案,一说你叫高月,他们就跟我说之前有个小姑娘帮他们找回了一批文物,有可能就是你,过来一看果然是。就在刚才,公安局专门派人过来,硬要给你报销医药费,我钱掏出来没用上。"

"不会吧?你肯定在骗我,我不相信。"虽然嘴上在否定,但高月的脸上还是不自觉地露出了笑容。

"骗你干吗,你看我像是那种高风亮节的人吗?"

"好的,好的,知道了。"

他简单的几句话,就让气氛变得十分轻松。高月打量着面前的这个男人,五官端正、一身正气,给人一种安全感,忽然沉沉地叹了口气。

其实独自一个人出来考察是需要很大勇气的,并不是独自出行的勇气,而是承担起考察新节目的责任——无论怎么做都可能会有人不满意。这几天独来独往,除了给父母和几个关系铁的朋友打了几通电话,其他时间都是高月一个人行动,巷子里被混混们报复的时候更是让高月感到绝望。这时候,赵伟平的出现无疑是最后一根稻草,赵伟平的亲切幽默压垮了高月这些天包括醒来之后一直努力维持的乐观和坚强,说这句话时,高月的眼泪突然间就掉了下来。

这种行为其实有些像对父母撒娇或者示弱,高月突如其来的眼泪让赵伟平有些不知所措,他最不擅长的就是安慰别人,比安慰别人更不擅长的是止住女人的眼泪。原本赵伟平并不是一个爱管闲事的人,他原本计划等高月醒过来,解释清楚就走,却意外看到了高月傻笑的脸颊,她就像是自己的家人,赵伟平想把她当成自己妹妹疼爱。再加上高月一开口就是真诚的感谢,经历过昨天那样的事,她第一反应还是笑着,这样的人在生活中的确是少见的,至少赵伟平是第一次遇到,他心里认定了这个妹妹。

高月突如其来的哭泣吓了赵伟平一跳。虽然不清楚高月为什么哭,赵伟平还是留下来耐心地递纸巾给高月,他顺势坐在床边,并没有开口问她为什么。赵伟平知道,这种时候他所能做的就只有安静。两人只是静静地坐着,高月的脑袋就这么不自觉地靠过来,一开始只是小声啜泣,到后来越哭越厉害,直到最后话都说不出来。

赵伟平心有所感,又有些无奈,没有开口多问。

直到高月的情绪稳了,她才自己开口向赵伟平倾诉最近的遭遇,包括工作上得罪上司和偶然破案的事。听高月讲完这些,赵伟平才慢慢理解她这场突然爆发的情绪。他用一贯的幽默安慰高月,并且和高月约定好,回北京有什么不如意的都可以和他这位大哥倾诉,他会把高月当成自己妹妹一样看待。

再往后的几天,赵伟平都是白天来医院,晚上回酒店。赵伟平这次出来原本是散心的,一年前的那件事给赵伟平的生活带来了很大的改变,时至今日依然影响着他的生活方式。前些天完成一个重要的招标任务后,赵伟平决定给自己放个假,于是选择了荆州,这个对他来说具有特别意义的地方。从某种意义上讲,他也算是履行了几年前的承诺。荆州原本就小,再加上已经待了好几天,所以照顾高月对赵伟平来说并不影响什么。他每天会挑选一些清淡且不重样的食物拿到医院,在整个过程中,赵伟平都以纯粹照顾妹妹的心态帮助高月。但他不知道的是，在女孩子最需要关爱的时刻这样照顾她，对女孩子来说是致命的，尤其是高月这种难得表露出自己脆弱的女孩子。在高月的心里，赵伟平已经是一个特别的存在，特别到若是在医院没看到他的身影她便会失落，夜晚回想起白天相处的时光她便会禁不住地微笑。她试探过赵伟平是否有女朋友，赵伟平十分干脆地说没有，这更让高月始终抱有不着边际的幻想。

后来某一天晚上，护士过来查房，闲聊中高月才知道，公安局压根儿没有给高月报销医药费，当时公安局只是派人过来慰问，然后就走了，是赵伟平自己掏钱交的医药费，根本没有报销这回事，只不过当时高月正在昏迷当中，完全不知情。赵伟平的举动是出于好心，但这种做法在高月眼里却变成了暧昧和关心。

四天后，赵伟平因为公司的事情必须返回北京，当天下午在高月热情的邀请下，两人约好一起看场电影。经过几天的休养，高月再过一两天也能出院了。高月的身体其实没有大碍，只是医生需要确认轻度脑震荡对她的大脑是否造成了伤害，这关系到对那几个肇事人员的量刑，高月这才又在医院待了几天。

两人到了电影院，高月选了个爱情片。其实赵伟平完全没有看爱情剧的心情，他是看高月很感兴趣才愿意看这个。赵伟平不知道的是，高月完全没把心思放在剧情上，她只是希望时间能够慢一点，再慢一点。

从电影院出来时已经是下午四点，高月不愿意就这么回去，就编造了一大堆理由让赵伟平留下，最后高月以感谢赵伟平为理由，要请他吃晚饭，延长了这个小小的约会时间。

高月兴致勃勃地在手机上查询附近的餐饮，最终选定一家炒菜店，两人打车来到了这里。这时候还远没到吃饭时间，恰好餐厅的位置在高月之前考察过的章华寺旁边，于是在高月的提议下，两人决定在晚饭前一起逛逛古寺。

章华寺原名章台寺，原本是皇家的行宫，后来才改的名字，寺院的修建风格也具有皇家气派。不仅有十多个殿堂，还有许多之前的宫廷珍品。章华寺从外观上看是宫廷式的建筑风格,呈对称式格局,左右两边的分殿里都摆放着金碧辉煌的佛像。信仰对于赵伟平来说是一件值得尊重的事,尽管他不信教派,但是来到这种崇奉神灵的地方,他总会认真跪拜。

再往里走,是一间陈列着各种珍品的房间,珍品用玻璃罩罩着,独立摆放在定制的木架上,下面写着珍品的出处,其中还有清代皇室御赠的《龙藏》。看完一圈,高月又在脑袋里想出了许多个关于节目的主意。

走出来的时候,赵伟平开口道:"这个细腰宫我看还是比名字有内涵多了。""什么细腰宫?"高月完全沉浸在自己构想的节目定位和节目受众里,猝不及防被赵伟平冷不丁的评价拉回了现实。

"这不是古人楚王的细腰宫?"

"这里吗?"

"没错,荆州是古城,章华寺以前是楚王的一个行宫,看到这些殿了没? 全都是楚王修的,不然也不会这么气派。楚王喜欢腰细的女人,这里的宫女都拼命减肥想让自己瘦一点,所以就叫细腰宫。我看楚王可能是个穿越过去的现代人。"

"赵大哥,可以,文化人。"

高月心里对赵伟平的好感又提升不少,这人看着不怎么认真,原来知道这么多冷门的知识。

从陈列馆里出来后,两人来到章华寺有名的银杏古树下。章华寺里有"四古之绝",其中一个就是眼前的银杏古树,还有三个分别是章华古梅、沉香古井、石碑古刻,都是些风雅的名字,实际上也就是平凡无奇的古井和石碑。由于时值深秋,寺里的梅花还没开,章华古梅也只能看见光秃秃的树枝,没想到在古树前却看到了意料之外的美景。

几棵参天的银杏几乎遮住了天空,金黄色的叶子落了满地,地上、空中、手边全部是金黄色,搭配旁边的古建筑有一种破碎迷离的美感,时空被无限制地拉长,这里像是被隔绝在时间之外的另一个空间,除了目光所及的美景,已经再没有其他干扰。

赵伟平和高月一样,被眼前的银杏落叶吸引住,嘴里不停地说着赞叹的话,直到被一个叫喊声吸引。

"银杏树下求姻缘,天上人间不羡仙。二位,相见便是缘,来求个签?"

这时候两人才注意到中间那棵最大的树底下坐着个人,此人看起来二十出头,伸长了腿靠在树下,嘴里还叼着银杏叶子,他面前的地上有一块大黑布,上面放着一个求签筒和一些字符。这人看上去散漫随意,但是面容俊秀,还有些书生气质,可能是哪个大学里的学生出来勤工俭学,而赵伟平觉得他就是骗钱花。

赵伟平原本不打算搭理他,但是眼前的假半仙显然是个聪明人。他继续开口说道:"不想测没关系,我这里的签可是全荆州出了名的,不信可以出去打听打听。不过我看你们俩感情倒是很好,尤其是这个姑娘这么温柔,估计结婚不成问题,算了算了。"

"这是我大哥,不过真有你说的那么准?那我求一签。"

结婚这句话成功吸引了高月,虽然知道面前的人是在骗钱,高月还是忍不住抽了一签。在高月的一再催促下,赵伟平也难得求了一签,对于这种形式上的事情,赵伟平以前从未有过,他虽然性格细腻,但本质上还是个粗糙的人,架不住高月的催促,赵伟平也就抽了一签,反正也不是什么要紧事。

抽签时赵伟平谁也没想,但是在某个关头心里还是出现了陆文洁的名字,后来看了看手上的竹签,是"下下签"。也难怪,人死怎么可能复生,这辈子也不可能了。话虽这么说,不难受却是假的,赵伟平的心情也因此有些低沉。

另一边的高月完全不同,她一心想的都是赵伟平,这一刻她已经确定自己喜欢上了赵伟平。但显然赵伟平只是把她当作妹妹,所以此时她怀着一种充满紧张与敬畏的心情望向这支签,只看到竹签上写着"上上签"。

第二章　意外横祸

与高月吃过晚饭的第二天,赵伟平就离开了荆州。

高月经历一波三折也终于出院了。她经历过那个黑暗的夜晚,也无心多做停留,没过几天也迫不及待地回到了北京。其实只有她自己明白,回北京不仅仅是为了工作,更多的是为了某个人。

赵伟平刚回北京就发生了一件十分棘手的事情,他的好兄弟王彪的公司破产了。

王彪是赵伟平家乡的传奇人物。赵伟平的老家在湖南的一个小镇,王彪是镇上的名人。

赵伟平当兵的时候,王彪选择了一条截然不同的路——下海经商。那个时代的年轻人能够选择的出路无外乎三个:下海经商、上大学、当兵。王彪和赵伟平是初中同学,每天上课一起捣蛋,臭味相投,原本两个人互相看不上眼,某次不打不相识却成了至交。毕业的时候,班主任谁也不可惜,就可惜这两个人。他们两个都是极为聪明的学生,无奈聪明没用对地方,最后都是高中没毕业就辍学出去了。后来那一批人该结婚的结婚,该生孩子的生孩子,兜兜转转,这两个人反倒成了那一届有出息的学生。

王彪小时候家里穷,穷到一般人难以想象的地步。当时已经是 20 世纪 90 年代,很少有家庭吃不起饭,但王彪的家里就是那样。一次王彪交不起学费,在去学校的路上反复犹豫,最后跑去老刘的油漆厂里发传单挣学费。中学的孩子是最要面子的,尤其是在同班同学面前更是损不得一点脸面。发传单的位置却刚好在同班同学放学必经的路上，王彪很快就被人认出来了。那是王彪遭受的一次最严重的心理折磨。每一个同学的目光都像刀子一样剜在他心上，他们每一次的窃窃私语都像是对他的嘲笑和凌迟。直到赵伟平经过路口，看见了头快埋进地缝里的王彪，询问过后才知道王彪没钱交学费。赵伟平什么也没说，第二天就帮王彪交了学费。直到很久以后，钱对于王彪来说都还一直是个心结，他一辈子都在拼命赚钱，就是为了摆脱小时候那样的窘境。

这个交情王彪记了一辈子。虽然那学期还没过完王彪就去海南谋事了，但他与赵伟平生命的交点好像就从那次交学费才真正开始。

头几年，王彪只是在海南一些偏僻的县城里打工，开始他什么活儿都干，进工厂打工搬砖头、去进口玩具修理厂制作零配件……很快王彪就不满足于每天12块钱的工资，他努力地工作，业余时间再找一些散活儿干，终于攒到了一点钱。于是，他毫不犹豫地离开了这个工厂，打算出去闯一闯。

后来经一个远房舅舅介绍，王彪到了陈华汽配厂修理配件。那时候王彪还小，也上进，没几年就成了经理，后来在汽配厂遇到一个山东老板，眼看汽配厂没什么大的发展前途，王彪很快便决定和山东老板一起去山东。

王彪干了不久后就召集了一批人马出来单干。当时已经是1996年，越来越多的人开始用信用卡，王彪联系一些大公司的老板，完成一单业务基本有一半的利润，到过年时，王彪清算了一下才发现，自己已是个身价百万的有钱人。那一阵子王彪过得很奢侈，回老家时更是买豪车炫耀，也许还是年少轻狂，也许是小时候穷怕了，他回家做的第一件事就是重新盖房子，在当地来往必经的路口修了一幢两层小洋楼。那年村里没人不眼红那幢小洋楼。

第二年回到山东，王彪敏锐地发现政策已经发生变化，对信用卡行业要求越来越严格，他开始重新审视自己，思考什么事情该干，什么事情不该干。这也让他未来的路走得更稳了一些。

王彪在离开山东后又回到了自己最初创业的海口。这一次王彪和以前的老板合作经营房地产并不幸运。当时海口的地价还没有现在这么高，王彪和以前的老板一起投标买了一块废弃偏远的地，据老板打听，那片区域是政府即将大力投入建设的滨海新区。也许是王彪过于膨胀，轻易相信了老板的"打听"。买地后，房子建造了一半却迟迟没有看到政府的动静，王彪和老板只能暂时停工，那块地就那样作为一个半成品摆在城郊无人问津。王彪把自己前几年的心血全部投在了房子上面，一年过去，两年过去，甚至三年过去，那块地依旧是偏远的城郊，并没有被修建成传言中的滨海新区，或许更准确地说，可能一辈子也不会成为滨海新区。王彪这个时候才自己找人打听，最后得知政府当时只是有意将那块地所在的区域划在计划范围内，可惜没过两个月就换了领导，滨海新区的计划自然也就不了了之。这次挫折对王彪来说是致命的。前几年辛辛苦苦赚来的一百万一下子打了水漂，那个冬天是王彪人生中最难熬的一个冬天，临近过年，他全身上下只有不到500元，最后勉强凑钱买了火车票才回了家。

这次不严谨的行动为王彪带来更多的是反思。他是个好强的人，一向打碎了牙往肚子里吞，那年大年初三他就又回到了海口。为了东山再起，王彪又开始做一些小生意，凭借自己的踏实和勤劳，倒也能赚到一些钱。海口的经济环境相较于山东要好很多，再加上之前借出去的钱陆陆续续被还回来，王彪手头上渐渐又积累了一大笔积蓄。这个时候，王彪又抑制不住野心了，准备再一次创业。

当时是山西煤矿最红火的时候，下海的富商前赴后继地到山西开矿。或许是进入了千禧年，全国人民的致富激情前所未有的高涨，新的世纪带来的是另一番翻天覆地的变化。从跨入21世纪的第一秒开始，似乎一切都变得不一样起来，陈旧的观念也好，生活方式也罢，统统被抛在脑后，人们高喊着口号迫不及待地踏进了一个全新的纪元。

王彪的生活也从决定开煤矿那一刻发生了翻天覆地的变化。经过实地考察，他和当初陈华汽修厂的老板一起在山西开了第一家彪华煤矿,从此便一发不可收拾,巨额的利润让两人快速翻身,没过几年就有了亿万身家。王彪的名声也一下子传开,在老家,王彪成了一个传奇。金钱为王彪带来的不仅仅是荣誉、脸面,更重要的是尊重,这是王彪有钱以后才感受到的一种奢侈体验。村里的青年和中年男人纷纷找到王彪,请求他给自己一份工作。王彪还出钱给村里修路,在县城盖楼房廉价租给村子里进城谋职的人。政府为了表彰王彪,每年往他家里送锦旗。

原本以为苦日子已经彻底过去,但就在赵伟平回北京的这个深秋,王彪经历了人生中的又一个低谷。

煤矿生意在世纪初时十分火热,但随着新能源的开发,煤矿产业越来越萧条,王彪渐渐把注意力重新转到了房地产市场。原因是近十年来几乎每天都有新的楼盘建成,每天都有新的老板投入房地产行业,这似乎是一个长盛不衰的产业。成群结队的年轻人前赴后继地买房子,房子一下子成了当下最迫切的需求。房子不仅加快了公司挣钱、白领上班、都市人恋爱的步伐,更是加快了越来越多的人涌入北京的步伐。王彪就这样把自己的房地产公司开在了昌平。王彪独自开房地产公司也不过两年,虽然房子销售情况不错,但小区的建设一直还没有完成,就在工程快到尾期的时候,一个晴天霹雳以迅雷不及掩耳的速度向王彪劈过来。一块巨幕玻璃从高空坠落,砸死了在玻璃底下站着的六个人,包括一个包工头。

经营房地产的人都知道,对于一个老板来说,一下子死六个人是多么严重的打击。这六个人里有两个是亲兄弟,父母知道消息后无法接受20多岁的两个儿子一下子都没了,母亲当场心脏病发作死亡。父亲带着全家大大小小十几口人每天在王彪办公室门口围追堵截,王彪也为此被法院传唤,几个晚上都没合过眼。原本应付六家的赔偿还在王彪的能力范围内,更惨重的是王彪的对手也把王彪告上了法庭,没多久他就被抓了进去。

赵伟平刚赶回北京就听到了这个消息。王彪也在这时先给这个他最信赖的老朋友打了电话,在电话里交代自己的事情。王彪结过婚,但由于老婆出轨,他很快离婚了,留下一个三岁的儿子。王彪在人生最慌乱的时刻把儿子王磊托付给了赵伟平。赵伟平第一时间赶到王彪家,但让他没想到的是王彪的家里早被堵得水泄不通。

赵伟平用尽自己所有的人脉才把王彪保释出来。王彪出来的那一刻,赵伟平几乎不认识他了,原本壮实的身材几天下来就瘦了一圈,头发白了一半。赵伟平什么也没说,把手头的事暂时放下,和王彪去路边买了啤酒,两个男人在路边对吹了不知道多少瓶,后来啤酒换成了白酒。后来王彪已经醉得不像样,那是赵伟平第一次看到王彪不要命地喝酒。

"你打算怎么办?"赵伟平问。

"还能怎么办,赔啊。"王彪说着又猛灌了一口酒。

赵伟平看着王彪这憔悴的模样,心里很不是滋味:"你现在赔得起吗?这可不是一笔小数目。"

"赔不起也只能赔了,还能有什么办法?"王彪长叹了一声。

沉默片刻,赵伟平接着问道:"那你能承受得起吗?"

"那些失去亲人的家庭又承受得起吗?"王彪苦笑,"无论如何,事情已经发生了,那就要承担后果,这是改变不了的。我有这个责任,就算赔偿会要了我这条命,我也只能承受。"

赵伟平没有说话,只是举起酒瓶,和王彪接着喝了下去。

夜晚的和平里北街寂静无声,气温骤降,此刻只有无声喝酒的两个人。他们回忆起以前的事,赵伟平想起了陆文洁,再看到自己最铁的兄弟面临绝境,他第一次对人生感到心灰意冷。到后来两个人不再说话,所有的话都融进了酒里,直到天亮。

几乎整夜没睡的王彪第二天一早就赶到了现场。原先每天不停运转的工地已经没什么人了,只有一排临时搭建的活动板房。王彪走进了活动板房,在空荡荡的房间里静静地站着。

不久后,王彪准备离开,余光扫到其中一间活动板房里还有人,走近了才发现是个女人。女人一言不发地收拾东西和板房里的一些旧衣服。

"这里发生什么了？怎么停工了？"王彪开口试探。

"玻璃掉下来砸死人了。"

"那你在这儿干什么？"

"我丈夫就是被砸死的包工头，我来给他收东西，明天要火葬了，把这些一起烧了。"明明是天大的事，这个女人却一副平平淡淡的样子。动作也不徐不急，完全不像是一个死了老公的女人，王彪在心里暗自咒骂这个女人的冷漠。

"老板呢，怎么不找老板？"

"老板被告了，抓进去了，估计最近几年是出不来。前几天我打听了，公司也破产了。"

"这事发生有几天了吧，怎么现在才火化？"

"之前一直想找老板要钱，就留着。"

王彪点点头，原本已经准备转身离开了，女人却突然叫住了他。

"王老板，您看我丈夫能赔多少？"

王彪惊讶地转过头，女人才又解释说自己在宣传册上看到过王彪的照片。

"赔偿是肯定的，但以我目前的情况来看，还要等法院算清楚我公司的财产才能决定。"

"你公司的财产都在你自己名下吗？"

"大部分，现在正在做财产公证。其实还算不上破产，没有最后宣布。但坐不坐牢就不一定了。"

"那王老板方便跟我去别的地方聊聊吗？"

虽然不懂她在盘算什么，王彪还是点头同意了。两人一起来到附近一家咖啡馆，眼前的女人这才说出了自己的打算。她叫江衫，丈夫是王彪公司里的包工头张明泉，有一个五岁的儿子即将上小学，江衫自己在一家保险公司工作。

这个念头是她第一眼看到王彪就想出来的。她希望王彪能够担负她和儿子的生活重担。

两个看似毫无交集的人就这样走到了一起。江衫原本没想过会与王彪产生感情,但就在王彪答应照顾她们母子时,她突然意识到,这个男人或许会是自己可以依靠的那个人。工地上还是一片衰败和冷清,满地的落叶,江衫却对生活燃起了许久未曾有过的新的希望。

那之后的第二个星期一,王彪和江衫来到北京市通州区民政局注册结婚。没有祝福,没有未来,这场婚姻匆匆而来,两人面无表情地看着工作人员在红色的小本上盖下印章。王彪暂时住在通州一个没人知道的房子里,江衫主动提出帮他照顾三岁的儿子,那段时间,江衫请了一星期的假,每天按时为王彪准备午饭和晚饭。王彪察觉到了江衫的心意,但他并没有拒绝,毕竟他对江衫有愧疚之心。

王彪托赵伟平当自己的证婚人,当晚赵伟平来到王彪家。

其实赵伟平听到江衫名字时是有一丝怀疑的,但他很快说服了自己,毕竟世界上没有这样巧合的事情。

直到那天晚上,赵伟平应邀到王彪家中做客,看到江衫的那一刻,赵伟平觉得世界真小。

与江衫大概有四五年没见了,时间在她身上留下了鲜明的印记。和当初那个二十出头的年轻女孩不同,现在的江衫完全成了一个妈妈的模样,穿着宽松的大码衣服,头发散乱地盘在头顶,看得出是经历了柴米油盐的洗礼,洗去了身上属于年轻女孩特有的活泼和朝气,取而代之的是日复一日生活中的琐碎与疲惫。

"还是老样子。"江衫先打了招呼,语气中没有意外。其实在和王彪接触时江衫已经知道赵伟平和王彪的关系。那是一次推心置腹的促膝夜谈,当王彪说出自己最铁的老友叫赵伟平时,江衫不是没有惊讶,但现实带给了她太多出乎意料的打击,致使她在三分钟之内很快接受并消化了这件事,王彪的铁哥儿们赵伟平曾经与她是有过一段感情的。

提起旧情人,说完全没有感觉是不可能的,江衫的内心深处其实一直对赵伟平有着某种说不清道不明的柔情。时间好像在赵伟平身上有所停滞,他变得成熟而又举止得当,看上去也比以前更稳重了,穿着一身西装,时不时抬起手腕上的手表看时间,电话也一直响个不停。

以前的他可不是这样,江衫不由得一阵伤感。

"你也是啊,没变。"赵伟平回答。

"不是,我说,你们俩怎么走到一块儿了?"赵伟平问出自己的疑问。

"怎么?认识?"王彪似乎有点诧异。

"以前的老同事。好久没见了。"江衫用两句话把两人的关系搪塞过去,她向赵伟平使了眼色。或许是怕气氛尴尬,也或许只是不想让王彪知道,赵伟平没说话,默认了。

一进屋子,王彪就缠着赵伟平喝酒,于是屋子里顿时就变成两个男人喝酒聊天的地方,江衫忙前忙后地端上一盘又一盘菜,颇有些女主人的样子,看得出,王彪和江衫对于彼此的存在已经习以为常。

几轮下来,王彪显然已经陷入喝醉前的混沌,嘴里说着些不痛快的脏话,大多是发泄公司出事后自己心里的不痛快。

赵伟平借着这会儿起身上厕所,路过厨房时,江衫叫住了他。

"好久不见,这几年还好吗?"

"我就还那样呗,还成。你呢?"

"不算太好,这几年不太顺利。你结婚了吗,孩子多大了?"

"我还一个人,没结婚。"

"哦,那女朋友呢?"

"也没有,孤家寡人一个,挺惨的。"

"哎哟,那可真惨,你比我还惨。"

赵伟平看着憔悴的江衫不由得问了一句:"我记得你结婚了,离婚了吗?"

面对眼前的赵伟平,江衫语气很平淡地说:"老公在王彪的工地干活儿,出意外被砸死了。"

赵伟平听到后有些不知道怎么回答,说难过好像也谈不上。

"那……要赔的,你也别太难过,看开点……"

"这么多年,早看开了。他以前经常和我吵架,还爱下茶馆没日没夜地打麻将,我过得也不好。我算是受够了,死了也好!"

江衫一点儿没变,生活得太精明。赵伟平一下子明白了她的做法,丈夫死后就赶快找到下一个,和当初一样,一点儿也没变。

那晚王彪喝了个烂醉,赵伟平不顾王彪的阻拦坚持要回家。他关门时还能听到王彪醉倒在沙发上大声骂着脏话,显然心里的苦憋了很久,发泄起来便一发不可收拾。

赵伟平的家住在西二环,他坐着出租车路过了灯火灿烂的商圈,陷入了沉思。

当初的江衫是个好强又不认输的姑娘,虽然她有意美化现实,赵伟平还是清楚她嫁给了一个包工头,并且日子过得很拮据。这让赵伟平想起以前的一件小事,那时候两人在同一家公司,是不同部门的平级同事关系,赵伟平每个月可怜的工资全部拿来用作两人吃饭消费,江衫没有一丝心疼。想来扎根在一个人性格里的东西永远也不会改变,只是没想到没过几年,她竟然已经蹉跎成眼前的样子,生活还是苦涩多过幸福。

想到这里,赵伟平有些释然,摇上车窗在车里缓缓闭上了眼睛。

第三章　圣诞夜话

高月在回北京的第二周终于忍不住联系了赵伟平。

从荆州回北京后,高月认真地提交了自己的节目规划大纲。前几天每天加班到凌晨一点,提纲通过后她终于松了一口气。但紧接着一股无法化解的空洞感让高月喘不过气。这种空洞感里包含着对生活的疲惫和一种不明朗又复杂的想念。

高月想念的对象不是别人,正是在荆州遇到的赵伟平。

高月有个闺蜜许果珞,两人是大学同学,高月也是在许果珞的指导下经历了大学最深刻的一次恋爱,虽然那次恋爱因为现实原因不得不分手,但许果珞和高月的友谊就这样一直持续下来。

此时此刻,在拿不定主意的时候,高月把许果珞叫了出来。

两人上次聚会已经是两三周前,高月迫不及待地将形势分析给许果珞听,最终高月在许果珞的建议下决定先试试水。

恰逢圣诞节,高月以过节为由给赵伟平发了祝福短信,此外,只有简单的几个字:"圣诞节一起去爬香山吗?"

收到邀请的时候,赵伟平刚刚安抚完王彪,并努力接受了自己的前女友和自己最好的兄弟走在一起的事实。他看着短信思考了一下,眼下假期的确没有安排,而且这几天为王彪的事情烦恼了好一阵子,去散散心也好,当即就答应了高月。

"好,不见不散。"

两人约定在 24 日的下午两点在地铁站见面,这一年的圣诞节恰巧赶在了周末,整个北京城里的适龄男女像是在进行一个盛大庆典,在这一天像约定好了一般涌入城市的各个角落。赵伟平被堵在了路上,平时的北京已经是人满为患,这下更是被堵得水泄不通。

虽然是周末,高月还是早早起床化妆、挑选衣服,不到十二点就出门,又准时到达了约定地点。因为要看日出,需要在香山附近订住宿房间,高月还提前订好了旅馆,又拿上了生活必需品。最后,她带着提前几天买好的圣诞礼物,站在路边的店面耐心等待。一切都无微不至,表露出她的细心与用心。

眼看已经过了两点,赵伟平还被堵在距约定地点好几十公里的地方,另一边的高月已经准时到达约定地点。

又过了一个多小时,赵伟平才从拥挤的车流中缓缓来到高月面前。

北京的12月已经寒风刺骨,无论出于什么理由,让一个女孩在寒风中苦等两小时都足以让这个女孩生气。高月却没有,她在看到赵伟平赴约的那一刻,心底里的雀跃已胜过了一切,她压根儿没有感觉到刺骨的寒风,因为她的脑子里想的都是对如何度过这个难忘的圣诞节的期待。

高月什么也没说,只是开心地坐在车上,拍了拍赵伟平的肩膀说:"有点堵吧。"

香山公园位于北京西郊,郊外没什么车,车里放着李斯特的古典钢琴曲,车外是延绵数公里的盘山公路,在一片雾气中,窗外和窗内的一切显得模糊又不真实。副驾驶上的高月没有多说话,眼前浅灰色的公路和空气里潮湿的雾气,让这一刻变得微妙,谁也不会想到,后来的事情就像这些曲折复杂的盘山公路一样,一切都在走向未知和迷幻。

车子行驶到开阔的平地,高月因不喜欢车内播放的古典音乐,就伸手切换了音频,随手换到了广播电台,电台里正放着圣诞歌曲。高月心里琢磨着,是时候拿出圣诞礼物了,正在准备行动时,赵伟平却停下了车,高月一抬头才发现已经到了。

在香山公园的门口有一群一筹莫展的年轻人,看到下车的高月和赵伟平,那个看似领队的小伙子向他们走过来。原来是一群准备在香山过圣诞节的大学生,半路上有穿高跟鞋的女同学崴了脚,但一时间又没有找到下山的车,小伙子请求他们帮忙把女同学送到山下的宾馆。也许是看高月和赵伟平面善,小伙子赵彬才开了口,赵伟平和高月一致同意并把女同学送下了山。

再回到山上时已经是下午五点,一小时后是公园闭馆的时间,高月和赵伟平商量过后决定在公园随便走走。可惜世界上所有的巧合中都包含着一种注定,刚踏进公园没多久,突然下起了大暴雨,北京的冬天多年难遇一次暴雨,在这个天色灰暗的下午,这场雨突然袭来,令人始料不及。

眼看雨点越来越大,两人只好在公园的小亭子里躲雨,赵伟平把围巾和帽子都给了高月,哆嗦地站在寒风中,高月竟然从这样的恶劣天气中感受到一丝甜蜜。

"这雨来得真巧。"高月说,"偏偏在我们来到公园的最后一个小时,哈哈……"

"是啊,要不是这场雨,我们已经把公园逛了一半了。"赵伟平抱怨。

"这场雨说不定也是上天注定呢。"高月说,"你可曾想过,有朝一日你会和一个才认识不久的女生一起,被困在这一场大雨里?"

赵伟平一想,还真是这么回事。他那天若是没有经过小巷,或者是高月不曾举报盗窃团伙,又或者高月不曾邀请他来爬香山,他们也没有因送那个女生下山而耽误时间,也就不会遇到这场雨了。看起来是两人运气差,其实如果没有之前的那一连串机缘巧合,也就不会遇到这样一场恼人的雨了。

这样一想,这雨似乎也不是那么坏了。至少还和高月这样一个有趣的人待在一起,哪怕被漫天大雨困着,也不会无趣,这倒是让赵伟平找到了一丝难得的宁静。

这场暴雨持续了足足一个小时,赵伟平和高月只好在小亭子里耐心等雨停,这段时间里两人交流了彼此的近况。他们下山时已经是夜色沉沉,可惜祸不单行,到山下高月才发现订的旅馆已经客满,无良的商家并不承认之前的预定。在这个暴雨天里,很多来香山游玩的旅客被迫留下,老板也不管那么多,直接把房间给了先到的人。高月很生气,但是也拿老板没办法。

两个落魄的人也没了玩赏的心思,于是决定先填饱肚子。

一波三折的香山旅途终于到了晚饭时间,吃到一半时,一群喧哗的人突然走了进来,高月眼光锐利,第一眼就发现了他们是之前那群大学生。原来这家餐厅到了晚上九点就会变成酒吧,这群学生是来这里办圣诞晚会的。

没有过大学经历的赵伟平眼睛里全是羡慕,这种群居和喧闹的场景是部队里没有的。部队里从不过这种节日,只有日复一日的训练。赵伟平是在退伍后才渐渐接触到这个节日,可惜退伍的时候,自己也已经过了跟着一群年轻人瞎闹的年纪。这样热闹的聚会从此成了赵伟平心里的结,像一颗想吃又再也吃不到的糖,心里欠着。

带头的赵彬也在扭头时发现了赵伟平,看得出赵彬是这十几个大学生里的领头人。他穿着黑色羽绒服、牛仔裤,口音是纯正的东北腔,刚进门便搓着手高兴地跟赵伟平打招呼,一边哈着白气,一边走向赵伟平和高月。

赵彬热切地说道:"哥哥姐姐,今天下午真是太感谢了,待会儿我和朋友们就待在这里过圣诞节,你们可一定要过来玩玩。"

赵伟平虽然心里渴望,可是以他的性格绝对不会参加这种陌生的聚会,但坐在对面的高月还是个年轻女孩,喜欢热闹,便一口答应了下来。

回过神的高月想了想,又有什么地方不对劲。

"还是不去了,我们没定着房间,待会儿可麻烦了。"

赵彬说:"您还不知道吧?封路啦。今天平安夜,怕人多交通堵塞,过了九点一律封路,您没看消息吗?"

说听到这里赵伟平才想起来,刚才进门的时候,就看到有一个巴掌大的白色告示贴在墙上,和圣诞节有关,八成就是这个封路通知。赵伟平在心里把封路的工作人员骂了个遍。

接着赵彬又说:"不过你们别担心,我们定了个总统套房,特别大。不愁没地方睡,哥哥姐姐,你们直接跟我们挤挤得了,天儿怪冷的。"

于是在所有客观和主观因素的共同作用下,赵伟平和高月只能留在了山上。

没多久圣诞节晚会开始了,为了迎合节日气氛,餐厅的门口摆着两棵一米多高的圣诞树,中间也摆着一棵两人高的大型圣诞树。九点过后所有的灯熄灭了,只剩下圣诞树上的彩灯在跳动,大家在一片祥和静谧的氛围里静静感受时间的流逝。

可惜这份静谧只持续了五分钟。

五分钟后和赵彬一伙的汪晋、陈晨等几个男孩子带头,大家玩起了圣诞游戏。

这是一个汪晋自己设计的游戏,创意的灵感是对喜欢的女孩子告白。游戏规则是在场的所有人都将拿到属于自己的号码,随后将一件属于自己的礼物交给舞台最前方的人,最后愿意上台的人可以抽取礼物,但条件是为礼物的主人办一件事。当然了,如果是有心人,大可以主动要求拿走自己意中人的礼物,规则是限于在场的人。

现场还有一些年龄稍大的中年人,听到游戏规则后嘟哝着嘴迅速离开。或许是人到中年就已经丧失了浪漫的心理,相比于这样幼稚的游戏,他们倒是更愿意回宾馆看电视剧。现场剩下的除了被迫留下的赵伟平和高月,还有一些跃跃欲试的年轻人。

高月脑海里想起了许果玲的话,"试探是最好的办法,现在的年龄,追求已经没有用了,最重要的是吸引,是互相试探,是水到渠成,先试探他对你有没有超越普通友情的意思"。和今晚的节目结合,高月的脑子里有了想法。

赵伟平自认为是个老人,不愿意参加这群年轻人的游戏,但在高月的强烈要求下,他只好将手边的围巾交了上去。

高月想借这个机会主动要求拿到赵伟平的礼物,也算是暗中交换了圣诞礼物,因为她知道赵伟平一定不会有心思准备礼物,这样也把自己的小心思抛给赵伟平。高月心想,自己在许果玲的影响下已经有了进步,至少这招先发制人用得不错。

可偏偏这天高月走了霉运,没有一件事顺心如意。

节目刚刚开始气氛有些冷淡,小小的餐厅里除了赵彬一帮人外还有十几个互不相识的游客,大家都在迟疑中把自己手边可以当作礼物的东西交了出去。汪晋第一个上台缓和了气氛,他直奔目的地,把同队伍中的心仪女孩的礼物拿在手中。那是一个玻璃制成的圣诞水晶球,是那种商场里廉价处理的圣诞装饰。汪晋拿在手中却当成宝贝一样,打开了底座的灯光,水晶球里开始飘起雪花。汪晋娓娓道来两人的认识过程,是个简单又浪漫的爱情故事,女孩身材高挑,是个长发美女,听完汪晋的一大段发言,在场的人没有一个不为之动容,长发女孩却只是淡淡说了句:"得了吧,俗不俗。"

赵彬在一旁落井下石:"汪晋的第十二次告白失败。"

原本以为这是个温情的爱情故事,突然转变成了失败的爱情喜剧,现场的气氛一下子活跃起来。很快有了第二个冲上台的人,他随手挑选了一个类似于球体的东西,礼物的主人开始讲述礼物的渊源,在笑闹声中,现场忽然间有了浓厚的圣诞气氛。

高月心里的计划是在稍后上台拿赵伟平的礼物,原本事不关己的赵伟平也慢慢被礼物中一个个融入感情的故事吸引,开始聚精会神地听起来。

另一边,高月的内心却在不断挣扎,每当她鼓起勇气时已经有人抢在前面。直到她第三次鼓起勇气时,赵彬从背后拍了拍她和赵伟平的肩膀,说是有事。

高月跟着赵彬走出门外,扑面而来的冷空气呛得她直打冷战。原来在屋里的游戏之外又出了另一桩事。

赵彬等人同行一共十三人,四个男孩、九个女孩。其中两个女孩发生了争执,有个叫小曾的女生犯了一点小错,被众人批评后自尊心受挫,自己离开了。当时已经是晚上八点,香山公园的天已经黑透,原本以为她不久后会自己回来,但等了两个小时都没有动静,打电话也显示手机关机。夜晚的公园散发出诡异的恐怖感,此时下山的路已经被封住。无奈之下,赵彬只得求助帮过自己的高月和赵伟平,希望他们能够提供帮助。毕竟帮了他们一次,赵伟平在他们心目中的形象,还是十分可靠的。

听完赵彬的复述,高月急了。

"还愣着干吗?赶紧找啊,这大冷天儿的。"

叫上几个男孩和四个女孩,赵伟平制定了三条路线,开始找人,路线分别通往三个岔路口。

其实白天上山就已经够呛,这种黑灯瞎火的夜晚,要找人就更加困难了。上山的路程开车需要十几分钟,走路则需要足足四十分钟,起初大家排除了小曾上山的可能,在山下仔细搜寻了接近一小时,最终无果。

眼看已经接近十二点,身边的孩子们冻得直哆嗦,赵伟平安排他们先回去,留下高月、赵彬和自己一起继续找人。

又是一阵搜索,他们确定了小曾不在山下,决定上山。

在靠近园子内的碧云寺长亭上,高月发现了泣不成声的小曾。原来小曾一个人失魂落魄,直直走上了香山,等回过神已经来到了一个荒芜的境地。看到周围像是要吃人一般的黑洞,小曾吓得软了腿,一屁股坐在地上就开始大哭,手机也没电,关了机。直到看到高月和赵彬,她才像是看到了救星。

人是找回来了,但是到了旅店的时候,时间已经跨过了零点,游戏也结束了。这让高月十分地失落,本来是个探清赵伟平心意的好机会,没想到就这么错失了。她只能勉强地安慰自己:"没关系,至少我们带回了一个迷路的女孩子,算是一件善事,上天一定会因此而回报我们的。"

尽管这么想,高月的心里还是十分委屈。幸好赵伟平看出了她的心思,笑着拍了拍高月的脑袋,把挑选的圣诞手绘礼物送给高月,高月看着礼物,一下子又笑了出来。

或许这是没救了吧,不然怎么会一时欢喜一时失落呢,高月心里想。

第四章 公司爱情

回来后,赵伟平又忙昏了头。

日本铃木株式会社和赵伟平所在的科华公司有意合作,日本方面的代表人先是来中国考察了几个规模相似的公司,最后选定了科华、万世开、龙德等五个公司,由公司公开投标进行选择。这是一个三千万的项目。对于赵伟平来说算是个大项目。

实际上,从赵伟平创业开公司以来,第一次有机会接到三千万的订单,所以最近他格外谨慎,全身心地投入工作中。赵伟平带日本人吃了北京烤鸭,逛了故宫博物院,而这些日本人对北京的一切都感到新鲜,好像怎么也逛不累。赵伟平实在是走不动了,只好找了个借口离开,留下一个经理陪同。

赵伟平做的是电子芯片生意,在中国他能够轻易地联系到廉价的工厂把东西做出来。日本公司或许是看重中国劳动力的饱和,许多大公司都会到中国找工厂,这次的铃木公司也不例外。赵伟平退伍以来做过不少生意,也曾经和王彪一起下海,在舅舅所在的小玩具厂里打工,后来玩具厂倒闭了,赵伟平决定前往北京发展。

刚来北京的时候,他也是一筹莫展。他自认没有王彪那样的生意头脑,做了许多小打小闹的工作,最落魄的时候甚至去高级小区当保安。好在赵伟平学习能力不错,人也勤劳肯干,被高级小区里的大老板看中,这样他才有了一份正经的工作,主要是整理表格、文档等工作。虽然是份枯燥乏味的活儿,赵伟平却格外珍惜。赵伟平接触过电脑,对计算机操作还算熟悉。但毕竟刚到公司,他也只能从整理工作开始。

一来二去,他认识了销售部的江衫,也就是王彪现在的妻子。

那时候的江家还没有没落,江衫的父亲在家乡的市区也是有头有脸的干部。江衫是南方女孩,家在杭州。都说温柔水乡应该出柔弱的女孩,江衫却是个例外。也许是得益于从小无忧的生活,她的个性中包含着张扬跋扈和热情开朗。

赵伟平时常琢磨,也不知这份任性和热情对于她来说是蜜糖还是毒药。

江衫的父亲江长军一生做过几件错误的事。第一件事是三十岁晋升局长和领导决裂,在仕途上走了好几年弯路;第二件事就是感情总用不对地方。青年时,他疏忽了亲生父母,成婚后疏忽了妻子。轮到江衫时,他幡然醒悟,想把以前的遗憾加倍补偿。江长军不知道的是,他一生不断转动的齿轮,总是卡在错误的地方。这份弥补的心给江衫带来的影响是毁灭性的。小小年纪物质生活十分富足的江衫,在初二最叛逆的年纪认识了网络聊天室里的男孩,偷偷去见了网络上帅气的"毛利五郎",才知道对方是个快三十岁的失业青年,经常上网骗年轻女孩。江衫虽然叛逆,但还是继承了父母的聪明,从网友的眼皮底下虎口脱险。

聊天室事件后,江衫消沉了好一阵子。很快她上了高中,正是情窦初开的年纪,由于父亲经常不在身边,爷爷奶奶更是管不住,沉溺在年轻人的浪漫里,江衫的成绩惨不忍睹。江衫把这一切都怪罪于母亲的早逝,或许这份缺失的母爱和错位的父爱是江衫最沉重的负担。她无法控制自己在年轻男孩身上寻找存在感,无法控制自己通过金钱的攀比满足自己的安全感,无法控制自己每一个夜晚在酒吧彻夜不归。那年高考,江衫甚至连本科都没有考上。

填报志愿的时候,江衫填了北京的学校,那时候的她像是一只不知疲倦的鸟,只想把杭州的一切远远抛在身后。

度过同样荒唐的大学四年,江衫在踏出大学的那一刻才真正成长了,她央求父亲给她安排一份工作。现在江衫所在的公司,就是她父亲找人将她安排进来的,江衫去的就是赵伟平当年所在的联华传媒公司。三年前,江长军身体还算硬朗,事业也如日中天,唯一的烦恼就是自己管不住的女儿。在那之后的一年,江长军栽了个大跟头。江长军是个急性子,见不得弄虚作假和讨好谄媚,那时在单位其实举步维艰。他在快退休时,遭到匿名举报被调查。虽然江长军已经算是清廉公正,但几十年来的苦心经营不可能没有漏洞,也算是运气差,江长军被抓了起来。从进去的那一天起,江家的天就塌了,江衫一夜间变成了落魄贵族,失去了所有庇护。公司主管得知江长军的事后,也不再惯着江衫。

就在赵伟平来到联华的两年后,发生了天翻地覆的变化,这也让江衫终于体会到了世间百态、人情冷暖。以前那个张扬跋扈、什么都不放在眼里的江衫已不复存在,在后来的几年里,江衫学会了谨慎和谦卑。

日常生活成了江衫最大的烦恼。在事情刚发生的那几个月,江衫身无分文,在最落魄的时候曾住过地下室,也在同事家打过地铺。明明只是过了两年,江衫却仿佛经历了半辈子的沧桑,这份工作也是老板念在与江长军的旧情上才保留下来的。

对于赵伟平刚进公司时的那种窘迫与困境,没有人比江衫更清楚。

江衫是个聪明女孩,他能够看出赵伟平的无助和寂寞,她也懂得利用人的脆弱。和赵伟平聊过几次天,江衫就已经完全弄清楚了赵伟平的境况。

那时的赵伟平还是一个刚来北京没多久的落魄北漂青年。他没有拒绝江衫的接近。

那一年,杨千嬅和余文乐演的《志明与春娇》像一阵野火,烧遍了祖国的各个角落。江衫觉得赵伟平就是志明,她就是春娇。他们相识于偶然,没有承诺也没有浪漫,有的是恰到好处的陪伴。

人一旦陷入感情就会变得盲目,赵伟平也不例外。彼时的赵伟平在恋爱这门课程上还处于不及格的状态,他近乎单纯地认为爱情是有始有终,有付出就会有回报的。他不知道的是,爱情实属玄学,最大的准则是能快乐一会儿是一会儿,它像烟花一样璀璨,又像流星一样稍纵即逝。

与其说是江衫解救了赵伟平，不如说是两人互相解救。小城市出生的赵伟平家境并不富裕。在北京这样的城市，人似乎会显得更加渺小。赵伟平曾经感到窒息般的无力，是江衫的及时出现从危难中解救了他。家道中落以来，江衫一直坚持着朴素的生活，这似乎有点难以想象，但江衫的确变得踏实了，也变得沉稳了。她似乎不再着迷于那些浅显的外在，这些年重大的打击使她漂浮不定的心慢慢想扎根下来，慢慢想回到正轨。他们度过了事业上最难熬的那一段时光。

这样的状况并没有维持太久。两个月后，办公室里的一件小事激起了江衫的斗志。同部门里有个年轻女孩小李，大学还没毕业，但可以看出家境良好。小李身高一米七，体态轻盈修长，热爱时尚与潮流，对奢侈品更是如数家珍。在江家没落前，江衫也是这样的女孩。一次同部门聚会上，江衫拿出自己曾经的奢侈品包如期赴约，在聚会进行到一半时去了趟洗手间，她听到小李对自己的评价，就那一句话"看她平时那么朴素，我看包应该是假的。"

这句话像是燃油，给江衫心里的怒火提供了源源不断的燃料。江衫最痛恨有人瞧不起自己，特别是有了赵伟平的陪伴以后，她任性的习性又开始出现。起初赵伟平并不在意，虽然一个月只有可怜的底薪，但赵伟平总是会外出接活儿。那时候他喜欢研究计算机，认识不少电脑铺老板，也经常去网吧上网，认识了不少网管。赵伟平总是将网吧报废的旧电脑简单修复改装后再卖给电脑铺，由此赚些零花钱补贴家用。但是，赵伟平渐渐发现江衫像个无底洞，源源不断地将两人辛辛苦苦挣得的工资消费在商场和那些装修精致的商店里。

开始时，赵伟平丝毫没有表露情绪，直到那年四月的某天，眼看即将食不果腹，江衫却还是拿着仅有的积蓄在商场消费。赵伟平清楚地记得那一次江衫试穿的是一条墨绿色裙子，标价是四位数。江衫看到它的一瞬间几乎挪不动脚，甚至冲动之下想用手里仅有的钱将它买下。江衫原本兴致勃勃，但扭头看到了赵伟平的犹豫和无奈,转头笑着对赵伟平说:"太贵了,不买。"这一句话让赵伟平感到心疼。他为自己的无能为力而羞愧,但也更加坚定地在心底暗自发誓要努力挣钱。

赵伟平当然无从得知江衫内心的想法,江衫在说不买的同时,已经有了其他打算。

熟悉公司后的赵伟平对工作更加得心应手,加上他平时话不多,偶尔说出的话也都在点子上,不仅很多女同事喜欢他,男同事与他也关系融洽。那时候的赵伟平丝毫不觉得日子枯燥,工作学习,交友娱乐,一切都向更好的方向推进,唯一的烦恼是江衫总是很忙,也不知道她在忙些什么。

两人从开始每天腻在一起,到后来一周才约会一次,江衫也从两人租的房子里搬了出去。总有痴情的人想不明白爱是在何时开始又是在何时结束,其实爱情无论是开始或是结束,都带有自己独特的讯号,这件事的唯一评判标准也只有自己的心。

说察觉不出是假的,赵伟平感受到了二人的渐行渐远。他没有伸手拉住她,而是任凭其发展。

不久后的一天,在三元桥的一家咖啡店,赵伟平看到了江衫,她身边坐着的是一个高高瘦瘦的男人。

后来就像是电影里俗套的情节,赵伟平没有立刻上前,而是心平气和地走过,与江衫擦肩而过做了告别。赵伟平是那样一种人,没有太多的报复心,看到江衫和别的男人在一起,他的确愤怒,但理智告诉他立即上前只会让三个人难堪。后来赵伟平从同事口中得知,那个男人是江衫的中学同学,是个富二代。

算下来,与江衫在一起的七个月,是赵伟平人生中值得纪念的一段日子。因为它包含了苦涩、艰难和琐碎的幸福。

关于江衫的一切,不可谓不遗憾,但是赵伟平却不觉得可惜。说到底,不对的人,终究是会离开的,但是和江衫相处的这段经历,确实让赵伟平学到了不少,也懂得了一些事情。人们失去一些东西,就一定会得到另一些东西,而这七个月内赵伟平经历的事情,能够让他回味很久,也让他感触良多。遗憾总归是遗憾的,这一点改变不了,但是赵伟平觉得,他永远不会忘记这段时光,这是他人生路上不可或缺的一段经历。

　　同一年的十二月,赵伟平从电脑城的朋友陈伟处得到消息,贸易政策有所改观,芯片公司的前景一片明朗。赵伟平和陈伟计划开一家芯片公司,于是科华公司正式成立。

　　不久后赵伟平从曾经栖身的联华公司辞职,也从公司附近的小公寓搬了出来。走的那天下了暴雨,雨水冲刷着赵伟平的黑色皮鞋。路口的炸酱面店没有开门,在这里短暂的记忆会不会随着雨水被冲刷干净,赵伟平心里这么想着。

　　他的思绪被手机来电的声音打断,是负责招待日本来客的经理。

第五章　往事不如烟

　　日本客人在北京待了整整一周才离开,而接下来的日子才是没日没夜的忙碌。

　　首先是制作招标计划,虽然赵伟平的公司在北京不算太小,但是最难生存的正是这些在夹缝中成长的中型企业,一方面科华没有直接的生产厂家,需要联系江浙一带价格最优惠的厂家;另一方面,这样的商业招标是需要技巧的,首先要考虑的是同等企业中参与竞标的公司以及估算他们可能报出的价格。为了研究出最低和最大成本的报价,赵伟平三天三夜没有睡觉。

　　与他一起熬夜的还有临时成立的整个报价小组的成员。在其中的都是赵伟平的心腹,有公司成立之初就加入的范师、石斌,当然还有最大的股东陈伟。几个人一鼓作气,把参与竞标的其他四个公司的资料反复研究,希望能找出最合适的应对策略。第四天的早晨是赵伟平三天以来第一次下楼,六点的北京已经开始喧闹起来,卖煎饼果子的小摊位在马路对面支起来,环卫工人已经打扫完公路、耷拉着工服准备回家。赵伟平觉得眼前的一切都有些虚幻和模糊,脑袋像是快要炸开般猛烈地疼痛。他支撑着足有千斤重的脑袋,伴随清晨的第一缕阳光,颤颤巍巍地回到了家中,倒头便睡。

　　他再次睁开眼已经是晚上七点。直到这个时候,赵伟平才有精力看了一眼手机。屏幕上有两个未接来电,是大哥打来的,日期是两天前,有四个未接来电,是公司打来的。接着他又翻开手机短信回复消息,这一天是腊八节,短信列表从头到尾都是群发的节日祝福。除此之外,赵伟平看到了高月发来的"99+"消息,点开之后忍不住笑出声来。

消息从三天前开始,从一开始的"在吗?吃午饭了吗?"到后来"喂,理理我!"再到最后"拉黑了,告辞"。直到昨天晚上,高月发来了一大串抒情话,赵伟平脑子里几乎能想象出高月发消息时的表情,最终高月以一个"先走一步"的表情包结束。

赵伟平想了想,回复了简单的一句话。

"抱歉,在忙。腊八节请吃饭赔罪可否?"

八点零五分,赵伟平和高月来到鼓楼附近评价很高的港式粥铺。这一天,粥铺里挤满了人,用人山人海来形容都不算过分。赵伟平心里思考着一件事,其实在家乡过节时,只有全家人聚齐时才吃一顿丰盛的晚餐,但在北京,每个节日都被当作一个需要郑重其事庆祝的理由,情侣还有朋友聚在一起,路上耽搁几个小时只为了节日里喝的一碗粥,以这种方式记录自己口中的仪式感。

生活总是需要一点仪式感的。在繁忙而空虚的生活之中,人们总要抽出一些时间,用一些特定的仪式,或者满足自己,或者宣泄情绪,用这种方式,来提醒自己的幸福。每个人都有,方式不尽相同,但这总是被人所需要。

高月在看到长长的队伍那一刻,内心有点崩溃。原本因为赵伟平的冷漠颓废了好几天,又因为赵伟平一句不算解释的解释突然间开心起来,看到眼前至少还要等两小时的人海,她再次陷入绝望。

赵伟平一向是个固执的人,没有意义而耗费时间的事情绝不做,就像今天,已经出门开车来到这家店,没喝到粥赵伟平绝不甘心,于是两人拿了号准备在附近随便走走。

一月的风格外刺骨,北方多是平原,没有高山作为遮挡物,冷空气长驱直下,似乎能直接吹进骨头里。高月忍不住打了哆嗦,赵伟平敏锐地发现了高月发抖的身体,伸手握住了她的手。原本一直是赵伟平在说话,他把这些天如何忙于招标、如何招待日本人讲了个遍,握住高月的手其实也是出于自己的本能反应。高月什么也没说,抬起头看着赵伟平,两人恍然间走到了什刹海,高月看着昏黄路灯下的赵伟平,一股暖意涌上来,几乎快要把她淹没。

什刹海已经结了冰,老老少少穿双旱冰鞋就开始在冰面上滑,路灯下、冰块上有深浅不一的印记。高月突然玩心大起,准备到附近租两双旱冰鞋滑冰。赵伟平是今天的"罪人",一切都得按高月的意思来。

虽然不是太想滑冰,但赵伟平还是依着高月,两人在小卖部租了旱冰鞋。这个场景让赵伟平想起初中,那时候县城里有一个小小的溜冰场,在一个破旧商场的地下一层,那是很多顽皮孩子的聚集地,能去那里玩算得上是一件值得骄傲的事。赵伟平和王彪是出了名的捣蛋组合,那个年纪为了彰显自己的权威、保住自己的名号,虽然不情愿,但赵伟平和王彪还是一起去了县城里那个昏暗的溜冰场。

原本赵伟平胆小也没玩过,不会滑,王彪也一样,为了不丢人,两个人从县城的回收场用空塑料瓶换回来一双废弃的铁轮滑,在冬天结了冰的地面勤学苦练。那时候,王彪和赵伟平路过那个充满神秘感的地下一层时,里面总是放着震耳欲聋的音乐,从里面出来的孩子没有一个不是神气十足。在赵伟平的想象中,那不仅仅是一个溜冰场,更是一个结交县城朋友的机会,也是可以和同学吹嘘的事情。

每晚八点王彪和赵伟平准时在离家一公里的湖泊冰面上练习,经过一个星期的准备,终于等到了放假。怀着一股子冲劲,赵伟平和王彪兴冲冲地进了溜冰场。一进去,两人傻了眼,溜冰场里还是放着节奏混乱的摇滚乐,不一样的是,没有他们想象的那么多顽皮学生,全是规规矩矩的学生,也有谈恋爱的学生。王彪和赵伟平在一对对小情侣中显得格格不入,原本练习的一身花样滑行技术,这下子完全没地方可以显摆,王彪和赵伟平只好怀着失落的心情走出了溜冰场。

回忆起来,那次过后赵伟平就再也没能有机会滑冰,接着他就去了部队。他先是在湖南长沙的军队里训练,后来又去了西藏驻守边境,再后来去了甘肃,最后又在海南待了两个月才退伍。说起滑冰,赵伟平不免有些感慨。他没想到在什刹海,所有人使用的溜冰鞋还是十几年前那样单薄的老款式,轮子是铁打的,坚硬又结实。

扶着高月,赵伟平穿上溜冰鞋站了起来。高月是北方人,从小爱溜冰,所以溜冰对她来说是一件得心应手的事。沿着之前划过的轨迹,在这片还算大的湖泊上,赵伟平和高月一前一后慢慢向远处滑去。什刹海变成了一个小公园,老板突然放起了音乐,是许多年前罗大佑的那首《恋曲1980》。

音乐响起来的那一刻,高月被这个熟悉的旋律打动了,赵伟平转过头看向老板,才知道他是在提醒大家快要下班了。此时,赵伟平眼前是一条有些漆黑的小路,没有路灯照亮,寂静又冷清。高月显然也被远处传来的音乐打动了,她向来是一个容易被触动的人,赵伟平俯下身快速在高月的额头亲吻了一下,紧接着拉起她的手向小卖部滑过去。

赵伟平经过了漫长的心理挣扎。他的内心终于承认之前是故意对高月冷漠,是因为上一段爱情太过于沉重和悲痛,他没能完全从那段感情中走出来。于是,无论是从荆州回来,还是之前爬山,赵伟平都在有意与高月保持距离。但他没办法欺骗自己,他动心了。在加班忙工作应酬日本人的那些天里,赵伟平但凡空闲下来就会想起高月,但紧接着又会被密集的工作召唤回去。反反复复,赵伟平也明白了自己的心思,尤其是在打开消息列表看到高月发来消息的那一刻,他不可否认自己极为开心。赵伟平决定勇敢一点,为这份难得的感情勇敢一点。

然而,此时的高月已经懵了。她手足无措地跟着赵伟平,任由他牵着自己的手,机械地向前滑去,脑海里一片空白。方才额头上的那个吻,还残留着些许温度,让她整张脸都在发烫。直到赵伟平拉着她问她想吃什么,她才伸手拍了赵伟平一下,嗔怒道:"讨厌,你干什么呢!"

"真不好意思啊,"赵伟平笑了笑,"要不然我请你吃东西,就当是赔罪了?"

"哼,算你识相!"高月说着,心里却一直在想,"你干脆把你自己赔给我算了。"

然而这句话在高月的嘴边转了半天,却始终没有说出来。高月觉得这份得来不易的感情或许来得太快了,不如暂时缓一缓,等到时机合适的时候,他们的关系自然会有进一步的发展,至于现在,她已经知道赵伟平的心意了,这已经是很大的进展了。高月吃东西的时候,偶尔偷偷地看一眼赵伟平,心里就满满的羞涩,说不上这从何而来,但是让她十分舒服。

回去的时候下起了小雨,赵伟平先把高月送回家,下车的那一刻,赵伟平忍不住伸手摸了摸高月的脑袋。

这一晚最困扰的人是高月,虽然表面上没说,高月的内心却像涨潮的海水一样安静不下来。

赵伟平原本想第二天趁空闲与高月约会,却在晚上给大哥回电话时得到消息,说是让他务必回家一趟,商量父母的房子问题和二姐的婚事。

在赵伟平当兵的第三年,全家人搬到了县城里。赵伟平的大哥赵启平是个局长,二姐远在他乡当中学老师。父母和大哥在县城的生活还算顺利。其实赵伟平这些年来很少回家,即便有些时候工作没有那么忙碌,他也不想回家,显得有些冷酷,更为确切地说,相较于与家人相处,他更喜欢独处。

当初赵伟平不顾父亲的阻拦毅然决然选择了当兵,从那时起,家对于赵伟平来说始终是个模糊的概念,他与家人也是好几个月才通信一次。长大以后,赵伟平更是无法像普通儿子那样与父母相处,长时间的不理解在赵伟平与家人之间筑起了厚厚的城墙,赵伟平即使想踏入,也无从落脚。到了最后,赵伟平选择了放弃,他不再费尽心思想要融入那个与他始终有距离的家。

已经三年没有回过家了,赵伟平与父母唯一的联系是每月固定打钱,家人中与他最亲近的要数二姐了。二姐比他大三岁,两人的年龄很近,彼此亲密无间,也恰好是一起上学的年龄。赵伟平记得是上初二那年,二姐早恋,喜欢上了镇上邮局里的邮递员。邮递员是县城里下派来的,年轻,阳光。赵伟平现在回想起来,那时的二姐好像就已十分早熟,经常在同学间举办一些诗歌朗诵会,也常常教赵伟平写诗,或许是这样的诗意在赵伟平心里生了根发了芽,以至于多年后,他的爱好始终离不开那些具有文学意味的浪漫活动。邮递员张超也喜欢诗歌,因为给家里送信认识了二姐,又因为共同的爱好两人走在了一起。在当时的赵伟平眼里,那算得上是一场轰轰烈烈的爱情,也是他第一次接触到爱情的玄妙。

二姐是个敢爱敢恨的女孩,感情热烈时她直白坦荡、毫不掩饰,常常写一些表明心意的大胆诗句拿给小张读,一来二去,小张懂得了二姐的意思,也用同样辞藻造作的诗句回复二姐。两人之间的传话筒就是赵伟平,但凡二姐出门见小张,总会拿赵伟平当借口,比如主动提出为家里跑腿,最终却变成了赵伟平跑腿她约会。虽然是这样,二姐却从来没有亏待过赵伟平。记得那时候只要有钱,二姐就会带赵伟平去县城里的电影院看电影。有时候是动人的亲情故事,有时候是朦胧的爱情故事,赵伟平感受到了影像中的另一个世界。最重要的还是赵伟平当兵的那一次,父亲说新时代不需要靠当兵来养家,并且为了不让赵伟平离开小镇而拼命挽留,在赵伟平最怀疑自我时是二姐救了她。二姐坚定地支持赵伟平,无论时代在怎样的泡沫中漂浮,她始终站在那个位置上,坚定地支持着赵伟平。因此,对于家,赵伟平所有温暖的、干净的、纯粹的感情都是因为二姐。

后来到了部队,起初在湖南的那几年,赵伟平一度与二姐失去了联系。但是只要有假期,二姐总会来湖南湘潭看望他,带来的不是零食也不是玩具,而是书,那些二姐视为珍宝的书。这些书在后来的很多时候给了赵伟平很多力量,那些苦涩得几乎快要坚持不下去的日子,就是这些书照亮了前方的路,让他坚持了下来。

再后来,赵伟平去了西藏,二姐也曾经去过西藏。那时二姐爱上了一个军人,也在西藏当兵。两人是在从湖南去湖北的火车上遇见的。世界上的人大概可以被归为两种,开朗与忧郁,二姐属于前一种,她永远向上,永远将自己沉浸在当下的一段爱情里,爱情是解药。赵伟平则是后者,他几乎一直在不断地告别与相逢,但每一次告别都带给他疼痛,他不是一个可以轻易说再见的人。年轻的二姐像火焰一般燃烧着自己的生命,那是她在湖北上大学时,她不顾一切地来到心心念念的西藏,想要找到仅见过三次的那个人,她以为只要努力,任何事情都会有结果,却没想到在西藏等到的却是军人的妻子。原来军人长期驻守西藏,娶了一个藏族姑娘,是在遇见她之前。那是赵伟平看到过二姐赵雨晴最失态的一次,在零下二十摄氏度的高原,她独自在太阳底下号啕大哭。西藏的阳光刺眼,并不温柔,是那种灼烧皮肤的温度,带给人刺痛般的炙热。赵伟平打了一壶甜酒,一言不发地在一旁倒给二姐,二姐还是他的二姐,还是那个坚强勇敢什么也不怕的二姐,那个像飞蛾扑火一样一定要燃烧尽最后一丝力气的二姐。

后来,赵伟平去了甘肃,依旧很少与家人通信,和二姐的联系却一直持续了这么多年。后来赵伟平工作忙了,二姐的生活也终于随着父母的心愿慢慢变得稳定,赵伟平回想了一下,似乎是有好几个月没和二姐联系了。

由于大哥说事出紧急,赵伟平只好放下手头的事情回了趟家。他思索着如何告诉高月,转念一想,却又觉得没有必要,好像两人的关系也没有发展到那一步。于是作罢,订了第二天的机票准备回家。

从北京飞回市区再到县城。好几年过去了,时间好像在这个远离城市的小县城停滞了,车站还在以前的位置,连门口卖甘蔗的路边摊都没有变。还记得好几年前,卖甘蔗的老王对赵伟平说:"人生就像甘蔗一样,开头是涩的,中间是甜的,到了结尾反而索然无味。"老王是个粗人,平时就喜欢喝两口或者打打麻将,但因为这句人生哲学,赵伟平之后都很敬重老王。

这次回家,看见父母突然间苍老了许多,大家是在大哥家见的面。赵伟平不过三十出头,大哥已经年过四十了。因为年龄的原因,两个小的彼此亲近,和这个大哥之间却总像是隔了些什么。这一次见到大哥,赵伟平却感觉到了变化。大哥不再是那个颇有威严的大哥了,他的头发开始冒出银丝,脸上的皮肤松弛,肚子也因为这些年的应酬越变越大。最重要的是,大哥说话再没有了以前的神气,那种属于意气风发的中年人特有的神气,那种自信中带有自负的极致自尊。后来才知道,原来是大哥的儿子要高考,大哥这一年像是老了十岁。

要说大哥的前半辈子还算顺利,是全镇的高考状元,免学费上了大学,又顺利在大学认识了现在的老婆,后来分配工作,升为局长,一切都按部就班地向前行进。直到大哥的儿子赵涛的出生,像是一枚炸弹在这片平静的湖面掀起轩然大波。

赵涛很聪明,像父母一样。但他在初二时陡然间经历了人生的蜕变,迷恋上了摇滚乐。初二那年暑假,他缠着妈妈刘雅静给自己买了一把吉他,从此便一发不可收拾,在学校玩起了乐队。要说没有天分倒也还好,这件事坏就坏在赵涛有那么些音乐天赋,再经过学校老师指导,到了高二,那座埋在他心底的火山爆发了,说什么也要辍学学音乐。赵涛嫌自己的名字太老土,为了符合音乐人的气质,把自己的名字换成了赵大河,标榜自己是民谣歌手,成立了一个乐队,叫作"帽子戏法"。其实这些不过都是小孩成长过程中的必经之路,在那个闭塞的县城,彼时的赵涛还不明白未来意味着什么,也不明白梦想是一个多么沉重的词,那股火山爆发一样猛烈的火焰在整个家中熊熊燃烧,不仅烧伤了自己,还烧伤了一直勤勤恳恳为了赵涛的赵启平和刘雅静。

事情起源于赵涛上高三时,中学举办十大歌手比赛,赵涛拿了第一名。同一时间,有一款选秀节目在全国爆红,叫作《我是未来星》,目的是选拔有希望成为冉冉新星的歌手。节目播出的第一期就火遍了大江南北,无论是街头卖唱的,还是酒吧驻唱的,甚至是未成年的中学生都在节目里找到了自己的定位。年少又轻狂的赵涛动心了,在乐队其他成员的鼓动下,他甚至以为自己能够在节目里打败所有人,成为第一名,于是说什么也要在这个节骨眼上报名参赛。父母的不理解逼走了赵涛,他离家出走不知去向。赵启平为了找儿子,一夜间苍老了十岁。

但赵伟平这次回来主要还是因为父母。父母住在离镇上不远的地方,恰好赶上拆迁,房地产商决定赔钱,赵伟平这次回来主要是与大哥共同商议如何处理这笔钱并解决好父母之后的安顿问题,再加上二姐要结婚了,做弟弟的说什么也应该回家看看。

第一顿晚饭十分沉闷,二姐迟到了半小时,见到赵伟平后两人亲热地抱在一起,但赵伟平看得出二姐眉头的倦意,两人的对话也仅仅停留在表面。一顿饭下来,赵伟平发现像以前一样,自己还是饭桌上的局外人,茫然地看着家人为各自的事情心烦意乱,自己却丝毫无法满足。他像是溺水的人沉没在深不见底的水中,喘不过气。

大哥执意要赵伟平住在他家,晚饭时大哥喝了酒,赵伟平用大哥的车将父母送回还没拆迁的家。夜色沉沉,一路无话。父亲的脊背几乎直不起来,从公路到院子里短短五分钟的路程,他歇了至少三次。母亲在一旁嘀嘀咕咕,说了些伤感的话,大意是责怪小儿子没有经常回家,感叹自己的生命也许很快将到尽头。

赵伟平向来不会与父母相处,他们说什么,他只管做。这是一种长期养成的习惯。母亲要求赵伟平坐下喝口水,赵伟平就喝了口水;母亲让赵伟平帮忙修灯泡,赵伟平就去路边小卖部买回灯泡换上。坐了没多久,他无言地离开。

回到大哥楼下,赵伟平感到有些闷,吃完晚饭,二姐匆匆打了招呼就离开了,说是早上还有早自习。很显然二姐有心事。

一根烟抽完,赵伟平掐灭准备回去,却在楼道里看见了少年的身影,是赵涛。

几年前他还是个初中生,但那时候他个子就高,现在更是比赵伟平还要高出一截,是个大小伙儿了。赵涛也在黑暗里抽烟,赵启平家住的是县里最好的小区,新型的,设施还算完备。赵涛抬头看着自家11楼的窗户,站在树下没有出声,背上还背着耐克的书包。

赵伟平从背影就认出了他,但是没有说话,只是走近拍了拍他的肩膀。赵涛显然是不太认得出赵伟平了，有些惊讶地回头，眼睛里全是眼泪。

到底是个少年，没经历过什么风浪和打击，也许几天的离家出走受了点罪，想起了家人的好，委屈地落了泪。赵伟平从他手中的烟盒中抽出一只，没有劝赵涛回家，反而带他到一家还算体面的宾馆住了下来。

赵伟平心里清楚，这个时候赵涛一定是不愿意回去的，这样的年轻小孩是不撞南墙心不死，要想真正地解决只能让他撞撞南墙。赵伟平还是比赵启平年轻，在大城市闯荡过，也通透许多，也许因为自己也曾是个少年，于是在看到另一个少年落泪时，心底也就变得潮湿。

赵伟平让赵涛告诉自己《我是未来星》的报名方式，接着让赵涛在宾馆里复习。其实赵涛是个懂事的孩子，虽然玩乐队，成绩却一直名列前茅，所以他是有慧根的，赵伟平决心要救救他，因为自己年少的时候，没有这样一个人来救自己。

当晚，赵伟平琢磨了一晚，好歹在长沙海选赛场为赵涛报了名，第二天又一早起来商量父母的事情。房地产商同意赔偿40万现金，但父母的住宿成了问题，经过协商，三人决定在镇上为父母租一套房再请一个保姆照顾二老的起居，剩下的钱作为养老金。大哥在县里还算有些人脉，很快找好了房子、定好了日期，原本以为事情总算有了着落，却没想到一场更大的灾难正在逼近。

第六章　若尔盖的风

赵伟平没想到，原来家常琐事远比谈项目开公司要复杂得多。原本不打算在家过年的赵伟平就这样被剪不断理还乱的家务事留在了湖南老家。

除了赵涛一心要踏上音乐浪子的路再不回头之外，一个又一个意外接踵而至。

二姐赵雨晴原本按照父母的意思在老家找了一份稳定的工作——中学老师。老家教育资源落后，二姐还算轻松地应聘到了这份工作。但二姐属于天生叛逆的人，和中学校园显得有些格格不入。一开始进单位时，她受到上级领导的排挤，为了家人的期望，二姐在经过多次心理斗争后忍了下来。或许是工作的一年历经了太多的憋屈和委屈，也或许是彼时前几段没有结果的爱情使她破碎的心急需找到一个出口，在刚工作第一年的暑假，二姐去了西南地区旅游。

为了旅途中不孤单，二姐先是报名参加旅行团，去了重庆和成都。那时候是八月，重庆又是出了名的火炉，没过几天，二姐就改变了主意，决定脱离团队自由行。赵雨晴一向来去自由，但最大的毛病也恰恰出在来去自由上面。在发现旅行团的烦琐不适合自己后，她直接订了去阿坝的车票，只通知了导游一声就去了阿坝。原本自己行动也不算什么，但凑巧的是，这次她去的是高原，她只知道高原上空低密度的空气可能会治愈她的心灵，却不知道这样的治愈是需要付出代价的。

阿坝地处四川边境,接近青海与甘肃,是藏族民众的聚居地。

赵雨晴首先选择的是若尔盖大草原。夏天正是绿草丰茂的时节,再加上高原天气凉爽,不少游客选择在草原上住,赵雨晴也不例外。她选择了当地一家民宿,也就是住在牧民的家中。

赶到的那天是洛桑来接的她。一路转过好几次车,赶在天黑时赵雨晴才来到若尔盖。提前在网上订好住宿后,店家告诉她如需要可以派人迎接。于是洛桑就被派来接赵雨晴。洛桑是个一米八五的高个子藏族汉子,身材高大,也不过二十来岁。洛桑虽然个子高,但整个人清瘦,手臂上的肌肉是一种健康的肤色。他的头发被编成好几股藏辫,头上戴着一顶刺绣的帽子,脸红彤彤的,一见人便和蔼地笑。

这便是赵雨晴第一次见到洛桑时的印象。原本她有些防备,但洛桑张开嘴笑的那一瞬间,赵雨晴的心便放了下来,再加上洛桑一见到赵雨晴就接过了她手中的行李,用一把通亮的手电筒照着前方,赵雨晴害怕的情绪更是很快消散。后来在路上聊天时,赵雨晴才知道,原来洛桑二十七岁,比赵雨晴还要小两岁,是家里的长子,也是主要的劳动力。洛桑在成都上过大学,所以说得一口流利的普通话,这身装扮也是在回家后才换上的,他对外面的世界知晓甚多,两人年龄相仿,一路上有说有笑,聊了些年轻人的话题。

赵雨晴到达洛桑家时已经是晚上八点了,意外的是一家人都在耐心地等待赵雨晴。藏民们淳朴,对人热情,凡是在洛桑家落脚的房客都会被那样的热情打动。按照洛桑家的惯例,家人一向与房客一起吃饭,除非遇到不可测的特殊情况。当晚,赵雨晴是最晚到的房客,于是在她一落脚后便与全家人和其他几个房客一起吃饭。

原本赵雨晴有些拘谨,但她恰好坐在洛桑旁边,洛桑不断与她聊天,慢慢缓和了赵雨晴的紧张情绪。饭桌上的饭是日常的酥油茶和面,其实在这个远离尘世像是世外桃源的若尔盖,吃什么是次要的,最难得的是人与人之间没有隔阂的亲近。虽然口味并不太对得上,赵雨晴还是吃了两大碗面,洛桑的母亲格桑的笑意铺满了整张脸。坐在饭桌上的还有两对情侣和四五个结伴旅行的人,只有赵雨晴是一个人。但在这样的气氛下,并不显得孤单。

唯一让赵雨晴苦恼的是洛桑的父亲央吉,央吉是个大腹便便的中年人,爱好喝酒和跳舞。藏族人爱热闹,尤其是在大家欢聚一堂时最爱聚在一起唱歌跳舞,这是一种原始的、珍贵的、不含任何杂质的爱好,遇到合适的机会,他们会选择在某一户的家中举办跳舞活动。央吉便是一个典型,除了爱喝酒、不断与大家举杯之外,他还强烈要求大家饭后留下来参加舞会。或许不能够说是严格意义上的舞会,不过是邀请几个熟悉的人一起载歌载舞,当作饭后娱乐。

原本在路上奔波了一天的赵雨晴有些疲惫,但央吉的盛情难却,再加上这样温馨的气氛让赵雨晴很贪恋,于是她留了下来。不久后央吉叫来了自家的哥哥和弟弟,在宽敞的客厅里,大家载歌载舞。赵雨晴和其他房客一样,不太会跳藏族的舞,但其他人是结伴而行,与同伴随意比画几下就乐开了花,唯独赵雨晴有些无所适从。洛桑看出了赵雨晴的窘迫,走到她身边,牵起了她的手,带着她随音乐的节奏摇晃手臂,最后大家围成圆圈不断做着上下挥手的动作,赵雨晴终于融入了这个集体。

赵雨晴原本的计划是散心,再加上临时起意来到了阿坝,所以并没有安排紧凑的行程。第一晚,她带着深深的疲倦很快入睡,第二天醒来已是十点以后。

白天游客们都早早地外出去了计划中的景点,所以在看到赵雨晴走出来的时候,洛桑稍稍有些惊讶。后来,赵雨晴解释了自己散漫的旅游计划,洛桑恰好在家中闲来无事,于是邀请赵雨晴与自己一起到马厩看马。

洛桑家在若尔盖地区算是大户,靠一家人的勤劳与勇敢放牧,洛桑父亲发展成了养马场的主人。这一点让赵雨晴有些惊讶,央吉看起来有些不修边幅,没想到在若尔盖也是个了不起的人物,年轻时靠自己的力量支撑起一个马场,合作的伙伴抛弃他后,他依旧坚持,在长达二十年的坚持下,央吉的马成了若尔盖草原上最俊俏、最勇敢的马。

洛桑说起父亲时,语气里透露着敬佩和骄傲,大学毕业后他选择了回家,或许将父亲坚守了一辈子的马场传承下来,也是洛桑心底的愿望。

白天通常家人都不在家,都去忙各自的工作了,洛桑最近赋闲在家,最小的弟弟在成都的高中上学,还有两个妹妹,一个嫁了人,一个在外地上大学,家里只剩下洛桑。这一次赵雨晴又在心底暗暗惊讶,没想到那个大腹便便爱唱歌爱跳舞的央吉竟然是一个极有主意的父亲,很多藏民不会选择将孩子从小送到城市里读书,央吉却早在洛桑上初中时就打破了这个传统。

午饭是赵雨晴与洛桑一起吃的,洛桑做了简单的饭菜,虽然简单,却是按照赵雨晴的口味炒了番茄鸡蛋这样的家常菜,加上辣椒,足见十分用心。赵雨晴开玩笑问洛桑是不是对每个房客都这样照顾,洛桑只是笑着摇了摇头。

洛桑家的马厩离家有几十公里,由于家里的货车一早被央吉开走了,洛桑只能骑着摩托车带着赵雨晴。赵雨晴第一眼看到马的想法是,这是一群有灵气的生物。

马厩是一排排木头制的房子,不同品种、不同颜色的马被放置在不同的隔间中,有的纯黑,有的偏棕色,无一例外的是它们身上的毛整齐、密集、色泽饱满,看得出是精心照料后的结果。其实社会发展到现在的程度,马对于外界已经不再是一件必需品了,或者说作用很小,但对于游牧民族来说却极为重要,他们需要马运送货物,有时也需要马来充当交通工具。随着汽车和摩托车的普及,越来越少的家庭需要马,所以央吉的生意也越来越不好做。在洛桑的张罗下才把家改成了民宿,意外的是效果还不错,解决了淡季时马派不上用场的危机。

赵雨晴在洛桑的鼓励下抚摸了尼珍———一匹淡棕色的小马,它还处于幼年时期,小小的鬃毛微微翘起,像极了叛逆时期的少年。在赵雨晴抚摸它的时候,尼珍抬起了头,赵雨晴被它眼中微微颤抖的泪水感动,仿佛那样的四目相对跨越了种族,上升成了灵魂的对话。赵雨晴细心地为它刷着毛,一边抱怨洛桑为它起了个女孩的名字。

洛桑今天的主要任务除了清理马厩以外,还要把一批马出售给游走的客商。这是一些甘肃地区的马商,他们要将马倒卖到更远的沙漠和尼泊尔。一下午的梳洗和清理过后,马商终于在下午四点半来到马厩,这几个马商一看就不是藏族人,但又穿着藏族的衣服,眼神里透露着精明和算计。

在洛桑的带领下,马商清点了马的数量,又经历了长时间的讨价还价,终于在两小时后付了账。赵雨晴并不懂售卖马的生意,但她注意到两个马商总是在窃窃私语,眼神里透露出些许算计,于是格外对这两人留了意。

洛桑虽然在成都上大学,但骨子里还是个典型的藏族男孩,继承了藏族传统里洒脱、不拘小节的品质,当这两个人提出现金交易时,洛桑先是惊讶了一番,但好在是几千块的交易,洛桑并没有多说什么。收完钱后,洛桑只是把钱放在胸前的口袋里就准备带人提马。

一般来说,在交易时藏民是不喜欢当面点钱的,一来耽误时间,二来缺乏信任,这些赵雨晴曾经了解过。她警觉这两个人的目的绝对不简单,于是拦住洛桑,在他即将把马交给马商时,赵雨晴装作工作人员,告诉他们发现一批生病的马,需要重新挑选。趁着挑选的功夫,她在背地里清点了钱,果然八千块钱中夹杂着两千块假币。如果不仔细看是分辨不出这些假币的,显然马商也花了功夫。这叠钱的前两千和后一千都是真的,假币分开夹杂在中间。

洛桑听说现金里有假币后十分生气,他赶走了那两个假装藏民的马商,并把他们列入黑名单永远不再交易。藏民们骨子里是不能忍受这些虚假与欺诈的,即便在外面上了许多年学,洛桑还是坚守着信用、坦诚与友谊。

这笔生意虽然失败了,但洛桑发自内心地感激赵雨晴。

可惜有一点赵雨晴没有预料到,在这次出发上高原前,她既没有吃药也没有打针,而是单枪匹马地来到了高原。若尔盖属于高海拔地区,第一天时赵雨晴只是感到气喘、胸闷、无法呼吸,头一晚感到有些失眠，处理完马商的事回来已开始上吐下泻。回到家后，洛桑的母亲只看了她一眼就确认是高原反应。

当天晚上几乎是赵雨晴在阿坝最难熬的一个晚上。先是洛桑紧急到附近药店买了药，再是洛桑的母亲用当地的药材熬了药，但到了后半夜赵雨晴还是被冷汗逼醒了。她起身准备到院子里透透气，夏季的高原到了夜晚会有阵阵冷风。

大概一刻钟过后，赵雨晴听到身后有细碎的动静，转身才发现是洛桑。洛桑看见赵雨晴屋子的灯光亮了，正准备入睡的他也起身来到院子。

全家人都住在同一个院子中，此刻任何一点轻微的动静都会发出巨大的回响，所以赵雨晴和洛桑并没有开口讲太多话。沉默了一阵后，洛桑将身上的外套披在赵雨晴身上，起身带她来到了一个堆满木头的房间，在房间的隔间洛桑摸索了一会儿，拿出了许多木质的小玩意，有佛像和人偶。洛桑拿起那个佛像，他告诉赵雨晴，藏族人大多信佛，洛桑小的时候也曾相信过，出于对佛祖的尊敬，洛桑用木头雕刻的第一个模型就是弥勒佛。可惜随着年龄的增长，洛桑发现宗教并非一种绝对的信仰，在心中还有杂念时宗教并不能成为一个人的束缚。为了更加真实地面对自己的内心，洛桑选择了不信教。

这些小玩意儿唤醒了洛桑少年时的记忆，他们的话题也不自觉越说越多。赵雨晴在洛桑讲述的间隙回忆起自己的成长，越是回忆，有些难以言说的东西反而越是明朗。赵雨晴试图寻找自己性格的根源，终于在记忆深处挖掘到了那些即将被抹去的回忆。

其实赵雨晴并不是一个十分叛逆的人，准确来说，在上初中前她一直是一个循规蹈矩的老实学生，对父母的话深信不疑。直到有一年放寒假，赵雨晴在一位学电影专业的姐姐的电脑里观看了一部外国电影《安逸人生》。那是一部描述了两种完全相反的生活状态的影片，秀才遇上兵，产生的化学反应是剧烈的、是刺鼻的，但也是最丰富的。赵雨晴算是有天分的孩子，第一次看到这部电影的她只是隐约感到被打动。到高中时，赵雨晴再次看这部影片时，她被片中多情又洒脱的男主角彻底迷住。再加上她在高中时期无可挽回地对自己的语文老师产生了强烈的好感,那样违反常规的行为在电影里找到了完美契合,她仿佛是得救了。

从此以后,赵雨晴最大的爱好是看电影,在那个看似虚构实则真实的世界,赵雨晴发现了如同世间瑰宝一样珍贵的东西——生活。同时,这也是赵雨晴一辈子无法摆脱的枷锁,浪漫、飘忽不定。

赵雨晴将这一刻涌现的宝贵感受分享给了洛桑。在两人轻柔的对话中,天开始微微亮起来。在深蓝色的早晨,两人离开了那个小小的、几乎快要被遗忘的屋子。赵雨晴回到房间,脑袋里传来一阵剧痛,仍是高原反应在作祟。

直到第四天,赵雨晴才完全适应了若尔盖的气候,但此时离离开的时间也不远了。她的整个假期几乎都耗在了这里,离开之前,洛桑告诉她想要带她去看诺日朗瀑布。

离开的前一天,两人早早地出发,坐了很久的车、爬了很久的山才来到瀑布前。站在瀑布前的那一瞬间,赵雨晴感到所有的疲劳都是值得的。那天天气不算好,有些阴沉,或许是快要下雨,巨大的瀑布从高达二十米的地方倾泻下来,几乎快要遮盖住天空。在这个时间似乎停止的时刻,洛桑终于向赵雨晴说出了心中的话,两人在一起了。

时间跳转到两年后,赵伟平回到家的这个冬天。经过两年的异地恋,洛桑向赵雨晴求婚了。父母听到这件事后的第一反应是反对。首先是母亲,她坚决反对,像反对二姐的所有其他决定一样坚决。父亲则是沉默寡言以对,但三个孩子都知道母亲是听父亲的,这件事背后真正阻拦的人是父亲。

为此,洛桑曾经试图来湖南,但赵伟平的父亲没有见他,父亲陈旧的观念中总是认为阿坝地区是个蛮荒之地。母亲在看到洛桑黝黑的皮肤后更是坚决不同意。原本赵雨晴已经足够年长,婚姻的事情应当自己选择。但偏偏父亲以前是个教书先生,习惯于管束学生、管束孩子。再加上他那些陈旧的思维已经深入骨髓,到最后,赵雨晴只能与父母决裂。

那一天是临近过年前的一周,洛桑已经在湖南落脚了好几天,父母却始终没有邀请他吃饭,也坚决表达了反对的态度。数次沟通无果的情况下,赵雨晴跟着洛桑离开了,去了若尔盖。

　　临行前赵雨晴没有道别,只是简单地与赵伟平谈起这件事,谈起他们认识的过程,谈起他们怀着怎样的心情度过无数个想念对方的夜晚。赵伟平从那些简单又琐碎的日子里感受到了那份纯粹干净的爱,赵伟平从心底祝福二姐。

　　家中的气氛因为二姐的不辞而别变得紧张起来。在除夕这一天,赵伟平和大哥大嫂一起到父母家中过春节。一桌子的菜冒着腾腾热气,父母已经过了动手做饭的年龄,于是大哥雇了阿姨在家里照看老人。除夕,阿姨放假回家过年,大嫂一早赶来做饭,颇为丰盛。虽然全家人都尽力不去提及那个名字,但在吃团圆饭举起酒杯时,母亲还是哽咽了,她不断提起二姐的名字,仿佛多念一次女儿与自己的距离便会缩短一点。

　　赵伟平还是在这天给二姐打了电话,电话另一端的赵雨晴显然一直牵挂着家里人。可最挂记彼此的两个人——二姐和母亲,在这一年的年尾,没能心平气和地说上一句话。二姐告诉赵伟平自己一切都好,也祝福家人一切都好。

　　这顿团圆饭吃得不算顺利。进行到一半,大家就已陆续离场,彼此的心思如同乱麻一般,牵扯不得,动弹不得。

　　赵伟平吃了几口饭,开始坐在沙发上回复公司的消息。赵伟平在家里时一般不会过多关注手机,他把这个视为绝对的个人时间,不希望被打扰。当他点开微信时,看到了许多条重要的、不重要的消息,里面还夹杂着几条高月的,内容是新年快乐。

　　虽然他回家后依然与高月在网上保持联系,但上次对话已经是好几天前。大多是高月主动问候赵伟平。看到屏幕上简单的"新年快乐",赵伟平突然开始想念高月。像是从一场高压工作中喘了口气,家里的事原本让赵伟平有些力不从心,此刻看到高月的问候,赵伟平发现自己从没像现在这样想念高月。

　　赵伟平在零点给高月回了电话,高月那边似乎很吵闹,有爆竹的声音与小孩的吵闹声。在电视节目播报时间的那一刻,赵伟平轻轻对话筒那端的高月说了句"新年快乐"。没想到电话马上就挂掉了,赵伟平正在纳闷,高月很快发过来一条彩信,里面是一张照片,她穿着厚厚的羽绒服,在昏黄的路灯下搓着手,脸上没有化妆,但她的笑容很灿烂。此时,高月的电话再一次打了过来。

"新年快乐!"她大声对赵伟平说。

"你也是!"赵伟平笑着回应道。

"希望你,在新的一年……"高月大笑着说着一些祝福的话语,耳边还能听到风吹过的呼啸声,混杂着周围其他人的玩闹声。高月的话几乎听不清,但是她身上那种喜庆而欢愉的情绪还是感染了赵伟平。直到一个巨大的雪球向高月砸过来,正中她的衣领,高月发出了一声尖叫,紧接着自己也捏起了一把雪,笑着朝对方扔了过去。看着照片中高月清澈的笑脸,赵伟平乱糟糟的思绪终于稳定下来。

这才是过年应该有的样子。在这个家家团聚的时刻,人们最重要的事情就是开心,总结过去的一年,并且对新的一年报以强烈的期待和祝愿,这种美好的时刻,无论如何都要笑出来才对。或许这个沉闷而显得冰冷的家庭给不了赵伟平这种感觉,但好在还有高月,这个可爱而有趣的人,带给了他足够的快乐。

那是赵伟平第一次想到,这或许就是人们组建家庭的意义。自己和高月有感情,倘若他们最终结婚,日日夜夜都能够带给对方幸福,这不就是一个完美的家吗?确实如此。在高月忙着打雪仗的时候,赵伟平想象了一下自己和高月组成一个家庭,他承认,那让他产生了向往。

过年后,赵伟平的计划是三天后赶回北京。大年初一,他先是起早去了父母家,又被母亲拉着走访亲戚,回到家已经是夜幕时分。持续了三天后,赵伟平竟然也开始盼望工作了。大年初三这天下雪了,他第二天就要离开,侄子赵涛不断提醒他别忘了乐队的事情。赵伟平感受到一些微妙的变化,原本在这个家中,赵伟平是疏离的、难以融入的,甚至该走的时候也不会有人挽留,这一次赵涛的苦苦哀求,俨然把赵伟平当作了全家唯一能拯救自己的人。

不知为何,赵伟平想要出一分力,帮助这个迷途中的孩子找到正确的方向。同时,他也是为了这样微弱又强烈的存在感,在这个家自己是被需要的。原本这是一件小事,或者相较于赵伟平的公司来说,高中少年的叛逆实在是一件芝麻大的小事,但赵伟平还是用心了。

在正式开始工作之前,赵伟平还去了一个地方——四川。

赵伟平没有深入阿坝内部,只是与二姐约在交通便利的成都见面。其实两人并没有分别很久,但赵伟平还是花费了半天的时间飞到成都。只是为了确定姐姐是否生活在一个还算幸福的状态中。由于父母的阻拦,二姐与洛桑迟迟不能结婚,但是赵雨晴已经决定要定居在这里了,她十分坚定,这一点赵伟平看得出来。

"你接下来是怎么打算的?"赵伟平如此问道。

赵雨晴平静地说:"我正在阿坝应聘教师的职位,我已经为此做好准备了。"

"难道要一辈子留在这里吗?"赵伟平问,"而且偏远城市的教师,是很难有晋升空间的啊,你可要想清楚了。"

"我的傻弟弟啊!"赵雨晴笑了笑,"姐姐没有你这样的本事。能像你一样开公司赚大钱,那当然是很棒了。但是能够在这里教书,让更多渴望知识的孩子有学习的机会,让他们能走出去,去见识更广阔的世界,这不也是实现了自己的价值?我就是赚得少而已,但是我的日子可是非常充实呢!"

赵伟平笑了笑。他自然是能够理解这一点的,在他眼里,教师这种职业本身就是很伟大的,他肯定会支持赵雨晴的决定。听见赵雨晴亲口说出这样的话,他对姐姐的崇敬又深了几分。

"既然如此,你要加油了。我相信,你一定能让那里的孩子接触到更广阔的世界。"

"是啊。"赵雨晴的目光里闪烁着前所未有的坚定,"如果以后发生什么意外,我永远是阿坝的一部分,我会留在这里,帮助更多渴望知识的小孩。"

第七章　霓虹日记

大年初四,赵伟平终于回到公司了,接下来是应对令人焦头烂额的工作。赵伟平的秘书是刚毕业的大学生小李。小李还算机灵,在赵伟平回家的这段日子,小李每天及时把任务发给他,工作上并没有耽误太多,但仍旧有许多琐碎的小事需要他去处理。年前,由于赵伟平提前回家,小李将年终工作总结远程发送给赵伟平,年终总结的具体细节是由赵伟平的直属下属经理王进准备的,赵伟平在家时认真阅读了文件。文件上的所有细节都详尽并且合理,赵伟平却总觉得哪里不对,但如果要让他说出哪里不对,他也说不出。

到了初七,高月也从老家回到了北京。高月的单位是国家直属机构,上班下班都有严格的时间要求。由于年前并没有向高月好好道别,赵伟平的心里颇有些过意不去,因为他们俩都明白,他们的关系绝不是说一句再见就来年再见那样简单。出于某种愧疚心理,高月回北京那天,赵伟平特意开车去机场接了她。

过了年,街上的人已经多了起来,高月的飞机于晚上九点钟到达,因为一路堵车,赵伟平赶到时,高月已经在机场外等了10来分钟。高月穿着一件米白色厚羽绒服,只露出个尖尖的脑袋,赵伟平一眼就认出来了。高月见到赵伟平的第一时刻,就拎着行李冲了过来,整个人像只小鸟一样撞进赵伟平的怀里。

不像想象中的那样特别,赵伟平接过高月的行李放进车里,天空飘着小雪,两人没有多做停留便匆匆离开。后来在高月的楼下,赵伟平看着她有些高兴地挥手道别。由于那时已经是晚上十一点，再加上两人第二天都有工作，他们新年的第一次见面就在匆匆的告别中结束了。

他们再次见面是元宵节的前一天。元宵节这天是假日，高月有一天的休息时间，赵伟平却没有假日。赵伟平原本就是个工作狂，高月时常怀疑他能够连续工作好几个月，所以这天对高月来说是放松的，对赵伟平来说却再平常不过。赵伟平还是如往常一样，去公司处理工作。不同的是这天他恰好要陪客户吃饭。客户还是之前日本方面来的人，日本客户对赵伟平的方案感兴趣才特地又过来调查。吃饭时，客户在暗流涌动之中不断与赵伟平讨价还价。但芯片生意原本就让不得利，所以尽管赵伟平尽力想要保持清醒，却还是在日本客户的围追堵截下有些头晕。眼看情况不大对，赵伟平立即给高月发短信，让她假装来电。最终，在高月的帮助下，赵伟平才得以虎口脱险。

晚上十一点，高月在"金色"的门口接走了赵伟平。金色是一家连锁私房菜，是日本客户要求的中式口味。刚走到大门口，赵伟平就蹲下来一阵猛吐，看样子是要把五脏六腑都吐出来。高月皱紧了眉头，除了心疼还是心疼。

在这样的情况下，高月摸索出赵伟平的车钥匙准备将他送回家。吐过之后，坐在车上的赵伟平安静了许多，他不说话时就没有了平时的拘谨和距离感，此时看上去像个天真无邪的孩子，脸上铺满橙黄色的灯光，在影影绰绰的街头沉沉睡去。

他到家时已经是凌晨十二点过。高月不断试图让赵伟平保持清醒，赵伟平却一直嘀嘀咕咕说一些听不清楚的言语。高月将赵伟平扶到卧室，给他脱掉鞋子盖上被子，等安顿下来已经是后半夜了。高月原本打算在沙发上躺一晚，但躺在沙发上却怎么也睡不着。

在尝试过各种方法都无法入睡后，高月只能干瞪着眼睛盯着天花板，打量赵伟平的住处。这是一间大概六十平方米的一居室，装修的风格很简单，冷色调，简洁。高月躺在一个灰色的松软的沙发里,对面的墙是一块白色屏幕,用来投影。拐角处是赵伟平的卧室,空间不大但布局精巧。房子里没有专门的厨房,只有简单的一个抽油烟机。

高月打开手边的落地灯,看着书桌上一大堆杂乱的书籍,叹了口气,打算帮赵伟平整理一下。就在整理的时候,她不小心把一些书本碰到了地上,便俯下身子去捡,却看见了一本奇怪的本子。

赵伟平的书架上,大多都是知识书刊或者文学名著,有一些本子,也都是硬皮的,十分简洁。只有这一本,是一本胶皮本子,封面上画着小动物的图案,还有一些贴纸。

赵伟平这么干练的人,这么有少女气息的本子会出现在他的家里实在是有些怪异。出于好奇,高月把它翻开看了看。这才发现,原来这是一本日记。

2012年3月6日

今天是今年第一天上班,我列了一个工作计划,买了一本日历。

下个月是我的生日,去年生日也是工作日,忙碌一天后,小陈突然一个电话把我叫过去,原来大家都在,捧着蛋糕为我唱了生日歌,除了感动还是感动。前年生日是在学校和宿舍的姐妹们一起过的,那天下了大雨,大姐二姐在实习,不在学校,但还是赶回来陪我过了22岁生日,想起来有两年没见过她们了,偶尔会通话,但很快大家会忙自己的事。不知道从什么时候开始,我们已经成为这个世界中的一颗小螺丝钉,被牢牢地钉在了各自的工作岗位上。

今年的生日就快到了,我会和谁一起度过呢?有点期待,希望不会是一个人哦。

2012年3月7日

单位来了新人,也走了一批人。有之前相处不错的同事,也有交情甚浅的其他部门同事。我们部门也来了新人,大家第一天在一起就相处不错。

最近爸的肠胃炎又犯了。晚上和爸妈通话又吵了架。明明是一点小事却总要我提醒，两个人还是像以前一样，不懂得享受生活。今年计划带他们出去玩，希望可以休到一周的年假。

　　对了，今天摄影社的人和我联系。我们好久没联系了，大概有四个月了。大学时候的爱好现在也还坚持着，这种感觉还是不错。社长说最近有摄影活动，虽然没有假期，我还是打算尽量赶过去，毕竟是坚持了好几年的爱好，还是不能丢。

　　上班的第二天，感到有压力、累，今天就到这里。

……

　　从笔记和语气上看，这本日记是属于一个女生的，绝对不可能是赵伟平的。然而据高月所知，赵伟平已经独居很久了，姐姐也不在身边，这本日记又会是谁的呢？出于好奇，高月继续翻看了下去。虽然高月知道这样有点不尊重人家，毕竟是日记这种私密的东西，但是高月还是克制不住自己的好奇心。

　　日记的每一篇都不算长，但高月渐渐被内容吸引。3月后面的很久都是一段空白，再到了后面才又有内容。

　　根据日记的内容，高月逐渐在脑海里描绘出了日记主人的模样。这应该是个和自己差不多年纪的女孩子，至少写下这本日记的时候应正值青春年华，而且是个满脑子都是新鲜想法的女孩子。而最让高月感到惊讶的是，这个人是赵伟平的女朋友。

2012年4月8日

　　今天是我的生日，好巧不巧赶上公司集体加班，原本以为今年的生日注定要凄凉地度过，没想到在晚上十点下班时，全办公室一起送了生日蛋糕给我。他们一起合唱生日歌，像是回到了中学时代，全班同学一起过生日的场景。生日歌唱完后，大家让我许愿，我许了希望接下来的一年大家一切顺利的愿望。

　　从上次看电影过后，和小赵的关系好像有了一些变化，我承认一开始我就对小赵有好感，只是没想到这会升温得如此迅速。想想反正是顺路，我和小赵约定好每天早上八点在家楼下的地铁站碰面，当然是我蹭小赵的车。小赵一开始装作一本正经的样子同我约法三章，说好每周请他一顿饭，后来每天七点五十分，小赵的夺命电话准时轰炸我，真不知道他是上班积极呢还是上班积极。

今天晚上也是坐小赵的车回来的。在车上，他让我猜有没有生日礼物，其实他问出这句话时已经用不着猜了，结果他送了我一个玻璃音响，外面是透明玻璃罩，里面是一只金色蝴蝶，可以连接蓝牙。看来小赵的审美水平在我的不断鞭策下有所提升。

刚刚的气氛太难得，我们在小区散了散步。小赵告诉了我他以前当兵时候的事。

夜晚，小区很安静，没有风，温度刚刚好。

2012年5月22日

今天是值得纪念的一天。

老王，也就是我的领导，王总，又在压榨员工了。

最近公司有一个外贸项目，首先需要与甲方见面。我和小赵就这样被拉到了陪吃的队伍里。王总老是告诉我，年轻人要多历练、多积累。要我说，作为领导老王什么都好，就是太会尽人事。

这样的商务谈判饭，桌上不会有太多的人，气氛也比较随和。对面是法国人，法国老板带来了自己的儿子和老婆。我与小赵相邻，旁边是那位法国妻子，长相甜美、性格温柔，有的时候老天还真是不太公平，这一家三口完全是人生赢家的代表嘛。

吃到后来，法国老板来了兴致，说是一定要看看中国著名的娱乐——麻将。于是在这样莫名其妙的状况下，我们与法国老板凑成了一桌。

就这样，过去了两个小时，到了晚上十点，法国人还没有丝毫要走的意思。看来麻将是"鸦片"的说法也不是没有依据的。又过去一个小时，法国小孩终于吵嚷着困了，我们一行人才起身离开。老王喝了酒不能开车，让小赵代开。小赵执意要送我回去，其实原本吃饭的地方离我的住处更近，小赵却偏偏先将老王送了回去，又绕路将我送到家。我打趣他,说他很会和女人共处,他突然认真起来,看着手机上的时间,到 12 点时,他认真地问我要不要做他女朋友。我心里的想法是,这可真是个浪漫的大男孩。

至此,我和小赵终于走到了一起。值得庆祝。

所以我宣布,今天是我的纪念日。

2012 年 6 月 2 日

明明只有我们两个知道,但总有这样的错觉,所有人都发现了我们的事。

虽然不是第一次陷入爱情,但这次还真是让我措手不及。办公室恋情,意外地有一点有趣和惊险。不知道老王知道后,会不会为昨天的决定后悔呢,不过要是被老王发现,我大概也要卷铺盖走人了。

今天再看到小赵,觉得他更帅了,爱情果然使人盲目。

这段日记看得高月醋意翻涌,很不是滋味。这些日记到 2013 年的 5 月后就没有了。翻到这里,卧室突然发出了动静,高月赶紧放下日记假装睡着。躺在沙发上,日记里的那些话就如同钝钝的刀子在不断地敲击高月。

没过多久,高月真的在沙发上睡着了,第二天醒来,已经是上午。赵伟平已经离开,留下了纸条给高月,大意是告诉她自己先去上班了,买好了早餐。虽然很想再看看日记,但一抬头看墙上的钟,才发现已经快到十点,高月就这样匆匆忙忙地出了门。在挤地铁的路上,看到的一小部分日记内容在高月的脑海里翻涌,潮水一样时涨时落,就是无法消散。从文字里可以感受到,这是一个对生活有许多想法甚至是热情的女孩,高月完完全全感受到了。这个清晰的认知让她感到害怕,因为她知道,再怎么样亲近的陪伴都战胜不了那些美好回忆,扑面而来的压力让她有些失魂落魄,她在地铁里坐过了站。

第八章　微醺的夜晚

　　第二天,赵伟平坐在办公室,脑袋像是一团搅乱的糨糊一般,昏昏沉沉,连思考都成问题,更记不起昨天晚上的细节。
　　看着落地窗外穿梭在路口的车流,他陷入了短暂的混沌。外面明晃晃的太阳光仿佛穿过了挡光玻璃的阻碍,直接又深入地照射在了赵伟平的眼睛里。赵伟平深深地感到疲倦,在彻底断片儿的第二天早晨,深夜到凌晨的这段时间仿佛被某种吞噬时间的机器掌控,在短暂地停留后又回到了原来的位置。这是一个同往常没有差别的工作日,他看着眼前沉重的文件夹,电脑屏幕因为停留时间过长开始出现左右摆荡的小气泡。这一切没有丝毫变化。对面是高耸的城市大厦,大厦顶端是银色玻璃球状的建筑,透露出现代工业的金属化特质。
　　一个电话打断了赵伟平飘荡的思绪,将他一下子拉扯回来。电话里是老客户的寒暄,紧接着就是麻烦事。挂完电话后,赵伟平起身洗了个手,随后再次埋头在翻不完的文件夹里。
　　赵伟平的生活很简单,甚至可以用一个更准确的词语——枯燥,是接近孤独的枯燥。到了饭点,赵伟平便起身下楼吃午饭。旁边是与这座写字楼相对应的购物楼,地下一层是美食街。赵伟平有一些常人不能理解的癖好和执着,也许正是这个原因使他看上去更加孤独。他抵制外卖,所以在其他人简单吃几口外卖时,他总是固执地下楼吃快餐。本质上,这两种食物并没有太大差别,同样的机械化,同样容易让人厌倦。但赵伟平总是坚持着这个习惯,这是他抵制虚拟化的一种看起来像是仪式感的方式。他偶尔会遇到一两个同吃快餐的同事，但绝不会有人在偶遇之前提出一起吃饭，这是一种办公室里的潜在规则，鲜少有人打破。这看起来更像是宣告主权与独处的潜台词，具有现代化意味。

这天的赵伟平在快到达负一层时改变了主意，他想起家里缺一盏台灯，于是改变方向，上楼去了家居店。虽说是无意间的决定，赵伟平还是一眼就看中了一个银色落地灯。除了灯罩，再无其他装饰，只有那个橘黄色的灯泡，透出一丝暖意。这符合赵伟平对家具的要求，简洁实用。付账时赵伟平瞥见了一个熟悉的身影，是办公室助理小李。旁边挽着他的显然是他的女朋友，不算漂亮但也不难看，走路时喜欢往小李身边凑，显示出对一切都好奇的样子，看样子是刚毕业或者还没毕业的学生。小李没有看到赵伟平，只是从橱窗前路过，为了省去不必要的寒暄，赵伟平也没有开口打招呼。

当天下班，赵伟平没有直接回家，他去接了高月一起吃晚饭。高月显得心事重重，那些日记一直占据着她的思绪，像一张巨型蜘蛛网牢牢将她锁定在那些句子上。

"晚上想吃什么？"赵伟平连着问了两次，高月才回过神来，说："啊，我觉得可以啊。"

赵伟平一皱眉："我是问你吃什么，海底捞怎么样？我记得你说过这家店你很喜欢。"

"嗯，行，都听你的。"高月回答道，但是看起来有点心不在焉。赵伟平只当是高月今天工作太累了，没有往心里去，所以就带着高月去了海底捞。

不过在去海底捞的途中，赵伟平发现好几次两人交谈时，高月都没有回话，他以为高月在工作上遇到了什么，但仔细询问后，高月否认了自己的心不在焉，她稍稍从日记里抽离出了片刻。

他们去的那家海底捞，人气非常高，等位要两小时。这是望京一处较有名气的海底捞，所以等两小时也是常有的事情，两人做好了准备苦等下去。按照高月以前的脾气，一定会转身去别家，但今天的高月只要一想起那本日记,酸酸的感觉就占据了整个大脑,所以等位过程中她一直沉默不语。赵伟平情绪原本还不错,后来变成自言自语,最后只好低头看起手机。

许果琦的及时出现打破了僵局。

许果琦和一群朋友在附近逛街,转眼看到了坐在外面边等位边各自玩手机的赵伟平和高月。许果琦悄悄走到高月身后,拍了拍她的肩膀,猝不及防间抬头看到许果琦的高月一下子大声叫了出来。

"吓死我了,你怎么会在这里?"高月问。

"这是谁呀,是不是你男朋友,还不介绍介绍。"许果琦看到赵伟平的第一眼就认出了他,但碍于两人之前没见过面,只好装傻。

"赵伟平,是不是男朋友你自己猜吧,不告诉你。"高月嘴上这么说着,却已经悄悄红了脸,马上回过头,假装相互介绍来避免尴尬。

"许果琦,我的好朋友。"

气氛一下子热闹了起来,许果琦性格大大咧咧,连珠炮似的问题一个接一个来,再加上她的几个朋友高月也见过几次面,算是认识,刚刚沉闷的气氛就这样被打破。

最后,在许果琦的惯性强迫下,赵伟平被拉着和高月一起参加了一场意料之外的朋友聚会。这样的情况的确难以表述清楚,高月和赵伟平,关系还未定,却在这样的突发状况下见了朋友,高月心里琢磨着,该怎么面对朋友们的盘问。

高月心里没有明确答案,当有人问起她与赵伟平的关系时,她总是含糊其词、一言带过,再加上人多气氛足,大家并没有过分为难高月。一顿饭下来,赵伟平渐渐融入了高月朋友的氛围。

许果琦起身结账时,才发现赵伟平已经付过了,许果琦有些抱怨,抱怨赵伟平太客气。虽然是朋友,但是大家每次聚会还是会平摊费用,高月也才意识到原来赵伟平刚刚吃饭时起身是去付账了。

吃完饭后,高月和赵伟平紧接着又被许果琦拉去旁边的露天酒吧喝酒。这是一群年轻人的聚会,热闹是肯定的,高月在这种热闹的氛围里短暂地忘记了让自己闷闷不乐的日记。大家好像都认定了赵伟平就是高月的男朋友,每个人都对他盘问了一番,调查户口似的询问了一大堆,直到将赵伟平的家庭住址、星座信息都问出来以后才放过他。这些人都是许果玲的朋友,有男性朋友也有女性朋友,由于来往较多,高月也都认识,其实原本是不需要仔细询问的事,朋友们却一本正经,这让高月的心里多少有了些宽慰。当然里面也不乏闷闷不乐的朋友,因为高月是出了名的"万年单身",同样处于空窗期的徐雅看到连高月都找到了男友,更是郁闷至极。她神情严肃地把高月叫到一边,说:"我最近每天来找你吃饭,听说姻缘这个事情,能传染。"高月哭笑不得。

原本高月有更重要的问题要与许果玲讨论,但碍于大家都在场,她也只好作罢。

由于不是周末,大家随意喝了几杯就散了。接近晚上十一点半时,高月看着朋友们都离开,和许果玲分别时挤眉弄眼一阵过后,高月的心情又跌回了谷底。

赵伟平没有直接去开车,而是提议在微风中散散步。高月由于情绪不稳定连续喝了好几杯,脸上有了些醉意,人也开始歪歪斜斜。

"对了,都没问过你,交过几个女朋友啊?"

"脑袋瓜整天想些什么。"

"算了,那你最小的女朋友几岁。"

"23 了。"

高月想到和自己同岁,继续追问下去,赵伟平却不说话了,只是握住了高月的手。

一阵风吹醒了高月,高月发现原来他说的就是自己。再想到今天在朋友面前,赵伟平的所有做法都是妥当的,充满爱意的,合乎情理的。虽然高月无意炫耀,但在朋友面前,赵伟平的大方还是让高月的内心有些得意与自豪。

所有的不畅快顷刻间化为乌有,回家路上,高月路过小区的树林,看来要下雨,风吹得树叶沙沙作响,仿佛整片树林都和高月一样,陷入了一种微醺下的昏迷。

周四是一周中第二难熬的日子,因为隔天就是休息日。高月也是毕业后才知道,假期是多么宝贵。但是昨天赵伟平的话还在高月的脑海里,那句简简单单的、没有询问也没有确认的话,一下子肯定了两人的关系。同时,高月也暗自恼火于赵伟平的绝对自信,让自己失去了作为女孩在恋爱时具有决定权的瞬间,但转念想到那个一起在荆州古城下漫步的赵伟平,高月的心又开始雀跃起来。她没有忘记日记的事,反复警告自己,感情最忌讳的是抓住过去不放,但心里的那块石头就像一扇密不透风的屏障,让高月时时刻刻感受到窒息与难过。

这周高月依旧很忙,所以这些心理活动都是在工作之余困扰高月的。电视台前几天又走了一个小姑娘,因为吃不了苦。高月也真正感受到影视行业的艰苦卓绝,由于高月还处于实习期,手中有分量的工作并不多,但目前的工作量已经是一个刚毕业的人难以想象的了。高月最近在做一档法制节目,上次的节目审批还没有音讯,高月跟着自己在台里的导师一同准备这档法律节目。且不说拍摄的过程是怎样的艰辛,仅仅只是后期工作就已经让高月昏了眼睛。前期的文稿、后期的策划、道具准备、咨询律师、联系嘉宾,在那些看似简单的法制节目背后,是庞杂到难以描述的影视工业流程,这个过程时间久、涉及的工作多,还并不一定能得到相应的回报。但影视之所以存在,绝不仅仅是为了娱乐,也绝不仅仅是服务于那些浮夸的造型和偶像,最重要的还是让人们了解到世界的背面,我们目光所及的反方向,那些灰暗的、值得反思的地方,尤其在法律方面更是如此。有管理失常用毒药害人的公司,有为情所困情绪失控而杀害情人的恋人,也有逃避责任抛弃父母的道德沦丧者,这些东西都真实地存在于社会的每一个角落,虽然要改变他们并不容易,但总需要有人为改变做出努力。所以高月虽然时常为工作感到痛苦,但决不退缩。她相信自己的付出所产生的那些微妙的影响,一定是有用的。

因为新节目的原因,高月只能放弃见赵伟平。在这个节骨眼上,所有人都在熬夜准备新一期的节目。高月那种近乎天真的使命感又控制了她的全部思维,这种使命感让她全身心地投入到了工作中。经常抬头看时间时才发现,已经是晚上九点,手机上是赵伟平的十几条消息,高月原本疲惫的眼神变得温柔,她看着那些消息,所有的事情,好像从昨天那个微醺的夜晚过后就开始不一样起来。

第九章　人在西游

　　《人在西游》是这周六即将首播的一档网络综艺节目,在当红视频网络平台皆可观看。为了两天后的节目首播,高月已三十六个小时没合眼了。此刻是周五的早上,各种车辆已经在城市里穿梭,金色的太阳光照射在那些质地坚硬的壳子上,阳光不是太刺眼,高月的心却随着这个即将升起来的太阳变得振奋。

　　电视台在海淀区,周围是学院路,没有商业区。从剪辑室走出来的高月虽然一夜没睡,但精神还不错。《人在西游》是高月经过考察、研究,自己向台里提议的旅游节目,策划方案完全由她自己一个人完成。好在交给领导后台里极为重视,经过修改和调整,台里沿用了高月提出的节目名《人在西游》。

　　距电视台两站路的地方才有早餐店,高月从剪辑室走出来,准备先搭车吃一顿早饭恢复精力。周五的早上依旧繁忙,虽然只有两站路,公交车还是被堵在了半路,高月坐在靠左的窗户边,随着车子走走停停,高月在摇摇晃晃中再一次在脑海中畅想。

　　她在考虑吃点什么。其实人的特质永远包含在自身的人生体验和个性之上。高月喜欢简单的中式早餐,再直白一点就是豆浆油条,或者一份面条也是不错的选择,这仿佛是北方人早餐的代表。

　　这是一个混沌的早晨,至少对高月来说是这样。她像一个一刻都不能停下来的螺丝钉,吃过早饭后又很快回到自己的格子间,处理那些城市中永远不会消散的琐碎工作。

这一天对赵伟平来说是波折而又离奇的。之所以用"离奇"这样的词语，是因为它太过于超越常规，超越了赵伟平心底里那个已经被划分好的底线，打破的是一段赵伟平曾经珍视如今却无法挽回的关系。

按照日程，今天是与北京最大的科技公司朝阳的领导见面的日子。朝阳已经是科华的老合作伙伴了，因为朝阳三代人的努力和原始资本的积累，朝阳形成了巨大的产业链，所以在面对朝阳时，科华只是个小跟班。

在大门口，赵伟平见到了准时赴约的销售部经理王茹。

王茹是个干练的女人，比赵伟平大两岁。王茹的性格风风火火，大学刚毕业就和大学男朋友结了婚。对于刚毕业的新婚者来说，迎面而来的压力，足以击垮两个肩膀还不够结实的年轻人，所以他们的感情注定不美满，终将是个悲剧。她在那种暗无天日的状态下生活，爱情逐渐被消磨，成长的打磨抹杀了所有情怀，她对未来的美好憧憬也溃不成军。孩子的出生更是直接促使了那段草率幼稚的爱情走向终结，婚姻变得脆弱，直到王茹的老公因工作原因主动调往国外。这些年来，王茹一直都是一个人生活。

赵伟平对王茹倒是没什么，但这次相遇在王茹眼中却格外不同。或许正如书中说的那样，当代女性最大的错觉是误以为心仪对象也喜欢自己，并从对方无意的举动中罗列出喜欢自己的十大表现，王茹就处于这个阶段。这天赵伟平刚好有些口渴，办公室的饮水机没有水了，他只好出来，遇到了同样在休息间喝咖啡的王茹。王茹表面还是像往常那样自信、成熟、端庄，但是内心因为这次偶遇又开始产生幻想。单从外表看来，很难将王茹同小鸟依人这类词语联系起来，这是王茹长相硬朗的缘故，也与王茹的做事风格有关。她激进有想法，听不进去别人的意见，留着一头短发，一看就是个独立性极强的女人。或许是由于她性格太强势，才致使上一段感情无疾而终。王茹的丈夫是个瘦弱又老实的男人，但是十分聪明，当年凭借全年级第一的成绩俘获了王茹，但生活方面是个弱者，所以两人的爱情很快在这样不符合自然规律的组合下走向消亡。由于孩子的原因,王茹和丈夫一直没能下定决心离婚,但丈夫去新加坡已经有三年,三年间他们只见过一次,王茹的青春在这样的错误中,慢慢地流逝。

王茹没有预料到的是,赵伟平对她,的的确确只是像对待姐姐那样。王茹一开始并不在赵伟平的公司,她是另一个IT公司的骨干。王茹是高才生,专业知识过硬,加上"工作狂"的性格,在处理业务方面有自己的独到之处。提及赵伟平将王茹挖过来的过程,还要回忆到三年前。那时候正是王茹人生的低谷时期,两岁大的孩子没人照顾,她只能拜托父母从杭州来北京带孩子。原来的公司内部出现矛盾,同样是经理的对手针对王茹,王茹正处于进退两难的境地,虽然说换公司也不是不可能的事,但挑来挑去总是不太合适。那时赵伟平的公司还是个刚起步没多久的小公司,但好在内部成员都肯吃苦,效益不错。赵伟平的公司恰好与王茹所在的大公司有合作,一次招标会议,赵伟平看出了王茹的困境。会议上王茹的竞争对手,另一个男主管,言语间都是尖酸刻薄的讽刺,当着许多客户的面让王茹下不来台。这些小细节如果报告给更高级别的经理,倒显得王茹小气,所以王茹只能吃哑巴亏,有苦说不出。当天会议上,赵伟平看不惯那样没有底线的公然对抗,选择了退出。其实另一个主要原因是赵伟平的公司已经不可能竞标成功,原本就是一潭死水,再难泛起什么涟漪。赵伟平以一个绝对安全的理由退出了这场竞争,他是与王茹进行交接的,王茹明白他的意思,在弱肉强食、唯利是图的商业领域,赵伟平身上有难得一见的情怀。是那种情怀让他和他的公司从许多大风大浪中挺了过来,至少王茹是这样认为的。

后来因为几单小生意,赵伟平与王茹又有了合作。慢慢地,接触的过程中,赵伟平了解了王茹的苦衷,于是在王茹公司裁员浪潮中,赵伟平劝王茹来自己的公司,并且承诺将会给王茹6%的股份。这是个不小的数目,但对于赵伟平来说也算是一笔增值的买卖。王茹的工作能力在业界是小有名气的,她的优势在于强有力的市场分析以及应变能力。王茹大学时原本学的就是计算机专业,专业上的知识她不成问题,再加上英语能力强,能够应对大多数的外贸客户。王茹答应了,她不仅感谢赵伟平帮助她下定决心离开那个地方,也为那数目不小的股份心动。顺理成章地,王茹加入了赵伟平的公司。

赵伟平没有想到的是,王茹也是一个感情丰富的人。王茹在心底一直对赵伟平怀有某种特殊的情愫,但由于自尊和倔强,她从不表露。但横亘在王茹生活中的是巨大的情感缺失和数不尽的麻烦与困扰,这不仅存在于和丈夫疏离破碎的关系中,还存在于生活的点点滴滴:儿子乐乐上学的问题,父母养老问题……她需要一个支撑,支撑起生命中那些空白的、冰冷的、没有爱意的角落。和大多数商务女士一样,她们对网络上的营销文章深信不疑,以为积极参加健身、每周固定学习花艺、参加那些看起来丰富鲜活的活动就能够自我完善,但其实将希望寄托于这样琐碎的生活时,她就已经失去了生活。王茹已经很久没有像现在这样心动过,如同远航的游轮找不到停泊的港湾。好在这时突然亮起了一盏灯,那灯光有些微弱,但也足以抵挡漫无边际的黑暗与恐惧。

约定的晚饭时间是晚上七点,在金铭轩,一家小有名气的菜馆,赵伟平和王茹提前到达候客。赵伟平注意到,以前总是干练清爽的王茹最近却变换了风格,这个变化是不经意的、缓慢的、掩人耳目的。但只要对生活还算留意就能注意到,王茹的确是在努力让自己变得更加拥有女性化的那种特质,精致且细腻。这个有计划的改造行为被一向粗枝大叶的小李一下子打断。小李坐赵伟平的车赶到金铭轩时,王茹已经到了。小李敏锐地察觉到了王茹的变化,于是他脱口而出:"茹姐,越来越漂亮了。"

原本这句话让王茹暗自开心,下一句却又一下子把这种微妙的开心完全磨灭。

"看来茹姐最近和姐夫感情不错。"

后来的这一句是赵伟平补的,这句话触碰了两个绝对不能表露的禁忌。第一,赵伟平平时并不会这样称呼王茹,显然是有意接腔小李的玩笑话;第二,原本王茹脑海里那些不真切的幻想被完全磨灭了。在这个小小的时刻,她感到一种无以名状的失落,但好在她已经不是女孩的心态了,她将自己的失落、沮丧、埋怨通通掩盖在坚硬的外表下,借口去洗手间,匆匆地离开了这场对话。

　　朝阳的总经理王一军是个平易近人的中年人,大概五十多岁。王一军在业内以准时出名,这并不是指他因态度严谨提前早到,而是无论什么样的场合,他总是能够卡在约定时间的正点出现,一分不多一分不少。于是在这一天的晚上七点,王一军夹着他的奢侈品手拿包,腆着肚子走进了金铭轩。

　　一轮酒过去,所有人的兴致都开始慢慢高涨,王一军又开始讲起了自己下乡当知青的往事,这是那一辈人爱讲的故事。这时下属赵力谄媚的一面就得以显现,惊人的语言天赋使他句句夸在要点上,王一军也从自己的演讲效果中得到鼓励,越讲越起劲,酒也越喝越快,直到最后,王一军的女儿打来电话让他即刻回家,王一军这才意犹未尽地从餐桌上退下来。王一军患有严重的糖尿病,原则上是滴酒不沾的,但他别的爱好没有,就是爱喝酒,于是女儿王璐璐每天就成了王一军的定时跟踪播报员,一遇到应酬就准时催他回家。这一天王一军的女儿恰巧也在金铭轩聚会,于是到了最后,王璐璐直接来到门外,接走了王一军。王一军离开时所有人都起身相送,小李将王一军交到了王璐璐手中。在看到王璐璐的一瞬间,小李被那种富有女孩的机灵完全吸引。

　　小李是北京当地人,这也是他一直引以为傲的事情。他的学习、生活、家庭都平淡而顺利,值得注意的是平淡这个词语,他虽是北京人,却不属于绝对自信的那一类,而是像千千万万个从小城市来的人那样,平凡又普通。他的爸妈是开商铺的个体户,一家人虽算不上富裕但日子也还算顺心。而在小李的内心深处,始终向往着那种无忧的、体面的生活,这是潜藏在他内心深处不易察觉的秘密。于是在看到王璐璐的那一刻,他看到了自己想成为的那类人的影子。璐璐的身边跟着两个年轻的帅小伙,无一不是穿着一身当下最流行的潮牌,眼神里透露着自信和狂妄,目空一切,是家境优渥的公子哥。他们对璐璐言听计从,从小李的手中接过摇摇晃晃的王一军。璐璐像是远程操作员,又像是交响曲的指挥家,用动听的语言指使着眼前的男孩们。她用那双有长长睫毛的眼瞳盯着小李,说了句"谢了"。眼下这样的场景,小李几乎觉得自己才是那个应该说感谢的人。直到璐璐带着王一军走远,小李依旧沉浸在那个他自认为是意味深长的对视中。

再次回到饭桌,桌上的场景又改变了。老虎走了,就只剩下了猴子,赵力自然而然地丢掉了那副在王一军面前的顺从模样,换成了另一副老虎面孔,场上变成了吹捧赵力的局面。赵力仗着这份吹捧,主动换座位,坐在了王茹身边。他堆起油腻的假笑,一只手不自然地伸到王茹的胳膊上,几次拖拽下甚至准备强行灌酒。这一幕发生时,赵伟平刚刚从洗手间回来。赵伟平的生意始终不温不火还有一个重要原因,就是他的倔脾气。眼看王茹被欺负,赵伟平直接一拳将赵力打倒在地。由于赵力在酒精的作用下处于半麻痹状态,他并没有还手,而是站起来继续拉扯王茹,王茹也由于喝酒过了量,丝毫没有抵抗的意思。反观桌子上那些一同来的同事,也都事不关己般与身边带来的女孩没完没了地聊天。赵伟平突然觉得几乎要喘不过气,他拉着王茹说是要先离开,剩下的任务都交给了小李。

从金铭轩出来已经是晚上十点,赵伟平招手拦下一辆出租车准备将王茹送回家,王茹却吞吞吐吐地说不出住址,无奈之下,赵伟平只好下车买些薄荷片和牛奶为王茹醒酒。赵伟平隐约察觉有哪里不对,但具体是什么他也说不上来,最后只好作罢。如果说起初王茹是真的醉倒,后来却是不愿意清醒。她第一次放任自己,试图将自己全部交给赵伟平。借着醉酒,王茹靠在赵伟平的肩膀上,坐在罗森便利店外面的台阶上不愿意起来。赵伟平感到些许尴尬,毕竟不是二十多岁的年轻人,也过了为感情逗留街头的年龄,但他实在不愿带王茹回家,因为家是他的私人空间,需要绝对的静谧。从买房子到现在,去过的人只有高月。但房子所有的布局都是陆文洁与他一同设计的,所以赵伟平站在街头一筹莫展。无奈之下,赵伟平只好反复询问王茹的住址,希望她能够清醒过来,平时一向很有分寸的王茹,今天却倒在赵伟平的肩头嘀嘀咕咕。看到王茹脆弱的一面,赵伟平有些无所适从。

最终,赵伟平决定将王茹送至最近的宾馆。王茹的意识趋向模糊,她时而清醒,时而混沌不清。她只记得自己靠在赵伟平的肩头时,赵伟平没有拒绝,于是她又犯了女人的大忌,听从自己的潜意识,潜意识里将赵伟平塑造成一个对自己含有爱意却不敢表明心迹的对象。在罗森便利店的门口,她看到远处渐渐熄灭灯光的高楼和购物商城,她想起自己曾经无数次穿越在这些高耸的建筑中间,有时候甚至认为自己可以成为它们的主宰者,可是这一刻,她只感到生命永无止境的空虚与孤独。她想起自己的孩子,虽然已经托付给好友,但丢下孩子不管不问总归还是冷漠的行为。她拿出手机想要拨打一个号码,却几次都没能按住拨号键,最后在模糊的意识中手机掉落在了地上,她听到赵伟平的声音在耳边不停地询问,她努力想要抓住那些语言的重点,却无法抑制住它们一个一个从思维的缝隙中溜走。最后她放弃了,她想,就今天,只这一次,放任自己。

如果赵伟平对王茹存有半点不纯真的想法,他也不会将她带来酒店,正是因为这个行为太不带有目的性,所以赵伟平在将王茹送到酒店的过程中一直是坦荡的、毫不犹豫的。当王茹拉住他的手让他不要走,甚至还主动亲吻他的时候,赵伟平感到一阵强烈的生理不适,他今天的举动也变得有些讽刺和怪异。原本赵伟平以为王茹只是酒后认错了人,于是准备挣脱她后离开。但他始料未及的是,王茹拉着他的手,叫着他的名字,热烈且充满爱意,像是练习了许多次。这一幕让赵伟平心底的防线彻底崩塌,不应该是这样,那个自己内心极为敬重的姐姐不该有这样的行为,任何带其他感情的话语都是对这段关系的摧毁。赵伟平和王茹的关系,被摧毁了。

显然王茹带着一半的酒劲,丝毫没有察觉到这段关系正在静默中走向消亡。她要一次性全部说完,她要彻彻底底地将这件事弄明白。于是王茹做了傻事。

她靠近赵伟平,亲吻他的鼻子、嘴巴、耳朵,甚至用双手抚摸着赵伟平的背部,她在等赵伟平的回应。但是赵伟平是那样冷漠地躲避着,王茹更是较上了劲,渐渐地,两人变成了互相扭打。赵伟平不断让王茹清醒一些,王茹终于说出了自己的真心话。

她将藏在心底那么多不便告人的秘密脱口而出。比如婚姻的不幸、孩子的烦恼,即使她在工作上一直是被肯定的那一个,但是这些无法弥补感情上的巨大空缺。这个空缺像是被暴雨冲击的屋檐,在一点一点地垮塌,直到最后,那些猛兽会随着倾盆而来的雨水将她彻底淹没。她被淹没在随时可能致命的瓢泼大雨里,如果不抓住赵伟平这个救生艇就无法度过黑夜里的涨潮。她只是自顾自地将自己对赵伟平的心动、对他的感情和盘托出,她原本因为告白而闪亮的眼眸慢慢暗淡。赵伟平没有丝毫被打动的迹象,甚至王茹的告白似乎让他感到不适。直到王茹说完了,也放弃了。她明白她注定要独自度过那些不可预测的深海涨潮了。

赵伟平在经历这场可怕的告白后,只说了一句话。

"我一直拿你当姐姐。"

随后他迅速离开,甚至没来得及拿上自己的外套。王茹前言不搭后语、逻辑不清晰的告白让他感到害怕。他害怕的是人生中又将失去一个姐姐,一个无论何时都鼓励支持自己的姐姐。在一夜之间,这些都不再存在。他是明白自己的,即使表面上可以装作若无其事,但是内心深处,这段关系被永远留在了那家宾馆,伴随着毁灭和不被接受。

从宾馆到楼下不过五分钟,赵伟平却出了一头汗。这个时候,他突然想起一件事,这天约定好十点钟接高月下班。赵伟平抬起手表,已经是十一点半,奇怪的是手机里竟没有未接来电,只有高月的消息。

"加班,不用来接我。早点回家,爱你哦。"

赵伟平头一次迫切地想要见到高月。很长时间以来,确切来说是陆文洁发生意外后,赵伟平感到了一种疲惫。赵伟平不愿意让关于陆文洁的记忆消失得这么快,于是他有意识地无限延长这个期限,直到今天,他真正地从内心里认定可以放手了,于是对高月的感情慢慢占据了上风。赵伟平对人的感情变化无常感到失望,但他无法抵抗一个生动的、活泼的生命带来的活力。在王茹告白的时候,赵伟平甚至有些走神,他想到了高月,想到了陆文洁,甚至想到了江衫,他在那个充满悲情色彩的告白中明白了自己的全部想法。

  凌晨两点的电视台,赵伟平在台阶上几乎要睡着了。后来他站起身走进了电视台里,里面几乎是空荡荡的,只有一个房间传来了讲话声,很显然是高月以及同一个节目组工作人员的讨论声。这是一个透明的房间,外围被玻璃门包裹。赵伟平站在玻璃门的外面,里面的高月将头发扎成马尾,素颜,对着屏幕指指点点,是平时难得一见的认真。赵伟平靠在门边,一言不发地看着里面的场景。除高月以外还有两个女孩,都是素面朝天的样子,剩下是十来个男孩。看着他们热烈地讨论节目的内容,赵伟平心里琢磨着,这下倒是不用担心台里的男孩有其他想法了。赵伟平在电视台看到了节目名称——《人在西游》。仔细想来,这么多年他一直没有停止过游荡,今天更应了这句话。

  一个女孩发现了赵伟平,高月扭头,这才看见悄悄来访的赵伟平。她第一时间冲出来抱住了眼前的男人,在一片起哄声中和赵伟平走了出去。后来坐在望京小腰的店铺里,高月反复逼问赵伟平过来的原因,赵伟平只是看着她,摸了摸她的脑袋,什么也没说出口。

第十章　坍缩的波函数

　　助理小李最近很不寻常，主要表现为经常在一个人走路时露出诡异的微笑，这样的情形已经被赵伟平撞上多次。办公室里的"万事通"周玥将这种现象诊断为恋爱初期症候群，意思是小李似乎正在经历一场不同寻常的感情。

　　也许全公司的人都听到了这个推测，唯独赵伟平一个人待在自己的经理办公室里独自愁苦，无心顾及关于小李的绯闻。事情的起因还要追溯到周五的那次应酬，自从那件事情发生后，王茹见到赵伟平总是带有某些意味不明的尴尬，那是一种虽然没说破但可以清晰感知到的尴尬，存在于每一句对话中。例如，以前对话简洁明了的两个人现在总是抢在对方之前开口，其实这种尴尬主要原因在王茹身上。

　　王茹一直有意避开赵伟平，平时必须亲自送去的重要文件改为让秘书代劳，不再出现在偶尔午餐时会遇到赵伟平的那家快餐店。这些赵伟平都能够察觉到。按照赵伟平的性格，他试图淡化那种别扭的尴尬，装作什么都没发生过，但让他没有想到的是，他这样逃避的做法，直接导致了王茹的离职。其实如果赵伟平稍稍表现出不妥或是歉意，王茹不会这样坚决地离开。但赵伟平这样的漠视让王茹彻底死心，那些曾经存在的美好幻想变成了不知轻重的自我幻想，一切都只能用四个字来描述——自作多情。王茹感到疲惫。

　　赵伟平接到王茹的辞呈是在一个午后，他坐在办公桌前，就着午饭时的困倦,正打算任凭思绪短暂的漂浮,王茹敲了敲门,随后走了进来。她没有直视赵伟平的眼睛,对视这个动作让王茹感到为难,但是告别的话是无论如何也要说出口的,虽然王茹一拖再拖,想让这个告别无限延长,但事情总归要有解决的那一天。

  王茹离开办公室时,赵伟平在思考着如何找到顶替王茹的人。王茹离开后,赵伟平被办公室里报时的闹钟打断了思绪,晚上七点整,与高月约定吃晚饭的时间。由于都有车,原本两人约定好直接在餐厅见面,赵伟平却在公司楼下碰到了中途折回来的王茹。王茹的手里拿着那件外套,赵伟平接过外套,正准备礼貌性地问候几句,却看到了迎面走过来的高月。他们都没有注意到,在衣服的领口处,靠近商标的地方,灰色的衣服上印上了一半口红印,此时在赵伟平几次折叠下,衣服的领口毫无保留地显露了出来。

  赵伟平看到高月,笑着打了个招呼,道:"你来了!介绍一下,这是王茹。公司的元老,我肯定跟你提到过,她……"

  赵伟平以为只是做简单的介绍就好,然而高月的脸上写满了愤怒,赵伟平意识到事情不对劲,也就停住了嘴。

  "衣领上的是什么?"

  这时,赵伟平和王茹的视线才落到外套的衣领上,那个小小的、颜色还是鲜红的口红印记,一半隐没在灰色中,一半在白色的商标上显露无遗。

  高月拿起衣服仔细看了看,确认那是一块口红印,便将外套丢在赵伟平的怀里转身直接离开。高月快步向前走,脑袋里发出轰鸣,眼前的女人高高瘦瘦,显然是个冷硬的类型,最重要的是,和自己完全不一样。她的脑海里浮现出许多设想,比如赵伟平一开始就是不忠的,将自己的感情当作调味剂。但其实这样的想法既没有根据也很容易被推翻,赵伟平每天的行程高月再清楚不过,但是那一刻高月还是被冲昏了头脑。她站在街头,失魂落魄地走向地铁站。

  眼看高月已经误会,赵伟平顾不上太多,朝着高月离开的方向追过去,只对王茹说了句:"那是我女朋友,好像误会了,就……先这样吧。"

许多年以后,时间久远到王茹的记忆已经变得模糊,久远到高月和赵伟平的面容都有些记不清晰。王茹与后来的丈夫聊天,起因是看到自己儿子的小女朋友嘟着嘴巴让儿子倒水,从那个小女朋友身上,王茹猛然间回忆起自己年轻时候那段看不真切的失败感情经历。

"你说这种不独立的小女孩有什么吸引人的地方?"

"我也不懂。"丈夫也在思索,"我喜欢你这样的,智慧。"说完丈夫朝着王茹讨好般笑了笑,王茹心底里早就知道丈夫是在为了晚上的小酌做铺垫,她推开丈夫,突然间某种执念占据了她的所有思绪,她甚至连手中的菜都放下,将儿子叫到一边,认真问出了这个问题。

"我就喜欢她依赖我,不谙世事的样子。"

这句话虽然充满了年轻的意味,但王茹终于明白了自己输在哪里。人们陷入爱情,不是为了钱财或消遣,而是寻求一种认同、一种存在。王茹信奉的原则终于被打开了缺口,她突然对逝去的日子有着无限的悔意和眷恋,这样简单的道理,她却领悟了一辈子,在青春和美貌已经消耗殆尽时才幡然醒悟。

但是此刻的王茹,心里对高月充满了不屑与怀疑,她那强硬的女强人心理又开始作祟,潜意识中她对自己说,输了也并不是自己的错,被一个任性女孩打败,根本算不上失败。她捡起掉在地上的衣服,追上前去。王茹主动将一切来龙去脉解释清楚,包括自己被拒绝的那一部分。高月终于接受了解释,停下了一直向前的脚步。

这个小插曲并没有影响赵伟平和高月的晚饭,反而因这顿饭充满了曲折与动荡,显得意义不同了。高月原本并不是那种计较的性格,再加上王茹的主动解释,反倒让她意识到自己似乎有点草木皆兵、小题大做,于是不到十分钟,高月就已经将外套的事抛在脑后了。这也是高月吸引赵伟平的地方,这个女孩似乎没什么烦恼,即使有过不愉快,但她那强大的记忆系统总是能很快删除脑海里那些不快的片段。所以他与高月在一起的时候,氛围总是快乐的,赵伟平喜欢这种简单的快乐。

第二天到公司,赵伟平才听说了那个令全公司愤怒的消息。王茹去了敌对公司开达。开达是一家成立不久的新公司,但由于资源优势明显,背后有资本撑腰,崛起速度十分迅速。在最近的几次招标中,开达压中了好几次,并且对于科华而言,最具威胁的一点在于开达主要经营的方向同样是面向海峡两岸暨香港市场,这样一来最受冲击的就是科华。虽然北京大大小小的芯片公司不下万家,但像开达这样极具竞争力的对手还是少见。王茹的离开代表着以前科华的所有机密文件都将被开达享有,甚至那些未公开的、需要绝对保密的项目,如果王茹留心就一定能得到。赵伟平隐约感觉自己遇到了麻烦事。

其实在这之前,赵伟平就对一件事感到疑惑。在同类企业中,科华的主要注意力放在质量和价格上,大多数大公司选择合作的原因不仅因为科华的价格公道,更因为科华的办事效率过关,每次合作都基本能够实现利益的最大化,这是几个大公司始终与科华保持良好合作的关键。但是自从开达正式进入市场的近一年以来,科华价格上的优势明显降低。无论科华开出怎样的价格,开达总能够在科华的报价之下。那些未与科华合作过的新客户,在价格的驱使下很多都流向了开达,这对于科华而言是一项不小的损失。所以,至少在最近一年内,科华的最大敌人就是开达。

赵伟平曾经试图调查开达公司,没有人能够在这样的巧合和滑铁卢中坐视不管。让赵伟平感到奇怪的是,开达的管理名单并非公开的,一般这样的小企业,法人无须刻意隐瞒身份。也许由于对方的保密工作太过于严密,赵伟平始终没能查出开达公司背后的秘密。后来在一次聚会上,有人透露说开达是朝阳的子公司,目的是垄断市场。许多小企业密谋打压开达,赵伟平就是其中一员。所以王茹的倒戈,影响很大。

赵伟平选择与王茹见面,想当面问问她有关情况。王茹没有拒绝,他们是在周五抽空出来,两人在上班必经的咖啡店短暂地见了面。离开科华后,王茹的日子看起来还算不错,她也上任有一段时间了。王茹并没有解释太多,但是有一条原则她绝对不会打破,即不会透露任何有关商务的机密给开达,并且她指出自己保留股份的意义就是为了向科华证明,绝对不会做有损科华利益的事情。赵伟平也是个干脆的人,他信奉道家的准则,认为福祸相依,所以在面对这样一件有害无利的事情上,他简单地做出选择——相信王茹。

离开时,王茹说了一句话"小心身边人才对",这句半开玩笑的话在赵伟平的脑海里停留了半分钟,直到不久后回想起来,他才追悔莫及。

回到公司后,赵伟平难得参与了同事们的休息和闲聊。他听到有人在议论小李,说是小李感情出了问题,主要的原因是鱼和熊掌不可兼得。原来他和以前的女朋友有三年的感情基础,这个女朋友比他小两岁,但在不久之前,小李遇到了自己人生中的真爱,他决定要为了爱情做出选择。

"是王璐璐?"赵伟平听着同事们的叙述十分不解。

小李与其女友蓉蓉的感情,赵伟平也是清楚的,怎么会好端端地喜欢上王一军的女儿?不过在这个问题之外,赵伟平还在思考一个问题,而这正是这件事的关键,小李是怎样与王璐璐熟悉起来的?

可惜这个问题还没得到解答,公司的财务就出现了严重问题。在财务与报销业务方面,一直是小李在传送文件。一个季度大项目在即,公司的流动资金却突然出现短缺,原因是芯片的原材料购入太多,积压了大量流动资金。科华的运转陷入了僵局。

赵伟平察觉到小李的焦急与浮躁,直到有天上午,他提前来到公司,听到在办公室里间小李在电话里与人发生激烈争吵,这进一步证实了他的怀疑。小李的讲话内容主要是请求对方多给他一些时间,此外,他还提到了王璐璐的名字。但赵伟平着实琢磨不透朝阳与科华有什么利益冲突。就像树枝与树干的关系,科华只是万千科技产业中的小支流,朝阳这样的大主顾完全没有必要做到这样的程度。小李从里间出来时恰巧看到了赵伟平,他用圆滑的演技装作什么都没发生,只是简单向赵伟平问好。但自从赵伟平察觉出小李在讲电话,房间里的气压就直线下降。终于在小李准备开门出去的时候,赵伟平开口让他留下。

这样的询问自然没有任何结果,因为罪犯总不会轻易自投罗网。赵伟平只得使用一些策略,他让副经理老付在小李下班后跟踪了小李,得到的结果让他震惊。

小李下班后直接来到一家咖啡店,距离科华有不少路程。不久后,赶来与他见面的是王茹和赵力。赵伟平怎么也想不到,原来幕后的搅局者是赵力。一个谜团在他心底展开,他陷入一种失去信任的恐慌中,甚至仔细回忆了之前的种种细节,想起办公室里的那些面孔,赵伟平竟然发现没有一个人他可以完全信任。

夏季的招标就在十天后,赵伟平决定暂时留下小李,以免事态向完全不可控制的方向发展。突然间,一切都有些明朗,他回想起王茹所在的公司开达,业内人士传言其是朝阳的分公司,而赵力是朝阳有些地位的产品经理,那天赵力显然对王茹表现出了十足的兴趣,而小李和王一军的女儿之间也存在着复杂的关系。他试着将这些信息汇合在一起,也试着证明自己的推断是否正确。不可否认,这些事情把赵伟平引向一个棘手的泥潭。

原本这天已经糟糕到了极点,下班回到家后,赵伟平又接到了一通电话,是家里的大哥打来的,说是在这个节骨眼上,父母走丢了。

第十一章　彷徨

赵伟平没有丝毫的犹豫，马上就在网上订了回家的票，简单收拾了一下东西就下楼了。公司一大摊子还没解决的事情，他就那么随手放在了一边，哪怕是在出租车上，他也未曾搭理过。

尽管彼此之间比较冷淡，但是亲人毕竟是亲人，哪怕整个公司没了也没什么，大不了重新创业，但是父母的事情，可是一点都耽误不得。尽管身在千里之外，尽管平时基本没有沟通，但是此时此刻，赵伟平的心中却全被担忧所占据，一点心思也分不出来。

赵伟平的老家在一个偏僻的镇上，最近要拆迁，但是赵伟平没有太关注这方面的事情，他很信任政府，认为这件事会得到妥善的处理。但是父母不见了，这他可就不得不担心了。

按照赵启平的说法，那天他打电话给父亲，显示关机了，又打给母亲，也一直没接。赵启平以为他们在忙，就没在乎，到晚上的时候又打了一次，连座机都打了，但是就是没人回。赵启平有些担心，第二天就去了父母家里，但是却没有找到人，问问邻居，才知道邻居也两天多没有见到他们了。于是赵启平马上就给赵伟平打了电话。

因为走得太急，赵伟平只带了一些必要的东西，到了火车站的时候，肚子有些饿，可是身上又没有吃的，只好去便利店买一些。

等火车的时候，赵伟平甚至觉得有一点放松。公司的事情太多了，王茹、赵力等人的变化，大大小小的事情，烦琐、沉闷，让他喘不过气来。而回家寻找父母一事，则给了他一个光明正大的理由，让他可以心安理得地不管这些事情,放下身上的担子,在百忙之中休息一下。至少在这一刻,他的心里只有寻找父母这一件事情,其他的都暂时放下了。

高月在微信上问赵伟平有没有空,想要约赵伟平出去看电影。赵伟平如实说父母有事,要回老家,高月也就祝他一路顺风,然后乖巧地没有再打扰他了。

赵伟平直接把手机关机,放进包里。火车要比较晚才来,赵伟平干脆睡了一觉,醒来的时候,周围已经没有什么人了。

赵伟平站起来想要透透气,便连行李箱都不带,一个人走到了火车站的玻璃墙边,凝视着夜色。

下雨了。

雨并不大,肉眼几乎看不见,赵伟平也是看见了雨水落在水洼里激起的水波才知道的。玻璃墙把雨声挡在了外面,但是他竖起耳朵倾听,还是可以听见雨滴噼里啪啦落在火车站房顶的声音。

那微妙的声音仿佛把整个世界的噪音都吸收了,站了一会儿,赵伟平感受到了一丝难得的平静。没有人打扰他,没有人知道他在哪里,他什么都不需要管,这一刻,他是自由的,是无拘无束的。每天被工作和生活纠缠,今天他终于能够自由地做一些事情了。

哪怕只是这样站着。

因为走得急,他只买到了坐票,但他在火车站已经睡了一觉,也不是很困。上车之后,赵伟平就没睡,静静地看着火车上形形色色的人,听着他们聊天。

赵伟平的座位靠窗,坐在他左边的是一对夫妇,赵伟平在等车的时候看见过他们。此时,男人眯着眼睛在休息,女人抱着孩子,她的双颊红彤彤的,手上满是老茧,她曾经也是个漂亮文雅的少女,然而生活一点点将她变成了这个样子。赵伟平看了他们一会儿,就收回了目光。

坐在赵伟平对面的是一个二十岁出头的少年,脸上的稚气还未完全脱去。他上火车之后就一直打电话,电话里是一个女生的声音,他好像是在哄孩子,但是这么年轻的人,就算有孩子,也不应该是能说话的年纪,所以赵伟平判断他是在和妹妹说话,或者是女朋友,无论如何,她一定非常依赖他,哪怕上了火车,都要他打电话哄自己入睡。等到对方终于睡着了,男生才挂了电话,脸上虽是疲惫,嘴角却有止不住的笑意。

坐在男孩身边的是一个浑身脏兮兮的男人,手上拿着块小画板,一直在画着车厢里的人们。搞艺术的人大多都放荡不羁,脏点也正常,全身上下唯一一处干净的地方,是他的眼睛,清澈明亮,像两颗宝石一样。

他就是有点不修边幅而已,仔细看就会发现,他其实挺年轻的。他身上衣服都有些破了,面黄肌瘦,但是画画的时候,脸上却一直洋溢着幸福的笑容。他是否生活窘迫,却依旧拿着画笔,在追逐自己的梦想?

他注意到赵伟平的目光,冲他笑了笑,然后画了一张赵伟平的速写,送给了赵伟平。

赵伟平很喜欢那张画,寥寥数笔,就把赵伟平的神态勾勒了出来。两人萍水相逢,仅仅交换了一个眼神,一个笑容,但这份礼物十分单纯、真挚,给赵伟平的行程增添了不少亮色。可惜的是,后来赵伟平就再也找不到那张画了。

直到赵伟平昏昏沉沉地睡去,那个画家都不曾放下手中的笔。

坐在画家旁边的,是一个衣着十分讲究的人,一身名牌西装,大金表,皮鞋也擦得油光光的。他看上去很不喜欢身边的画家,尽管坐在靠过道的位置,他还是尽可能地往外坐一坐,避免碰到画家的脏衣服,偶尔看向画家的目光还露着嫌弃、厌恶的表情。

赵伟平很看不惯这样,光鲜亮丽的外表下掩藏着一颗并不纯粹的心,这并不值得人们高看一眼,即使他很有钱。赵伟平想立马到父母身边,看起来飞机是最好的选择,但是对于在比较偏僻落后的乡镇的老家来说,那并不是一个省时的选择。赵伟平是个商人,擅于选择最有利的方案。最早的机票要到第二天上午,坐火车回去,尽管时间长些,第二天早上也到了,由此火车便成了首选。

火车上形形色色的人们,来自不同的地方,去往不同的城市,见不同的人,做不同的事情。但是今天,他们的人生在这趟火车上有了交集,从一个城市到另一个城市,以后永远不会再见面的一群人,今天静静地坐在一起,度过了一个短暂的夜晚。

到站后,赵伟平随着人流出了火车站,早有不少拉客的车等在外面,一下子就接走了不少人。赵伟平报出地名,马上就有一个车主喊他上了车。车上已经坐了两个人了,赵伟平上车以后,他们就催促车主开车。然而车主却摇摇头,说还可以坐一个人呢,等他再拉一个。

副驾驶的座位确实还空着。但是赵伟平知道,老家那么偏僻的村镇,几乎没人去,能有三个人已经不错了。司机并没有听赵伟平所说,只是象征性地安抚几句。上来的乘客无一不让他快点赶路,说自己比较赶时间,司机已经听了太多这样的话语,也用固定的套路回复着,说只要再等三分钟。赵伟平没能说服司机,只好回到车内继续等待。这时候他才发现,有一个赵启平的未接电话,就在他出火车站的时候,当时他没来得及接。

一想到赵启平和爸妈,赵伟平就等不及了,他叫来车主,直接把第四个乘客的车费也出了,让车主马上动身。车主笑哈哈地收下钱,回到车内,一脚油门车子就冲了出去。

车子在路上跑着,期间赵伟平接了好几个电话,都是公司的人打来的。昨天接了赵启平的电话之后他匆匆离开,公司里好多事情都没交代,没了赵伟平的领导,现在已经有点乱了。

呼吸着偏远城市的新鲜空气,赵伟平放松了不少。落后的地方也有个好处,没有各种工厂,污染也小,是养老的好地方,等以后老了,一定要找个山清水秀的地方买房子颐养天年。

下了车之后,离家还有一小段路,而司机因为不顺路,怎么也不愿意继续送他了,除非加钱。赵伟平懒得和他继续纠缠,提上自己的行李就走了。走了没多久,他就给赵启平打了个电话。

"喂,哥。"赵伟平说,"情况怎么样了?"

"你到哪儿了?"赵启平的语气没有那么紧张了,"别担心,爸妈找到了。"

"找到了？"赵伟平悬着的心一下子放松了不少，"什么时候？"

"早上啊。"赵启平说，"那时候我打电话给你，但是你没接。"

赵伟平想起了自己在火车站错过的那个电话，原来就是要告诉自己，爸妈已经找到了。

赵伟平哭笑不得，想了想，接着说道："爸妈没事吧？"

"没事。唉，他们真的是够闹腾！"赵启平的声音里满是无奈，"隔壁村子有个亲戚家里有人结婚，咱爸妈也跟着去帮忙了，杀猪做菜收拾新房，忙累了就忘了打电话通知我了，你说气人不气人！"

赵伟平一时间不知道说什么。自己抛下了公司诸多的事情，千里迢迢赶了回来，来的路上担忧占满心头，现在来看成了一出闹剧，赵伟平也没有多说，父母平安总归就是好的。

"喂？"见赵伟平久久不说话，赵启平又叫了他一声，"你到哪儿了？要是还没上火车就回去吧，哥知道你公司可忙了，就别耽误时间了，爸妈很好，你不用担心！"

"我快到家了。"赵伟平十分郁闷。

"这么快？"赵启平也愣了一下，"那要不你就回来一趟吧，那个喜宴啊，亲戚还怪我们家去的人太少，你凑凑数？"

赵伟平想了想，自己累死累活一天赶了这么远的路，留下吃顿好的也不错，就答应了。

赵伟平根据赵启平的指示，去了隔壁的村子。村里哪儿锣鼓声音大，冲那儿走就是了。到了地方，赵伟平找了个人，打算问问父母在哪儿。

可是还没等他开口，对方就认出了他："老赵家的人是吧！哎哟，你可算来了，快去找个地方坐下。"

赵伟平好奇地问："你认识我？"

"你跟你爹年轻的时候一个样！"他笑呵呵地说，"再说了，你不常来，你哥哥我可是经常见，你就是他的小弟，那个当兵的伟平，是不？肯定没错，我看你们哥俩儿的眼睛就知道！"

赵伟平还是打算见一见爸妈，于是就被这个似乎根本没见过面的亲戚带到了厨房。父母正在忙活，见到赵伟平来，吃惊地说了一声:"你怎么来了?"

赵伟平本来想实话实说,自己特别担心你们,公司的事情我都不管了,就想着回来找到你们。但是眼见父亲看他的目光里没有多少喜色,对忽然出现的儿子,他仿佛没有多少期待一样,只有惊,没有喜,于是赵伟平满腔的话都憋在了肚子里,只是说了声:"回来看看,哥说你们在这儿。"

父亲点了点头,道:"吃饭去,记得包点小红包给你表妹,她可是嫁了个很不错的小伙子嘞!"

倒是母亲比较热情。母亲身体不好,只能坐着烧柴火,但是看到赵伟平来,还是站了起来,笑着牵住赵伟平的手,带他去找座位,嘴上还说着:"回来就好,回来就好。"

赵伟平长大后基本没有在老家生活过,更何况这都不是他自己的村子。桌子上的人,赵伟平一个都不认识,甚至可以说,其实他们之间也互相不认识,只是被那一层薄薄的亲缘关系召唤而来,热热闹闹地吃一顿饭,给新娘子涨涨喜气罢了。

有吃的又热闹,大家都聚集在此了。于是,空地上满满当当的十几张桌子,坐了从四面八方汇聚而来的人,拿着筷子等着吃。民乐队滴滴答答地吹着不知道什么曲子,吵得赵伟平耳膜疼。

中式婚礼热闹非凡,赵伟平是个喜静的人,这么看来,中式婚礼似乎不太适合自己,但是他也不愿多想,愿意尊重新娘的意见,想到这里,他想起了高月,顿时心中满满当当,不知道现在她在做什么。

宴席进行到一半的时候,赵伟平就吃饱了。但是出于对新郎新娘的尊重,他还是老老实实地坐着,每道菜都吃上一口,不然自己要是走了,父母面子也挂不住。

和赵伟平坐在同一桌的都是老一辈的人,他们脸上被岁月侵蚀出深深的沟壑,指甲因为长期的劳作已经结块,等菜的时候他们就抽着烟,说着一口带着浓厚口音的普通话。他们聊到了新娘新郎,赵伟平隐约听出新娘其实并不喜欢新郎,前几天有个男的想要和新娘子私奔,结果被人追了回来。新娘子被锁在房间内,从早哭到晚,最后也只能接受了父母安排的婚事。

可是又有什么办法呢?赵伟平想,生活在乡下的女孩子,如果不出人头地的话,大多也只能默默接受父母给自己安排的命运吧。

后来又是一阵吹拉弹唱,不知道是什么环节,新郎和新娘挨桌敬酒,不过都是新郎在喝,新娘只负责收取宾客们的红包。见此,赵伟平从口袋里掏了一千块出来,想了想又拿掉了五百块。但是等到他们走得近了,看见新娘脸上厚厚的妆,还有那浓妆都掩盖不住的哭红的眼睛,赵伟平叹了口气,又把那五百块钱加上了。

这个环节结束以后,有的宾客就离场了。赵伟平觉得可以走了,就喝了杯酒,然后头也不回地离开了。有个人追上来,硬是拉着赵伟平,给分了一包烟,才放赵伟平离去。

让赵伟平多年经商,已经不怎么见这种烟了,在那个圈子里,大家崇拜的都是贵的东西,越贵越高级,虽说不太支持,但赵伟平也在慢慢接受。收下了烟,放在口袋里,他慢慢地往家走去。酒慢慢有些上头,赵伟平走一阵,歇一阵,好长时间后才走到家里,可是父母还没回来,他打不开门,只能坐在门口休息。

也不知道过了多久,父母才回来。父亲看到赵伟平,什么也没说,只是掏钥匙打开了门,招呼他进来,然后就做自己的事情去了。母亲问了问赵伟平最近的情况,然后也没说什么了。

赵伟平坐在凳子上,越坐越别扭。出于孝顺,哪怕只是出于礼貌,难得回家一次的他也应该多待一会儿,陪父母说说话,才能离去。但是他实在不想待在这儿,甚至不知道父母是不是希望他待在这里。赵伟平想找个借口离开,但是又怕显得不尊重他们。

等了半天,父母都没有来理会他一下,赵伟平实在是坐不住了,打算直接走,哪怕是去周围逛逛也行。也就是这个时候,公司经理来电话了,问他什么时候回来主持大局,毕竟他才握着最大的决定权,没了他,其他人做什么事都小心翼翼地。

赵伟平顿时获得了勇气,他找到了一个支撑他辞别父母的理由,于是一切都有了动力。他不想和父亲说话,就去找了母亲,对她说公司有事,自己得走了。只要告诉了母亲,就算已经通知了父母,不算不辞而别了吧,这样也就不算不尊重他们了。

"这就要走了呀,才刚回来呢,不多待两天吗?"母亲说,"路上小心点,别累坏了。要不要带点大饼子路上吃?"

赵伟平什么也没带,只身一人来,又只身一人离去,匆忙收拾好的行李,连箱子都没打开过。他订了最近的火车票,这次订到了卧铺,但是时间比较晚。老家实在是偏僻,赵伟平走了好远的路才拦到车,去了火车站附近的宾馆小憩,快到时间了才去火车站。他顺利地上车,睡觉,下车,一切正常。

这一趟下来,看起来什么事也没干成,公司的事情还耽误了一点,但是赵伟平就是觉得很放松,放松得让他有点上瘾。

下车的时候是下午四点钟,离下班还早,但是赵伟平并没有去公司,而是直接回到了家里,点了外卖,打算休息一下。经理打电话过来,让赵伟平无论如何也要亲自去一趟公司,有些比较重要的事情,一定要赵伟平亲自在场才能决定,其他人没这个权力,也没这个胆子。

赵伟平实在是经不住经理的狂轰滥炸,最后还是去了公司。他其实相信手底下那些人的能力,相信他们能够把事情处理好,但是群龙无首的局面还是不好。他是领路人,是公司的决策者,只有他有足够的权力,可就是这权力束缚着他,让他连偷懒的时间都没有,必须到公司去,这就让赵伟平很是郁闷。

赵伟平揉了揉眉心,接到外卖的电话之后解释了自己不在家,并把外卖送给了外卖小哥之后挂断了电话。

赵伟平继续忙碌,把攒了几天的事情都处理完了。他伸了个懒腰,拖着疲惫的身躯走到落地窗前,才发现天已经黑了。

他忽然就觉得很累,特别累。明明只是赶了几趟车而已,车上也都是坐着的;明明只是看望了一下家人而已,出门在外的游子本来就应该多看看父母;明明只是处理了一点事情而已,他身为公司最高领导人天天都要做这种事情的。可他就是累了,浑身没有力气,也没有一点干劲。

有员工经过办公室的门口,赵伟平才借这个机会,让他们帮自己带一份饭。

赵伟平觉得,自己需要休息一下了,做一些自己想做的事情,不能让事业一直纠缠着自己。

也就是这个时候,高月发消息给他了:"你最近一直在忙吗?"

赵伟平马上回复:"没有,已经忙完了。"

赵伟平抱着手机,眼睛一直盯着屏幕,他等着高月约他出去,这样就可以把他从繁重的生活中解救出来。

果然,高月问他:"能出来吃个饭吗,好久没见你了,怪想你的。"

赵伟平马上就答应了下来,几天不见,自己想念她的思绪正在膨胀,而自己也需要一个借口把他从这繁重的工作里拉出去。他们约在第二天晚上,至于地点,高月说还要再挑挑,到时候带赵伟平去。赵伟平放下手机,看着窗外的夜色,开始期待起来。但是他没想到,这次的约会,却有点出乎他的意料。

第十二章　往昔如昨

　　第二天一切如常，唯一不同的是，赵伟平凭空多了几分慵懒。他不知道这份慵懒是从何而来的，只觉得没有之前那么有干劲。他起得很早，也正常地去上班了，本想用这一天的时间把自己的状态调整回来，但是一想到晚上要和高月出去吃饭，他的心就安静不下来。人是一种很奇怪的动物，只要期盼着一件事情，那么其他事情都显得没那么重要了，因为总会不知不觉地把更多的精力用来期待这件事情，尽管期待并不能让它快点到来，但光是想想，就会让人很舒服。赵伟平的思绪在波动，吃早饭的时候他在想，高月会带他去吃什么呢？赶路去公司的时候他在想，高月挑选的餐厅离这里远不远？自己要不要早一点离开公司以免迟到？上班的时候赵伟平也没心思好好工作，一直在琢磨，高月现在是不是在加紧做事，以便晚上挤出约会的时间？

　　走神了半天，赵伟平意识到这样不行，于是他喝了杯茶，走一走，把心思收了回来，继续工作。赵伟平枯燥的生活和工作让他很喜欢东想西想，身体被束缚在写字楼里，那么思想能否走得远一点？哪怕只是漫无目的地东跑西逛，也不至于这么无聊。想到这儿，赵伟平不禁自嘲地笑了笑。

　　新员工小刘来向他提交一份文件。接过文件的时候，赵伟平瞥见了他的腕表，前几日看新闻的时候好像看见这个品牌推出了一款新表，挺好看的，可是价格把赵伟平吓了一跳。不就是个看时间的东西吗，拿出手机就可以做到，为什么非要花那么多的钱去买?小刘只是个普通员工,自然买不起多么名贵的表,但是他手上戴着的那款,看造型和光泽,应该也不会太差。

严格来讲,看时间这个功能,普通电子表完全可以做到,而且数字显示的时间比指针显示的时间更清楚,可就是有人愿意花更多的钱去买名表。想来也是,有钱为什么不可以花掉呢?人无非就是这样,赚钱,花钱,赚得多,自然就过得好,可以享受。自己不也是这样吗?白天加紧工作,一边赚钱,一边挤出晚上的时间,而白天努力所得的财富和时间,到了晚上就要把它消耗掉。来之去之,没得到什么,也没失去什么,但是生命中的一天就这么消耗掉了。赵伟平扭头看向窗外,看着写字楼组成的森林,一个城市有多少写字楼?每个写字楼有多少层,多少房间,总共装下了多少年轻人?而他们每天是否也都在如此赚取财富,消费财富,一无所有地来,一无所有地去。

只要能和高月相处就好了,其他的不在乎。赵伟平这样安慰自己,然后继续忙着。这一天的时间平平淡淡地过去了,王茹和赵力那边暂时没有什么异动,赵伟平也就决定静观其变,不要打草惊蛇。

五点半的时候高月发了消息,先是问赵伟平忙完了没有,什么时候能动身,得到肯定的回复以后,高月就发来了地址,让赵伟平现在过去,她会在那里等他。赵伟平最后看了一遍办公室,以及那些正在吃饭的员工,确认已经没有什么事情需要交代之后,离开了公司。因为那个地方并不远,晚高峰时期路上也很堵,赵伟平心血来潮,骑了一辆共享单车就去了,反而比坐车快了很多。

到了地方以后,赵伟平远远地就看见高月站在公交站牌下等着自己,而在那一刻,高月也看见了他。两人碰面之后,没有过多的言语,就一同往高月选好的地方走去。两人牵着手,慢悠悠地走着。赵伟平看着周围的景色,觉得很熟悉,但是又想不起来是哪儿,也不记得自己何时来过这里,但是肯定是来过的。他看到这个地方以后,记忆中不知道什么地方就被触动了一下,隐隐约约的有一种说不出来的怪异感觉。

没走多远就到了餐厅，高月冲他笑了笑，然后跑了进去，赵伟平也被拉着跑了进去。进门之后，赵伟平心里的那种感觉更强烈了，就像是涌到了嗓子里，却又被什么东西堵着出不来一样。随后两人在一个比较安静的角落坐下，服务员过来点单，赵伟平随手接过，却并没有翻开菜单，而是打量起周围的环境来。

这就是一家很寻常的西餐馆，装修得很有格调，灯光柔和，音乐也让人有食欲。赵伟平看着看着，忽然哽咽了一下。也就那么一下而已，喉咙一热就过去了，但就是这么短短的一瞬间，赵伟平什么都想起来了。他认得这条街，认得这家店，这里的一切他其实都记得，现在他什么都想起来了。已经几年过去了，回忆或许会被岁月所覆盖，但是却不会消失。来到这条街的时候，那些被尘封的记忆就浮现了出来，几度要占据赵伟平的脑海，但是赵伟平之所以现在才反应过来，是因为他并不愿意想起这些事，潜意识告诉他，这会让他很难受。

但是该想起来的，终究还是躲不掉。赵伟平默默地放下菜单，走到了另一张桌子边上坐下，抚摸着那擦得能反光的桌面，高月一句话也没有说，只是默默地拿着两份菜单，跟了过来。

曾经那些一点一滴的小事，丝毫抵挡不住，一下子就钻进了赵伟平的思绪，片刻之后就将他淹没。

那时他还充满朝气，她在他的身边，仿佛一阵清风，一阵花香，刺激着他，让他的生活充满动力。他们第一次吃饭就是在这个地方，很寻常的一次相约，但是对他来说，意义非凡。他们端坐在桌子两边，服务员为他们点单，结果他点了她爱吃的菜，她也点了他喜欢的。他们吃得很慢，就那么默默地坐了一个下午，吃一口，聊几句，仿佛饭菜不是重点，面前的人才是。他们从饭店的装潢谈到明天的行程，从桌布的纹理谈到街角花店的馨香，从上次电影的"彩蛋"谈到公司里员工们的八卦……

仿佛一切都回到了那个下午，外面的蝉鸣，服务员身上过分浓郁的香水味，还有那略硬但是出奇舒适的坐垫，一切都恍若昨日，只不过眼前的人，是高月。高月拿着两份菜单，静静地看着他。赵伟平回过神来,向高月道歉,而高月只是笑了笑,递了一份菜单给赵伟平。赵伟平默默地看着菜单,却怎么也想不起来,那天自己吃的是什么。他把菜单从头到尾仔细翻了一遍,印象中有那么一道菜,但是却找不到了。赵伟平一度怀疑是自己记错了,一时间不知道吃些什么。

高月一直在看着赵伟平,服务员也看着赵伟平,他注意到赵伟平的困惑,就问赵伟平需要什么帮助。赵伟平正在走神,顺口就把印象中的那道菜说了出来。然而服务员却说,这道菜之前是有的,后来没什么人吃,就从菜单上去掉了,但是如果他想吃的话,也可以让厨师做出来。

赵伟平一下子就释然了,原来是这么回事。他把菜单交给了服务员,看向了高月,而高月思考了一下说,不如你来帮我点吧,你点什么,我吃什么。刚说完,还没等他回答,高月就把菜单递给了赵伟平,赵伟平也只好接了过来,随手一翻,目光落在了另一道菜上面。

他记得这道菜,在很久之前,在同样的地方,他给另外一个人点过这道菜,虽然印象很模糊,但是绝对错不了,就是这道菜。他犹豫了一会儿,就点了。服务员拿着菜单离开了,赵伟平和高月静静地坐着,高月看着赵伟平,赵伟平看着桌面,很长的一段时间内,他们都没有说话。高月知道赵伟平很难受,因为赵伟平在思念陆文洁。而高月自己也很难受,因为赵伟平在思念另一个女人,但是那个女人不是自己。积攒了多年的悲哀和思念,一下子爆发出来,赵伟平肯定会很不好过,所以高月只是静静地看着他,让他释放,没有打扰他。

赵伟平就那样静静地坐了很久,而高月也就这样看着他。对于陆文洁,高月也说不上是什么感情。她很感谢陆文洁陪赵伟平度过了那段时光,感谢她对赵伟平的影响,才有了现在的赵伟平,多一点少一点,都不是高月想要的那个赵伟平了。可无论如何,两人已经分开,现在陪在他身边的是高月。所以高月十分希望,陆文洁也能从赵伟平的心里走出去,赵伟平不可能彻底忘记这样一个深爱过的人,他心里可以留有陆文洁的位置,但更多的还是应该留给高月。以后与他相伴一生的是高月,不是陆文洁,人不能一直活在回忆里。

一段时间之后,服务员终于上菜了。这个举动将赵伟平从回忆里拉了出来,和高月相视一笑,默默地开始吃。高月一边吃,一边看着赵伟平,等着他开口,打破僵局。殊不知其实赵伟平也在等着她开口,毕竟是和高月出来吃饭,他却因为陆文洁的事情发呆了这么久,这让赵伟平有些别扭,只等着高月批评他,然而高月也只是安安静静地吃着东西,并没有开口。这有些奇怪,自己这么久都没有跟高月说一句话,她难道不会生气吗?

过了良久,终究还是高月先开了口:"你好像认得这个地方?"

话刚说完高月就后悔了,这不是逼着赵伟平再回忆一遍吗?然而赵伟平却只是愣了愣,点点头承认了,说想起一些事情罢了,以前确实跟朋友来过这里。随后,赵伟平把话题引向了别处,而高月也没有继续追问。只要他能够放下往事,就算不跟自己坦白,也没有关系。其实赵伟平也在怀疑,高月是不是知道了自己和陆文洁的事情,知道了这家餐厅,所以故意带他来这里。但是仔细想了想,自己好像从未对高月提起过陆文洁的事情,更不会详细到去哪家餐厅都告诉她,所以应该只是巧合而已。想到这里,赵伟平也就没有那么紧张了,不断地安慰自己,这就只是一个巧合而已,刚好触动了他心中的回忆罢了。

两人聊得不多,吃过晚饭也才七点多钟。高月建议去看一场电影,赵伟平没有拒绝,反正时间还早。他们到了最近的电影院,买了八点场的电影票,早早地入场等着。然而实在不凑巧,高月只想着多陪陪赵伟平,却没有做好功课。

高月根据赵伟平的日记找到了这家餐厅,故意安排了这次约会,带着赵伟平去,希望能够释放掉赵伟平的压力,让他放下往事。日记里还说,晚饭后如果时间还多,他们一定会一起去看一场电影,于是高月就带着他来了。但是高月怎么也没想到,他们看的这场电影,讲的竟然是男主人公为亡妻复仇的故事。

荧幕上,男主人公抚摸着妻子留下来的各种东西,悲痛地思念她的时候,高月就感觉手被捏紧了。她一直都牵着赵伟平的手,而赵伟平手上的力道也总是恰到好处,牢牢地握着她不放开,又不会让她难受,但他现在却十分地用力。再看赵伟平,荧幕的光下看不清赵伟平的脸,但是高月能感觉出来,他现在很难受。于是高月侧过身,把另外一只手也放在了赵伟平的手上,轻轻抚摸着他,希望能让他好受一点,然而这个举动,却让赵伟平的手抓得更紧了。高月一直担忧地看着赵伟平,她看见赵伟平焦急地侧过头看了高月一眼,欲言又止,深呼吸了两口,就靠坐在椅子上,垂下头,眼神里的光芒也黯淡了下去。

高月知道,他希望身边的人是陆文洁。他刚才那个举动,分明是想要向陆文洁诉说他的思念,有人握着他的手,他就本能地看过来,发现不是陆文洁,是高月。其实是谁不重要,身边人不是陆文洁,他一下子就从回忆里走了出来,回到这残酷的现实。

电影还未散场,他们就离开了,是高月提出来的,理由是大晚上的不适合看悲剧。谎言很拙劣,但是好歹将赵伟平从电影院解救出来。两人走在路上,赵伟平说有点渴,就去便利店买了几罐啤酒,一边走一边喝。高月静静地跟在他身边,一句话也没有说。她其实很想问,接下来我们去哪里玩,你为什么不开心,但是她没有说。

几罐啤酒下肚,赵伟平有些累了,就在路边的长椅上坐了下来。高月也坐在了他身边。赵伟平说:"真对不起,晚上应该好好陪你的,但是想起了一些事情,以后不会这样了。"

高月表示理解。赵伟平一直是个稳健的人,让人觉得天塌下来,他都能扛得住,然而现在却只能靠喝酒来转移注意力,这只能说明一件事,这个男人碰到了纵然是他也难以承受的伤痛。而高月现在能做的,只有默默地陪伴他。就好比当初高月被人报复,躺在医院病床上哭泣的时候,那时候赵伟平也没有做什么,只是静静地坐在身边陪着他。有时候,沉默的陪伴就是最好的安慰。

好在赵伟平并没有其他什么想要做的事情,过了一会儿,他就说头晕,想回家。高月便打了车,把他带到了家里,刚进门,赵伟平就跟跟跄跄地倒在了沙发上。

高月愣了一会儿,发现赵伟平居然就这么睡着了。她想要把赵伟平带到房间去,可是赵伟平身体壮实,不是高月能扛动的,只能任由他在沙发上睡了。尽管如此,高月还是帮他脱了外套和鞋子,摆了个舒服的姿势,然后帮他盖上一床被子。做完这些以后,高月觉得不够,又帮他把整个房子打扫了一下。做完这些,高月再看看赵伟平,他睡得正香。

此时的高月觉得,一辈子就看着这个男人睡觉,守在他的身边,那一定是非常幸福的事情。但是那离自己还很遥远,还有很长的路要走。于是她起身,走到赵伟平的房间里,日记不在上次自己放下的地方了,不过高月轻轻地打开了几个抽屉就把它找了出来。高月对自己说,想要陪伴赵伟平,那就不能比这个女人差,她要知道,赵伟平和之前女朋友,平时是怎么相处的,他们最甜蜜的那段时光里,都发生了些什么。感谢那个女人造就了如今的赵伟平,但是现在轮到自己了。

这本日记包含着主人的信息。她的名字,叫陆文洁。

高月发现自己打错了算盘。这本日记只写到了五月份,也就是他们刚刚在一起的时候。那么陆文洁后来和赵伟平是如何相处的,以至于他们感情如此深厚?既然感情好,后来他们又为什么会分开?陆文洁现在身在何方?这些都没有答案。高月把日记本放回原处,然后在书架上继续找了起来,果然书架上还有第二本日记。高月翻了翻之后发现,这本日记从2014年9月开始,到2015年3月戛然而止,还剩下半本没有写,而且这个阶段内,陆文洁并没有和赵伟平在一起。

或者说,没有生活在一起。这段时间内,陆文洁的生活中,根本没有赵伟平的出现,倒是陆文洁会偶尔写起对赵伟平的思念,字里行间都是甜蜜,看起来就像是一个刚刚恋爱的女生。而且她在某一天的日记里,提到了一句"我和他的约定"。

凭借着记者的敏锐头脑,高月得出一个结论,陆文洁和赵伟平由于某些原因，没有生活在同一个城市，算是异地恋，而且还保持着一个神秘的约定。至于这个约定是什么，高月想了想，就继续在书架上搜索了起来。那第三本日记被藏得很深，高月花了不少时间才找到。她迫不及待地翻开来，努力追寻着想知道的一切。

2013年6月1日

不知不觉就到了夏天。

今天是儿童节，老王的儿子兴冲冲地跑到了公司，一边仗着他爸的地位向我们耀武扬威，一边兴冲冲地冲进老王的办公室讨要礼物，结果得到了一个特别响亮的耳光，他伤心得都哭了。

当时办公室里的人都乐开了花，大家都挺乐意看着这个熊孩子倒霉。至于原因么，很简单，他老子被炒鱿鱼了，正在气头上呢，全办公室的人都在看笑话，等着他收拾东西出来的时候说上几句风凉话，熊孩子这个时候去吵他，自然会倒霉。

老王的离去，是董事会的决定。相较于董事会，老王也不是什么重要人物，董事会何必大动干戈亲自下令要解雇他，实在是让人匪夷所思。不过下午就有人八卦出来了，好像是市委书记找到了董事长，说你们公司有个人压榨员工，让他收拾收拾东西走人。董事长不敢怠慢，一连串的电话打过来，老王晚饭吃到一半就丢了饭碗，他其实昨天就被解雇了，今天只是收拾东西罢了。

我怎么也想不明白，一个普通企业的低层管理者，怎么会招惹到市委书记，更让人想不通了。我打了个电话想问问爸爸，是不是政府最近有什么政策了，结果刚把事情一说，爸爸就呵呵一笑，反问我不知道他是干吗的吗？

我这才想起来，前天晚上我加班的时候，妈妈想我了，给我打电话，得知我还在跟小赵加班，又心疼又生气，我答应她会早点休息，她才依依不舍地挂了电话。想必是她把这事告诉了爸爸，爸爸就跟公司的高层知会了一声，于是他们就做了一个十分果断的决定，裁掉这个无关紧要的小员工，来和官场的人搞好关系。

我也是这个时候才知道，几年没过问，爸爸居然当上了青茶公司的董事了。但是我的身份好像也被董事会的人知道了。爸爸说他一再要求过,不要给我升职加薪,不要搞特殊化,我就是出来锻炼的,让公司的人不要张扬,我这才放了心。

这事我倒是无所谓,但是对小赵来说是件好事。老王给小赵分配的工作量实在是太多了,没了老王,他的日子应该可以好过一点。也许我这个爹,可以给我的爱人多一点帮助呢。

看到这里,高月莫名其妙地有一股挫败感。青茶公司可是一个呼风唤雨的特大型企业,这可以让赵伟平少奋斗三十年,哪怕说一辈子也不过分,陆文洁能给赵伟平提供的便利是自己无论如何也比不上的。但是,他们毕竟是分开了,所以自己也不是没有机会,而且赵伟平也不是那种势利的人。想到这里,高月定了定神,继续往下看。

2013年6月3日

今天我第一次跟小赵讨论了创业的事情。从我的角度来看,小赵做一个基层员工实在是太屈才了,他身上拥有成功者所需要的品质。我甚至想过让爸爸再跟董事会的人打个电话,不过马上打消了这个可怕的念头。

我建议小赵考虑一下创业,至少要争取升职,不能浪费他的才华和能力,但是他却说,他也是有野心的,但是他还年轻,还需要多历练一下,沉淀一下。他不会现在就搞自己的事业,但是那一天总会来临的。

不愧是我看上的男人,思考事情比较周到。既然如此,能够做他背后的女人,我也就心安理得了。

高月深呼吸了一下,思考了一会儿,然后继续往下看。

第十三章　纸上的烙印

再往后的日记，终于让高月找到了想要的东西。而其中最重要的几篇，给高月留下了难以磨灭的印象。

2013年6月7日

今天他送了我一个瓷杯，很精致，很合我的口味，看来他是下了功夫挑选的。他说杯子能装二百五十毫升的水，让我放桌子上，有空就喝一杯，人每天要喝多少多少水之类的。这些我难道不懂吗？不过我还是老老实实地听着，并且答应他一定会做到。

他一脸认真地叮嘱的样子，别提多可爱了。晚上回到家里，用那个杯子喝水的时候，才想起很久以前有人说过，送一个杯子，谐音一辈子，不管送的是什么杯子，都是隐藏着对方的深情的。这么一想，小赵还真挺浪漫，虽然有点土，好在本姑娘很受用。

于是我也挑了个杯子，直接下了单，不知道什么时候可以寄到呢？不知道我送他杯子的时候，他会是什么表情？想想还真有点期待呢。

2013年6月12日

昨晚收到快递以后，我就把杯子用热水消毒了一下，我也不知道能不能彻底弄干净。今天送给小赵的时候，他开心得不得了，马上就去接了杯水喝，结果把自己烫得龇牙咧嘴，别提有多滑稽了。

明明只是一个普普通通的杯子而已，他却当成个宝贝一样护着,男人呐!不过我也就喜欢他这个样子。

他等了很久,才慢慢地喝完了那一杯水,脸上一直带着笑容,办公室里的人都在嘲笑他,但是他丝毫不在乎。后来,接第二杯水的时候,他没有喝,只是坐在那儿,一动不动地盯着水杯看。小张说他魔怔了,杯子其实是个仙人留下来的法宝,谁用它喝水,就能把谁的魂儿给勾走,所以小赵才会变成这个样子。

我只当个玩笑听,但是他就那么一直盯着杯子,我也觉得有点不对劲,就去问他怎么了,在想什么,结果他跟我说没什么,在我的一再追问下才说,在考虑创业的事情,但是想法还不成熟,就暂时不去想了。

男人呐!就是这么琢磨不透。只是喝了一杯水而已,就开始想创业,想得一整天都闷闷不乐的,谁知道他那大脑袋里在琢磨些什么事情。好在他开始主动思考这件事情了,那么离他创业,应该也不会远了。写日记之前我问过自己,如果有一天他成了大老板,每天忙里忙外累得不行,那么我能不能尽好一个妻子的责任,为他打理好家庭,让他能安心做事?

这对于女性来说自然是不公平的,但是只要丈夫是赵伟平,那么身为妻子的我肯定心甘情愿。我不知道我是怎么冒出这些想法的,我记得自己不是这样的人。可能,这就是爱情吧!

接下来的一些日记,无非是陆文洁和赵伟平之间发生的亲密小事,去哪里吃了饭,送了什么东西,看了哪一场电影,办公室里谁谁的八卦,诸如此类鸡毛蒜皮的事情。高月越看,醋意就越浓,但是身为记者,本能驱使着她一页一页浏览过去,希望能尽量发掘一点有用的信息。日记告诉她,赵伟平在 2013 年 6 月的时候开始考虑创业,在 8 月的时候就已经有雏形了。而赵伟平最感兴趣的,就是电子产品相关行业。他认为这方面的市场还很大,他有充分的自信把公司发展壮大。

2013年8月11日

　　天气越来越热了，热就算了，关键是还得每天顶着早高峰上班，顶着晚高峰下班。还没到公司，就要弄得一身汗，实在是让人受不了。于是我又问起了小赵，你到底什么时候创业啊，我去当老板娘，每天坐着算账，再也不要受这份苦了。

　　不过今天他给我的回答和往常不一样。以往我这么问他，他都是说，还需要准备，还要筹备一段时间。但是今天他却说，等九月份拿了工资，他马上就辞职，开始创业。我说我要去给他帮忙，他不愿意，说风险还是存在的，我不能为了他而丢掉工作跑去跟他一起累死累活，成了还好，要是失败了，我的事业就要被耽误很长一段时间。

　　但是我可不在乎这些。我还缺工作吗？不知道多少企业巴望着能和我爸爸合作，我想进入哪个公司上班，只是他一句话的事情，他们都会十分乐意帮忙。我工作根本不是为了赚钱，家里有的是钱，我只是为了锻炼自己而已，而在一个安稳的环境里打卡上下班和从零开始创业相比，谁都知道肯定是后者更能磨炼一个人。

　　我又不能把这一切说给他听。要是他知道我有个大靠山，他自尊心这么强的人，心里肯定会别扭的吧，而且那之后我给他提供的一切帮助，他肯定都会抗拒的。我了解他，他绝对不会利用我爸爸来给他带来便利，甚至会尽可能地避着我，这实在太可怕了。

　　好在我已经把整个市区的局势都打探好了，只要他开始创业，我让爸爸动动嘴，就能给他带来很多便利，而且神不知鬼不觉，他绝对发现不了。我也相信他的能力，这么聪明、睿智的一个人，做这么有前景的行业，肯定会很成功的，我在期待他的行动。

　　只要他辞职，我就辞职，不管他去往何方，哪怕是天涯海角，我都会跟着他。

2013年8月25日

　　他已经开始筹备创业的事情了，选址、联系合作方、预备资金，甚至在考虑自己走了以后公司里哪些人可以暂时顶替他的位置。他考虑好了很多事情，有些明明是必要的，我却从来没有想到过……我真的怕我要是去给他当老板娘算账的话，会不会把他的公司给弄垮了。

总之，一切都在有条不紊地进行着，就等着九月初发工资，他就要辞职，然后放手去做自己的事情了。他依旧不让我辞职去陪他，哼，我辞了他还能把我塞回公司里吗？我也在默默地做准备，并且跟爸爸提起过，我觉得在这个小公司学不到新的东西了，打算离开，另外找一个更能锻炼我的地方，爸爸也表示同意。

说起来，在现在这个岗位上的日子已经让我有些麻木了。每天规规矩矩地上下班，完成领导分配给自己的任务，就完事了，只要不出差错，就能一直安稳地过下去。现在想想，这样的生活，肯定会把人养成一个废人，磨灭人的斗志和热情，把所有初出茅庐、胸怀大志的年轻人，变成圆滑世故、得过且过的庸人。甘愿做庸人没有错，但是很可怜。

我就喜欢小赵这样，自己创业，自己承担一切风险，一点一点地把自己的产业做大做好。生活是未知的，未来也风云莫测，而这正是他的魅力所在。幸运的是，我可以陪着他。

2013年8月29日

妈妈生病了，很严重，我得赶回去照顾她很长一阵子。早上想了想，干脆就辞职了，反正基本也不会去上班了。对于我的离去，同事们显得很意外，因为我干得顺风顺水的，没有任何理由辞职。小赵表现得更为震惊，满脸都是不解，甚至还有些愤怒，坐在那儿不开心了好一阵子，才跟我说，你为什么非要辞职，你这样太不值得了。

直到我解释了以后他才释然，但是也有点为难。他说，一方面母亲的身体绝对不能耽搁，但是另一方面，我的青春和事业也经不起等。生病了当然要照顾，可是为了这个连工作都不要，那实在是有点过了。

哼，傻瓜，我是为了陪你才辞职的，你可不要辜负我的期望！

临走的时候，我问了一些关于他为创业所准备的事情，包括合作方什么的，只说是好奇。他自然是全部告诉了我。我默默地记在了心里，打算回家以后就让爸爸开口帮忙，只说是几个好朋友创业遇到困难，当时还担心这个理由能不能骗过爸爸。后来的事实证明我是白担心了，爸爸不仅没有问，还怪我总是帮朋友，却从来不为自己讨点什么好处。

和我相伴一生的人，是我的丈夫。在他的事业成功之前，我要尽我所能，为他铺好这条路。

看到这里的时候，高月的眼睛有些湿润了。陆文洁对赵伟平的深情，字里行间可以感受得到，而能够让陆文洁对他深情至此，想必赵伟平也一定深深爱着陆文洁。可是既然如此，他们又为什么要分居两地，他们的约定又是什么？抱着好奇心，抱着对赵伟平的期盼，高月强忍着情绪继续看了下去。尽管每翻一页，她都会被赵伟平和陆文洁的感情刺激到。

2013年9月22

很久没有写日记了，最近事情很多，多得让我有些崩溃。

好几天没有见到小赵了，很想他，也不知道他那边怎么样了。他说一切安好，让我不用担心，可是这是说不担心就可以不担心的吗？他不在我的身边，他饿了、累了、遇到麻烦了，我都不知道，而他是绝对不会和我说的。

我知道，他比我成熟多了，能干多了，我操心他完全是没必要的，可我就是想他，我想尽自己所能，多帮帮他。他无论如何都不愿意让我去他的公司做事，说是至少也要等到我妈妈病好了以后。妈妈的病情正在好转，医生说很快就可以康复了，最多两个月的时间。我自然是不想怠慢妈妈，但是小赵难道就能等吗？创业的最初三个月，是最艰难的一段时光，可是我却不能陪在他的身边。

今天我们通话的时候，我就听出他的声音很疲惫了。他承担着很大的压力，但是一句都不说，我知道他是不想让我听了难受，可我还是希望他能说一说，向我吐吐苦水，让我分担一下也好。男人在外面都是顶天立地的，可我们在一起，这就是他的家，他可以有所依靠。

他说他不累，让我不要担心。他还说，那天我送他杯子的时候他就在想了，既然已经彼此承诺了要走过一辈子，那他就要有一定的成就，才能配得上我，才能有足够的能力给我幸福。对于男人，这是理所当然的事情，但是这话从他口中说出来就让人十分开心，我开心得不得了。

他在努力，那我也不能闲着，我也要做好我该做的事情。希望他的生活和工作，都可以越来越好。

2013年9月30日

成也爸爸，败也爸爸。爸爸确实动了动嘴就让他的路好走了很多，虽然累，但是没有遇到什么麻烦，和其他人的合作也都很顺利。然而，妈妈的病好了之后，爸爸却让我去他的朋友那里上班了。

说实话，我讨厌这个工作，发自内心地讨厌。坐在办公室里吹空调看报纸整理文件，这不是我想要的生活。我更愿意和伟平一起，算账算到深夜，两个人在路边摊吃一碗馄饨，回家洗个澡，舒舒服服地睡觉，第二天再早早地起来上班。这才是人生啊。

我跟爸爸坦白了，我一直以来要他帮助的是我的男朋友，我想要和他一起奋斗。爸爸对于我谈恋爱这件事表示赞成，但是对于我一直没有告诉他就很不开心了。虽说还是愿意暗中帮助伟平，但是说什么也不愿意让我去他那里上班。就算伟平创业失败，爸爸也有办法能让他起死回生，这对于他来说是无所谓的，但是他不希望我把时间浪费在这上面，他觉得这根本就是没有意义的。

更让人恼火的是，伟平也不同意我去帮他。他最近生意顺风顺水的，一个人就能搞定，不需要我为他分担。我心中不快，可是只要他的事业能够一帆风顺，我就满足了。我只是很遗憾这段时间我不在他身边。就算有爸爸的帮助,他要做的事情还是非常多,肯定会很累,他身边说不定有一些亲密的朋友在为他分担,帮他处理一些事情,哪怕只是帮他接一杯水,倒一下办公室的垃圾。

我嫉妒他们,嫉妒他们所有人,但是既然你们取代我陪在了他的身边,那希望你们能好好帮助他,千万不要辜负了这么好的一个人。

高月合上日记本,坐在床上,抱住自己的双腿,恨不得把脸埋进膝盖里面去。如陆文洁的日记最后所说,高月也非常嫉妒陆文洁,嫉妒她可以为赵伟平做那么多事情,陪赵伟平度过了最艰难的一段时光。尽管她心里十分清楚这是往事,但是因为熟悉赵伟平,所以读日记的时候可以身临其境,几乎可以感觉到他们就在自己的眼前卿卿我我,可以看到陆文洁和她父亲说话,暗中帮助赵伟平做了很多事情,让赵伟平的创业得以十分顺利。

高月甚至有点动摇了,她不知道,自己能否取代或者撼动陆文洁在赵伟平心中的地位。换作自己是赵伟平的话,也一定会爱她爱得深,可是这并不是自己想看到的。这个对于赵伟平至关重要的女人,高月反而希望赵伟平可以淡忘她,至少给自己腾出位置来。想着想着,高月忍不住流出了眼泪。她痛恨自己为什么没有早一点见到赵伟平,这样的话,当时陪伴在赵伟平身边的人,就不一定会是陆文洁了。

静静地坐了一会儿,调整一下心情,高月又翻开了日记,打算把它们看完。她对自己说,既然想要陪伴赵伟平,那就不应该逃避,把每一篇日记都看完,然后好好地看看,自己哪些地方不如陆文洁。总有一天,自己不会比陆文洁差,那样她才可以心安理得地站在赵伟平的身边。

2013年11月25日

妈妈的病好像又有复发的趋势,这几天我都请了假在家里陪她,生怕她出事。在家里的时候基本没什么事,我把家务做了个遍,带回家的一些轻松的工作任务也很快完成了,没事的时候,我就会想伟平。

也不知道他现在过得好不好。他为了有更好的生产链,去了别的城市,现在我想给他送晚饭都不行了。今天他开视频给我看了新的工厂,很兴奋地跟我介绍着,兴奋得就像一个孩子。可是我可以看得出他的疲惫,以及沧桑。他瘦了,肉眼可见地瘦了,光是脸上就掉了不少肉。我让他注意自己的身体,多吃点,别委屈了自己,他笑着说好。鬼知道他会不会听得进去,估计又是整天忙着工作。

我甚至许过愿,让老天爷给我一次机会,让我到他身边去。我不为他算账了,也不帮他做什么事情,哪怕是让我帮他收拾收拾房间,叮嘱他吃饭休息,只要能这样,我就心满意足了。然而事情的发展就是这么滑稽,他为了追求企业的生产效率去了别的城市,而那里,正好在爸爸的影响范围之外,我再也帮不了他了。但是有一点很值得我自豪,他在离开之前,我用爸爸的人脉,包括我自己的一些人脉,帮助他做了很多事情,积累了不错的底子,在他离开的时候,是有扎实的基础的。

可是我还是有点担心。我怕他前期过得这么顺畅,他的团队缺少磨炼,会经不起成长过程中遇到的风风雨雨,会遇到很多跨不过去的坎儿。我想起了当初我刚上大学的时候,妈妈也是这样担心我的,明明我都是个成年人了,她还是担心我照顾不好自己。

希望我的担心也是多余的吧,伟平他那么聪明,问题一定都可以解决掉。我看好他。

我在适应新的工作。我不会在这个岗位上一直待下去,总有一天我会成为他的助手,不过在那之前,我就尽量锻炼自己,把自己打造成一个全能的人,这样才能更好地帮助他。

2013年12月1日

一转眼就到了年底。感觉昨天还是夏天呢,忽然之间,人们就穿上棉衣了。

天气冷的时候,我尤其想念他。他说过圣诞节的时候来陪我,我犹豫了一下还是答应了。我太想他了。圣诞节,那个时候他的工厂刚刚运转一个多月,不知道他离开那么一两天会不会造成什么影响,希望没事。

我们的联系越来越少了。倒不是说感情淡了,他也非常想我,打电话的时候总是舍不得挂掉,有时候挂了他都要再打一次过来,要再听听我的声音。他并不是冷落我,只是太忙了,我知道。我问过他身边的朋友,别说找我聊天,有时候他为了讨论项目,连饭都顾不上吃。他能做的只有每天睡前跟我说说话,报个平安,让我不要担心他,哪怕又困又累,他都要把我哄得心安了才休息。

男人怎么可以这么可爱呢?我也喜欢他这努力上进的样子,谁不喜欢呢!但是也挺心疼的。只希望他的公司快点壮大起来,规模大了,他就不用再奋战在第一线了,也就不会那么累了。圣诞节,我要好好准备一下礼物,希望他会喜欢。

2013年12月25日

今天我一点都不开心。他来找我的时候,我明显感觉他比之前瘦了很多。他说他以前当兵,身上肯定没有赘肉,可是我才不信呢,我看他的脸就知道他肯定动不动就不吃饭。我把他带到餐馆,点了四人份的饭菜,逼着他吃掉三份,可是他还没吃完一份就悄悄打了个嗝。

当兵那些年锻炼出来的良好习惯,一个月的忙碌就毁掉了,他连食量都变小了。我忍不住哭了,骂他不听话,他发誓以后肯定好好吃饭。

我很心疼他。

2014年2月10日

我带伟平回家见了爸妈。本来想在除夕那几天带他回来的，但是他那段时间有些忙，所以到了现在才过来。

妈妈十分喜欢伟平，爸爸也比较满意。但是男人对于男人，总是要有更多的要求。在爸爸看来，我们感情深厚只是一方面，他还要确认一下伟平的能力，看看他是不是能够给我幸福。

他们两个男人谈了很久，时不时听到房间里传来爽朗的笑声，看起来他们谈得很愉快。关于他们对话的内容，伟平并不愿意告诉我，爸爸也不肯说，只说伟平是个好小伙，他十分看好伟平，再问就只是笑着摇头。

男人之间的话题，或许我永远也揣测不透。至少爸爸还是比较支持伟平，这就很好了，将来会怎么样，就看伟平的表现了，我相信他。

2014年2月15日

今天伟平离开了。我们在一起的这几天，可以说是我从小到大过得最开心的几天了。然而幸福的日子里，时间总是过得很快，今天他就要离开了。走的时候他说，要过很久才会回来见我，我追问下去要多久，他说要一年。他准备用接下来一年的时间，把自己的公司发展到一个足够大的状态，以此来证明他自己，也只有那样的他，才能够配得上我。

男人呐，都是死脑筋，不过我喜欢。

我们其实可以视频通话的，他在忙着壮大自己的产业，我也在忙着锻炼自己，每天一点时间的相处，就可以缓解我们彼此之间的思念。这个小犟驴，说一年就一年，真不知道他怎么想的。但是，我相信一年之后，我肯定可以见到一个更好的赵伟平，比现在的还要好。

2014年2月26日

怪不得伟平忽然就要和我立下这个一年的约定,原来爸爸把什么都告诉他了。两个人在那短短的几十分钟里就达成了共识,伟平现在的成就得到了爸爸大量的帮助,所以并不作数,要是他能够凭借自己的力量,让公司平稳发展,这才能显出他的本事来,也只有这样,他才能和我在一起。

这是他们从哪个电视剧里抄来的套路?简直不能理解,为什么两个男人之间会有这么不寻常的默契。无论如何,伟平现在什么都知道了,那一刻他的心里一定不好受吧,我暗中帮了他这么多次,他这种自尊心强的人,一定受不了。

可能也正是因为这样,所以他才迫切地想要证明自己吧。男人啊男人,就是要面子。

可这不也正是男人讨女人喜欢的地方吗?我就欣赏伟平这个态度。一年的时间,会很难熬吧,但是无论如何,我的男人要让自己变得更好,我无条件地支持他。

这本日记到这里就结束了。想来应该是陆文洁在和赵伟平确立了一年之约以后,为了这一年的生活重新准备了一本日记本。高月把日记本都放回原处,静静地坐了一会儿,开始在脑海中描绘陆文洁的模样。她该是多么好的一个女孩啊,对赵伟平有这样深的爱,想到这里,高月不禁对她产生了一股微妙的崇敬感。

第十四章　销蚀的真相

高月坐在床上想了很久,夜深了,她终究还是困了。她出去看了看,赵伟平还在睡觉,姿势都没有变,睡得很沉。高月只能回到房间内,打算在这里住一晚上。日记的内容还在影响她的心绪,高月躺在床上,心烦意乱,怎么也睡不着。她开始思考明天的计划,思考接下来要怎么行动,做些什么,以及将来和赵伟平的相处方式。本来打算得好好的,但是一想到陆文洁,高月的心里就一阵压抑。曾经有一个那么好的女孩陪着他,他们是如此相爱,高月不希望自己不如她。

男人和女人都有这种心理。对方身边曾经有一个那么好的人,自己要是比不上人家的话,就算对方不说,自己心里也会不好受,会自卑,怕对方嫌弃自己。赵伟平怎么看都不像是那种人,可高月就是担心。她甚至不知道陆文洁会不会再度出现,回到赵伟平身边,这一切都让她恐慌。高月在哀伤和不甘的情绪中辗转反侧,之后迷迷糊糊地睡着了。

赵伟平还是如同往常一样醒来。他有着当兵时锻炼出来的作息规律和多年的习惯,酒精并没能推迟他苏醒的时间,只是觉得有点头晕。他发现自己睡在沙发上,回想了一下昨天发生的事情,回头看看却不见了高月。他叹了口气,回到房间里,却发现高月躺在自己的床上,睡得正香。赵伟平没有叫醒她,只是留了张字条,帮她掖好被子,坐着看了她一会儿。赵伟平本打算为她做一顿早饭,但是怕声音吵醒他,只好下楼帮她买了早饭,放在床头柜上,然后就离开了。

在去公司的路上，王彪打来了电话，说是想和赵伟平聚一聚，请他吃顿饭。王彪公司的麻烦，在赵伟平的帮助下，已经解决得差不多了。赵伟平说自己的公司最近事情也多，考虑到这一点，王彪决定赶到这里来，让赵伟平不至于离开公司太久。

赵伟平到了公司以后，已经有几个员工在了，无一例外，他们全部面色凝重，看到赵伟平的时候，招呼也没敢打，连看都不敢多看一眼。赵伟平意识到情况不对，回到办公室里，发现自己的办公桌上放着一份报告单。

看到报告单的一瞬间，赵伟平的手心就开始快冒汗了。他深呼吸一口，走过去，打开了报告单，虽然紧张，但是他的这些动作没有丝毫的犹豫。大致看了一下内容，赵伟平意识到了问题所在。原材料购入太多导致资金短缺，这是一方面，更为严重的是公司的许多下家开始和科华的负责人沟通，想要压低价格了，好像所有人都知道了科华现在的窘境，要联合起来逼迫科华用更低的价格出售，借此机会大赚一笔。

这是最糟糕的情况，王茹念及旧情，应该不会做得这么过分，但也不是没有可能。赵伟平思考了一会儿，开始给合作方挨个儿打电话。他藏起了自己的意图，只是单纯地问为什么忽然想要压低售价，希望能够得到一些有用的信息。然而几个主要的合作方挨个儿问了一遍，得到的理由却是五花八门，什么市场饱和、科华的价格没有优势、认为科华之前的售价过高、自己的公司资金流紧张希望科华能够帮他们一把等，什么理由都有。

赵伟平耐心听着他们的叙述，全部沟通完了之后，他对着窗外思考了很久。这些人的声音里，带着难以掩饰的紧张，有些实力雄厚的倒是很平静，但也总是欲言又止，仿佛藏着什么话不敢说出来一样。他们这样默契地压价，背后一定有什么原因驱使，很可能就是朝阳让他们这么干的，目的就是为了重创科华。然而，以朝阳的实力和地位，科华的存在无论如何也威胁不到他，甚至连科华占据的市场份额，对朝阳来说都是微不足道的，朝阳为何要如此大动干戈来对付科华?

可就算不是朝阳,也一定有什么原因驱使着他们这么做。他们联手压低售价,只是单纯地知道了科华资金短缺,于是其中一些公司拉拢了另外一些公司共同对付科华,以此获利,还是有其他的原因?这个或许很难查出来,但是赵伟平清楚,所谓价格联盟,一定是在所有人都齐心协力的情况下才能成功,只要有一个人放弃,那么整个联盟就会分崩离析、不复存在。现在要做的,便是想办法说服其中的一个人,恢复到正常价格。然而现在连他们这么做的原因都不是很清楚,又该从何下手呢?

赵伟平在客户名单上挨个儿翻了一下,然后挑了几个跟科华关系比较好的客户,拨通了他们的电话。在电话里,赵伟平先是再问了一遍他们要压低价格的原因,然后话锋一转,说:"我怎么听别人说不是这样的啊?"

所有人在听到这句话以后都沉默了一下,大多数人都没听懂,或者说装作没听懂赵伟平的话,只有一个反应比较慢的,弄巧成拙,说了一句"我们都是自愿的"。赵伟平又没有说出有人逼你这句话,他就急着解释自己是自愿的,很显然,他们肯定是受到了某些人或者团体的指使,并且不想让赵伟平知道。至于他想要掩饰的是整个价格联盟,还是联盟中的若干公司,又或者是朝阳,这些都无从得知了,因为赵伟平说出来以后,他们马上就警惕了起来。赵伟平又试图让他们恢复到正常价格,然而他们都不同意。要是赵伟平不愿意降价,他们就要另外寻找合作方,推迟交易,或者减少交易量,无论哪一种结果,都是科华承受不起的。

之前科华正常运转的时候,还是很有实力的,有人想要压低价格,科华说不定会直接放弃这个客户,即便是客户们真的搞一个价格联盟,科华也有底气跟他们叫板,过不了多久,自然就会有一家公司按捺不住,率先向科华屈服。然而现在不一样了,科华现在正是危难之时,既然资金短缺,那就要尽可能地保证所有交易正常进行,才能挺过目前的困境。其他公司这时候联手要坑科华,科华就只能打碎了牙齿往肚子里咽,哪怕严重亏损,也比直接破产好。现在他们占据着主动权,而不是科华。

赵伟平之前调查过原材料购入过多的原因,因为公司高层的人都觉得可以扩大一下企业规模了,于是就打算搏一搏,一次性购买更多的材料,制造更多的利润,若是资金多了,做什么都方便了。赵伟平也同意了这一点,连采购单他都看过了,虽然购买量是有点大,但是他觉得科华应该可以承担,于是就没有反对。更重要的是,当时他绝对没有想到这会直接导致资金短缺,会在这个时候碰上价格联盟,说到底,他犯的最严重的错误就是,没有料到公司里有小李这个内鬼。

赵伟平现在两头为难,是跟价格联盟死磕到底,还是用严重亏损为代价,换取公司能够继续运转。如果死磕的话,公司很有可能会走向破产,但是如果对方先坚持不住,那么科华就显得十分硬气了,今后他们便不会再打科华的歪主意,路也会好走很多,但要是这样的话,风险会很大。如果服软的话,公司有比较大的概率可以存活下来,尽管会元气大伤,但是好歹可以继续运转,而且亏损掉的,以后总有机会弥补回来。可是这样一来,所有人都知道了一件事——科华会服软。有了第一次,就有第二次,在以后很长的一段时间内,科华都会受到欺负。

赵伟平不想受欺负,但是也不想自己的公司就此消失。他纠结的时候,王彪的电话打来了,说他已经到了,并且问赵伟平什么时候有空。赵伟平一看时间,没想到已经十一点了,就打算去吃个饭,见一见王彪,听听他的意见。

到了约定的地方,王彪已经开好了包间。王彪没有人同行,偌大的包间里只有他们两个人。两人也不多废话,点了菜,开了酒,干了几杯,长长地喘了口气,身心也放松了不少。这时赵伟平才问起王彪公司的事情,得知已经差不多解决了,赵伟平点点头,又喝了一杯酒。

作为多年的好友,赵伟平的心思自然逃不过王彪的眼睛。他看出赵伟平有心事,就直接开口问。赵伟平无奈地笑了笑,把科华的大致情况说了出来。

王彪静静地听完以后,思考了一会儿,给赵伟平出了个主意,让王彪的公司和科华建立合作关系,并且采购搁置的商品,暂时帮助赵伟平缓过目前的困境。有了这些资金以后,赵伟平就回到了有钱、有商品的正常状态,也就有时间和他们慢慢叫板了。但是不能让人知道是王彪作为朋友在帮他,不然那些公司肯定会继续联手对付科华。

　　赵伟平仔细想了想,觉得这个主意虽然只是个雏形,但是思路是很不错的。他也就不再烦恼这件事,和王彪痛痛快快地吃了一顿,才回到公司。

　　而此时,赵伟平的家中,高月才刚刚醒过来。

　　记者本来就是烧脑子的职业,有时候还得连夜修改新闻稿,所以高月一直都有点睡眠不足。再加上怕吵醒赵伟平,高月睡前把所有的闹钟都关了,来电也设置成了静音,以及看日记看到很晚才去睡觉,这直接导致了高月睡到中午才醒。她看着字条,吃着已经凉透发硬的早餐,心里还是甜甜的。

　　睡了一晚上,高月的心情好了很多,不再像刚刚看完日记的时候那样压抑了,她开始试着正视自己和赵伟平的感情状态。她清楚自己在一些方面确实不如陆文洁,甚至可以说差远了,但是这不应该让她自卑乃至退缩,这应该成为她努力变好的动力。

　　她再次搜寻了一番书架,连书桌也搜寻了一番,试图寻找赵伟平的日记。虽然说偷看别人的日记是很不好的行为,可现在高月也没有别的选择了。心里那么多疑问,难道都要向赵伟平一个一个地问清楚吗? 现在也只能这样了。

　　然而赵伟平似乎并没有写日记的习惯,一番搜索下来,别说日记,连有他写了字的纸都找不到几张,倒是找到一本发黄的小日历,是2014年的。日历上,一月的每一天都被划掉了,而二月份也从第一天划到了第十二天,而十五号的那个格子里,画了一个端端正正的圆圈。

　　高月回想起来,在陆文洁的日记里,2013年2月15日,赵伟平离开了陆文洁,并且和她约定要用一年的时间来证明自己,应该就是因为这样，2014年2月15日才被赵伟平画了一个圈。在那之前，赵伟平应该是每过一天，就划掉一格。他是用这个来督促和提醒自己，见面的日子就要到了，要好好努力？还是一天天划掉，看着剩下的日子越来越少，以此来缓解自己的思念，又或者两者都有？这些高月猜不透，也不想去猜，让她感到困惑的是，划日期这个举动，到2月12日那一天就停止了。2月之后的月份，干净如新，与发黄的表皮形成了鲜明的对比，赵伟平似乎根本没有翻开过，应该说2月12日以后，赵伟平就把这本日历塞到了桌子里，再也没有用过了。

高月马上对2月12日产生了极大的好奇心，这一天到底发生了什么事情，让赵伟平连划日子都放弃了，可能是离得比较远，所以提前了几天去陆文洁所在的城市，不小心把日历落下了，所以没有划？而日历本来就是买来为一年之约而用的，约定结束了，自然就不需要日历了。这倒是一个解释，但是她不能确定。此时高月忽然想起了什么，马上在书架上找出了陆文洁的第三本日记，直接翻到了最后。

2014年2月11日

和伟平约定的日子马上就要到了。其实现在已经凌晨2点，算是12日了，可是我就是激动得睡不着。伟平啊，你个没良心的，说分开一年，真的就分开一年啊，你知不知道我有多想你？就不能抽空来看看我吗，我就不信你的公司让你忙得每一天都抽不开身！

不过也好，我们约定的时间总算要到了，我终于可以见到你了。今年我可是进步了很多哟，也不知道你的公司发展得怎么样了，能不能让爸爸满意。到时候，我一定要……

日记写到这里就停了。没有结尾，甚至一句话都没有写完，下面还有一条墨线，似乎是匆忙扔下笔之后笔尖在纸面上划出来的。难道是家里进贼了，把陆文洁吓到了？高月摇摇头，马上打消了这个想法,她爸爸是那样的有钱人,家里的安保措施肯定很严,门卫日夜换班守着,怎么会进贼呢?或者就是突然停电了,而且很久没来电,所以陆文洁就没写这篇日记了,后来她又因为某种原因不写这本了,这也是有可能的。

但是,高月总觉得陆文洁12日凌晨写日记写到一半戛然而止,赵伟平划日期也只划到12日,这二者之间,可能有什么内在的联系。毕竟,划日期对于赵伟平,写日记对于陆文洁,都是比较重要而且有特殊意义的事情,没有理由忽然在同一天停止。说不定就是这一天白天的时候,赵伟平和陆文洁分手了?

高月想了想,觉得这虽然离谱,但是也是唯一有可能的解释了,然后赵伟平再也不用这本日历了,而陆文洁伤心过度,也就不再写日记了,或者说,不再写这本日记了。他们感情这么深厚,高月想不出会有什么原因导致他们分手。可如果不是分手的话,又无从解释了。

高月把日记本放了回去,既然不知道原因,那就不要追查了,做好自己便是。以前陆文洁和赵伟平之间做了什么事情,自己和赵伟平再做一次就行了。高月想,刺激一下赵伟平的回忆,让他早点放下,早点迎接新的生活。

而赵伟平回到公司以后,没有向任何一个人说和王彪合作的事情。他考虑了一段时间,就开始着手处理这件事了,一边让工厂方面按照计划正常生产,另一方面又让人准备一个饭局,而且通知了一些员工,明天要随他去见一个大客户。其中,就有小李。

既然小李尚不知道自己的身份已经暴露了,那么他反而是个可以利用的棋子。自己如果单独和王彪进行合作,负责账目的小李肯定会知道,两个人如果不动声色地交易,小李肯定会怀疑自己和王彪有特殊关系,是拉来救急的,这就说明自己心虚了。赵伟平故意带上小李,蒙蔽他,让他向朝阳那边传递错误的信息。就算幕后主使不是朝阳,那么"科华找到了一个新客户"的消息也会经由小李流到朝阳,再经由某个未知的渠道,被价格联盟所知道。与王彪大大方方地见面反而更真实,在饭桌上演一出戏给小李看就行了。如此一来,价格联盟自然会深信不疑,危机也就解除了。

赵伟平当晚就和王彪通了电话,告诉王彪要在饭桌上演戏。第二天到了饭局上,小李等人又在一边看着,赵伟平和王彪装作比较生疏的样子,但同时,赵伟平又要一个劲地和旁边的人说,这是我的"好朋友",我们这次是十分重要的合作。而王彪也装作一个有钱但是傻头傻脑的人,打算涉足电子产品行业,而且向科华采购的数量还很多。两人安安心心地吃了一顿饭,又过了一天,王彪就带人来签了合同。

随后,赵伟平真的卖了一部分产品给王彪,由王彪叫了十几辆货车通通拉了回去,并且打电话给了价格联盟的其中一个公司,表示愿意以稍微低一点的价格和他们合作,但是没有对方所要求的那么低。之后,赵伟平就安安心心地正常上下班,什么也没做。两天之后,那些人就一个个打电话过来,表示之前是他们的想法有问题,他们愿意和科华正常交易,价格保持不变。

而小李也在突然间提出了辞职,当天就收拾东西,甚至连工资都没有拿就走了。没有人知道原因,也没有人知道他去了哪里,倒是赵伟平在他离开的时候拍了拍他的肩膀,说以后有机会的话,代我向赵力问好。仅仅是这一句话,吓得小李头也不回地跑了。

至于王彪向赵伟平买的那批货,原封不动地在仓库躺了半个月,最后赵伟平又按原价买了回去,陆续卖掉了。那一大笔资金从王彪那里流到了赵伟平这里,一分没花,最后又回到了王彪的公司,这场风波,就被赵伟平和王彪轻描淡写地压下去了。赵伟平知道,王彪的公司刚刚恢复过来,为了帮助赵伟平,王彪几乎调用了自己所有可用的流动资金,如果赵伟平最后失败了,不止科华会倒,还会连累了王彪。王彪是清楚这一点的,但还是义无反顾地做了。好在赵伟平最后赌赢了,他甚至不知道是谁在坑自己,不知道对手身在何方,最终的目的是什么,他只用一顿饭,一个没有实质性交易的合同,就化解了这场危机。

事后,赵伟平请王彪吃了顿饭,在饭桌上,赵伟平接到了王茹的电话。她这个电话显得很突兀,找不到任何理由,就像是朋友之间的简单问候一样,聊了聊最近的工作、生活,然后就没了。王茹的语气里有点不舍,有点哀伤,赵伟平知道,她一是道别,二是认输。她就要以一个败者的姿态,永远地离开自己的生活了。赵伟平收起手机,笑了笑,继续和王彪喝着酒,关于王茹,他一个字也没有提及。

晚上回家的时候,高月已经在家里等着他了。记者的工作可不是每天坐在办公室里整点上下班,所以高月经常会利用闲暇时间来到赵伟平的家里,给他做晚饭。自从几天之前,赵伟平经不住高月的央求而把钥匙给了她之后,就一直这样了。高月不知道哪里来的本事,在抽油烟机下面腾出了一块地,安装了锅台,放上电磁炉和电饭锅,今天赵伟平到家的时候还多了一个瓷质的小炖锅。

高月的理由是,赵伟平总不能一辈子在外面吃饭,等以后有了孩子,更是要在家里和孩子一起吃,所以现在就要适应一下,而且自己做的饭菜,总是比较放心的。赵伟平并不抗拒高月这个举动,而且高月的手艺也很好,就由着她了。

赵伟平在门口的时候就闻到了一股肉香味,推门进入,香气更是让他的整个鼻腔都暖了起来,人也变得精神了很多,或者说,头脑清醒了,身体却变得十分慵懒,什么也不想做,只想坐下来等着吃饭。高月正在炒菜,那个小炖锅的通气口里冒着蒸汽,赵伟平想看看是什么汤,但还没碰到盖子,就感受到了它的热度,只能收回手。

晚饭很寻常,白米饭和家常小菜,区别就是那小炖锅里的汤,香得赵伟平有些失神。多久没有闻过这样的香味了?这几年吃的饭,无一例外都是在饭馆或者酒店,饭馆里的自然谈不上多好吃,而酒店饭局上的菜品,精致可口,但是都是流程化制造出来的商品,纵然再香,也令人感到味同嚼蜡,更不知为了吸引客人,它们往里面加了多少香精,多少不知名的调料。这么多年了,酒店和饭馆里好吃的菜品,在赵伟平看来,都只是为了填饱肚子而已。至于上个月老家的那场婚宴,寻常人家带着欢喜气氛做出来的东西,倒是有些原始的风味,算得上美食。

眼前这锅汤却不一样,这不是要卖给谁的,也不是要吸引人们来喝的,做得好与不好,根本无所谓。这是一个女子做给自己心上人喝的,里面的肉切得大小合适,太大了难以入味,太小了没有嚼头,调料也必须恰到好处,少了乏味,多了冲口。高月甚至在旁边放了一个闹钟,当它响起来的时候,高月马上停下了手上的事情,去把炖锅的电源拔了,隔着抹布掀开锅盖,一股白雾顿时就涌了出来,热气混合着肉香肆意扩散,熏得整个房间暖洋洋的。高月拿着白瓷碗,装了几块肉,淋上八分满的汤,小心地端到赵伟平面前放下,脸上是抑制不住的自豪和期待。她在期待什么呢?这个她可没有表现出来,只是简单地说了一句:"尝尝看。"

第十五章　斩断往事

　　这一锅汤,却把赵伟平的思绪拉回三年之前。那个时候,在另外一个城市,同样一间不算大的房屋里,陆文洁也像现在这样,给他炖汤。那时候他的工作量大,总是她先下班,先回到家里,也不管一天的忙碌,拖着疲惫的身体就开始忙活。等到赵伟平回到家里的时候,就可以喝上一碗热腾腾的汤,两三口下肚,便能让他一整天的疲乏散去一大半,驱散他心里所有的烦闷和懈怠。

　　就是这样简简单单的一碗莲子排骨汤,他喝了一个夏天。莲子软糯甜腻,排骨香滑细嫩,每一口都让赵伟平回味无穷。他觉得这辈子就靠这碗汤活了。什么是家?赵伟平经常问自己这个问题,但是他答不上来。他和家人的关系并不好,长大以后基本是独自生活,哪怕是过年回家的时候,也体会不到那种温暖。现在他知道了,所谓家,就是深夜回到住处的时候,陆文洁那锅汤里冒出来的热气。这不正是他一直努力奋斗所追求的感觉吗?

　　陆文洁离开以后,他曾以为自己会一辈子体会不到那种感觉了,没想到现在有幸再次遇到。他恍惚了很久,直到高月喊他的名字,他才反应过来,便也去给高月盛了一碗汤,让她和自己一起喝。

　　赵伟平很久没有这么开心过了。像是即将枯死的种子,在幽暗闭塞的泥土里,忽然感觉到了温暖和湿润,顷刻间,甘霖渗透进泥土,将小小的他包裹住,刺激着他萌芽,让他想要冲破泥土,享受阳光。不得不承认,他喜欢这种感觉。这顿晚饭,赵伟平食欲大开,把高月做的饭菜吃得干干净净,喝光了汤,恨不得把脸埋进砂锅里。吃完之后,他摸着滚圆的肚皮,懒懒地靠在沙发上喘着气,脑子里什么也不想,只顾着回味刚才的美味。后来他看到高月在洗碗,打算帮她一起洗,可是高月不让,硬要他去休息。

吃过饭以后,两人又坐了一会儿,高月就打算回去了。赵伟平送她下楼,后来觉得不妥,干脆直接送她到家,高月怎么说他都不听。要分别的时候,高月从背包里拿出一个小盒子递给赵伟平,神秘兮兮地说让赵伟平到家了再拆开。赵伟平虽然满口答应,但是看着高月上楼以后,他扭头走上了回家的路,在路上就迫不及待地拆开了小盒子。

他还以为里面是钢笔或者手表什么的,没想到,竟然是一个杯子。瓷质的水杯,不算大,但是很精致,在路灯下反射着让人舒服的光泽。赵伟平愣了一会儿,就走不动了,在路边坐了下来。吹了一会儿晚风,赵伟平冷静了一些,但回忆依旧汹涌,让他难以承受。

他遇到了有生以来最难的选择。以往不管什么事,他都能通过缜密的分析来找出最好的选择并且毫不犹豫地前行,但是这一次他犹豫了。面对这个杯子,他完全无法思考,连多看一眼都觉得困难,却又舍不得放下。在他的办公室桌子上,也有一个陶瓷杯子,他用了三年,一直小心翼翼地,上面连一个划痕都没有,比自己的手机都新。但是现在,又出现了一个杯子,他也非常喜欢,然而桌子上的地方就那么大,绝对摆不下两个,他也不想同时用两个杯子,磕磕绊绊的,总有一个会碎掉。他必须做出选择,要么留下手上的这个杯子,取代之前的那一个,要么只能让它离开自己。扔了?太可惜了。送人?也舍不得。退回去?那就更绝情了。该如何是好?赵伟平坐在路边想了半天,他决定先把杯子带回去,不管要不要,总不能留在路上。

他不想坐车,而是踩着晚风,一步步走回了家。此时已经快八点钟了,夜幕浓厚,城区早就看不见星星了,只有路边商店招牌的霓虹灯在不停地制造令人目眩的光芒。都市十分热闹,这不假,但是生活在其中的人却常常逃不开孤独,这是人类的天性。人可以承受孤独,甚至享受它,但是可怕的是,身在孤独之中的人,一旦尝到了幸福的滋味,那么他的坚韧,他的顽强,他耐受孤独的能力,就会逐渐瓦解。赵伟平便是如此,他拿着杯子,小心地走在路上,看着周围人来人往。他们大多成群结队,要么牵着自己的伴侣、家人,要么跟随自己的朋友,偶尔有几个独行的年轻人,也都插着耳机摇头晃脑,或者对着手机傻笑。唯有赵伟平,捧着刚刚得到的礼物,一言不发。

赵伟平回到家以后,就烧了一壶热水,把杯子放在干净的盆子里,里里外外用热水泡了一下。他记得有人教他这么做过,赵伟平摇了摇头,用抹布捏着滚烫的杯子放在窗台上,打开窗户让它晾干,然后就回房间了。

那晚,赵伟平做了个梦,梦见他和陆文洁走在林荫道上,陆文洁在吹一支竖笛,至于是哪首曲子,赵伟平听不出来,只觉得耳熟。陆文洁一边吹,赵伟平一边讲自己小时候发生的事情,一直讲到他参军为止。后来竖笛声渐渐停了,赵伟平回头一看,发现竖笛正被自己拿在手上,而陆文洁在身后很远的地方朝着自己挥手,赵伟平想要跑过去的时候,忽然就醒了。

他真希望自己没有固定醒的习惯,这样就可以和陆文洁多待一会儿了。就在他洗漱的时候,王彪发了信息过来,说想和赵伟平谈谈有关他生意的事情。王彪将地点约在了一个离赵伟平比较远的地方,说是因为丁峰要到场。赵伟平没有推脱,到公司里处理了一下今天的事情,然后就出门了。

丁峰是赵伟平的发小,两人小时候一起光屁股打过架,中学一起逃课翻墙,什么都干过。赵伟平去当兵的时候,丁峰就下海了。

丁峰盯上了传媒行业,打算在那儿闯出自己的一片天。他给公司起名叫"四海",寓意名扬四海。他足够努力,足够聪明,也确实找到了一些可靠的合伙人,然而打拼了几年,除了积攒了一定的资本,并没什么大的起色。他为此也很困惑,明明自己一直在兢兢业业地努力着,几个伙伴也都很靠谱,公司没有遇到什么大坎儿,市场资源丰富,也没有大公司故意挤兑他们,可是公司仍然发展缓慢,后来慢得几乎就要停止了。他知道自己的公司其实在一点一点地进步,可是这进步的速度实在是太慢了,让他难以忍受。他总是想方设法地推动发展,可就是没有成功。

赵伟平发达以后,丁峰来找他取经,赵伟平挤出了一些时间,跟着丁峰在他的公司观察了一阵子,发现了四海传媒集团的问题。丁峰的头脑没问题,也确实很勤快,可最大的毛病就是太勤快了,导致他做什么事都要亲力亲为,永远奋战在第一线。这让赵伟平想起了诸葛亮,多么厉害的一个人物,在当时的中原几乎没有对手,然而就是因为大事小事都亲力亲为,巨细无遗,不放心将事情交给手下人,最后把自己活活累出病来,还没完成光复汉室的伟大理想就病逝了。

丁峰大概也是如此了。这么做的问题就在于,哪怕丁峰是机器人,不用吃饭不用休息,可以二十四小时连轴转,也只有二十四个小时,一天不会因为他的努力而变成二十五个小时。他办事、赚钱、雇佣人手,一起办事、赚钱、再雇佣人手,如此循环,这样子也只有最开始的一段时间会进步,到了后来就难了。最好的办法就是,丁峰从第一线的位置上下来,让合适的人顶替他的位置,包括最开始的合伙人,既然有能力也信得过,那就让他们也从第一线的位置上下来,做管理层的人员。丁峰之前因为谨慎,自己除了管着所有人,还要努力做事,一点时间也不舍得浪费,只为了追求一点效率。赵伟平让他专心做好管理这件事,哪些人做得不好,丁峰就负责把他们炒掉,另外再招一个就是了,这样也就可以保证员工们的做事效率了。

说到底,这就是让丁峰把责任分摊给手下的人,也多给他们一点信任,这样自己就可以有更多的时间来审视公司状态,也才有机会进步。丁峰也不是笨人,得到了赵伟平的这一番指点,回去以后马上就进行了改革,从一个只知道做事的劳动者,慢慢转变成了一个明智的管理者。丁峰曾经说过,要是没有赵伟平,自己可能一辈子都只是个累死累活跑业务的传媒工作者。而在进行改革之后,丁峰的事业就快速地发展了起来,现在他的四海传媒集团已经是一个非常有名气的企业了。他一直想着要报答赵伟平,然而终究没有什么好的机会。

而王彪把他和丁峰都叫到场,想必不是什么小事。不过令赵伟平和丁峰都比较吃惊的是,王彪这次请他们来,竟然只是因为想让他们入股自己的公司。

丁峰又好气又好笑,说:"你直接在电话里说不就行了吗,几句话就商量好的事情,非要我们亲自跑到这里来和你商量?"

不过赵伟平却感觉到没这么简单。他们都是生意人,也是关系非常好的朋友,对彼此的能力也都是认可的,入股这种事情,确实一两句话就能说好。而既然这次入股的重要性已经到了必须让他们亲自到场才能商量的地步,想必是入股的金额比较大。

果然,两杯酒下肚,王彪就向赵伟平和丁峰说出了他的野心。王彪现在没有产业,只有资本,还有少部分忠心耿耿的员工。而这些堵上公司破产的各种债务之后,剩下的已经不多了。三人合作,所持有的资金是一方面,此外,王彪多年的打拼已经积累了不俗的人脉,丁峰的传媒公司,因为其自身性质就拥有较高的知名度和影响力,而赵伟平又在自己的领域稳定地发展着,他的个人能力也是十分突出。既然如此,三人如果把自身的资源整合到一起,肯定可以有一个非常不错的开始。

王彪想要把现在的公司做得比之前还要大,而要做到这一点,光靠他自己的资金是不够的,需要赵伟平和丁峰入股,而且数目要足够大,才能支持王彪的行动。至于这个数目具体是多少,就是他要和赵伟平以及丁峰讨论的。

饭桌上出现片刻的沉默,但是气氛并没有因此僵住。赵伟平说他肯定会全力支持,至于丁峰,他正等着报之前的恩情呢,也没有拒绝。话已至此,也就不需要讨论太多了,三人只当是好友聚餐,痛饮了一场,便各自离去了。

赵伟平回到公司以后,马上就开始调动公司的流动资金,甚至动用了一部分自己的积蓄。这一举动导致了公司里其他人的强烈反对,很多人虽表示支持赵伟平进行投资,但是不希望他动用太多的资金。第一,公司短时间内的发展会受到限制;第二,万一王彪的公司失败了,科华几乎也要完蛋。

　　他们说得很有道理,但是赵伟平想起之前王彪不顾自身的安危出手帮助他,心里就不再犹豫了。身边人见他如此,也就放弃了劝说。他们知道赵伟平不轻易下决定,因为他会进行缜密的思考和取舍,但是当他做出决定之后,那就是谁也无法改变了。

　　在接下来半个月的时间内,赵伟平和丁峰都对王彪进行了大额度的投资和入股,全力支持王彪的事业。而事实也并没有员工们说的那么可怕,王彪是在商界磨炼了许多年的人,新的公司建立到现在,已经开始盈利了,可以预见在接下来的一段时间内,会有源源不断的小股收益回馈给科华,科华的发展虽然受到了限制,但是比原本想象的要轻很多。

　　生意在慢慢地好转,赵伟平度过了一段比较繁忙的日子之后,终于又闲了下来。他正打算找点乐子的时候,赵启平又打了电话给他。不过电话那一头的并不是赵启平,而是赵涛。

　　赵涛的声音很养耳,毕竟是经常练习唱歌的人,连说话的腔调和气息都比一般人好上不少,然而现在他听上去却十分难受。赵涛说自己在海选赛的时候,只以一个十分惨淡的成绩勉强出线,这让他很难受,不知道如何是好。

　　赵伟平想了想,就问他有没有时间来北京一趟,赵涛问他什么事,赵伟平说打算带他去听一场演唱会。对于赵伟平突如其来的邀请,赵涛十分意外,但想了想还是答应了。

　　约定了日子,赵伟平挂掉电话,看着办公桌上的三张演唱会门票发呆。那是清洁工阿姨在商场买东西满额抽奖抽到的,她的儿女都不感兴趣,阿姨就带到了公司打算给同事,可是最近工作很忙,大家都抽不出时间去听,门票转了一圈就到了办公室。最后所有人约定,谁有空去听,谁就来拿票。但是几天过去了,票还静静地压在笔筒底下。没想到这三张门票,最后要用来帮助赵涛。

　　因为是三张票,除了自己和赵涛以外还多出来一张,赵伟平在办公室里问了一圈有谁要去,大家都抽不开身。这时候,赵伟平就想到了高月。虽然说去听演唱会是很浪漫的事情,不过他和高月之外，还要带一个赵涛，就显得有点尴尬了，但是至少比不去好，而高月也很痛快地答应了他。

在演唱会的前一天，赵涛坐火车来了北京。赵伟平去火车站接他，刚出火车站，赵涛就被北京的一切震慑住了。他一直跟着赵启平在县城的中学念书，没见过北京这样繁华的城市，多多少少还是会有一点惊讶的。赵伟平干脆就带着他在北京好好地玩了一圈，他们去了天安门、故宫、鸟巢和水立方。城市里的一切都让这个孩子感到新奇，赵伟平看着他这个样子，心里渐渐有了主意。

因为赵伟平自己的房子很小，所以当晚他带着赵涛去酒店过了一晚上。酒店里面的一些设施，赵涛都不认识，这让赵伟平感到好笑，同时又为赵启平感到悲哀。身为县里的高考状元，他竟然这么轻视对孩子的教育，不说给孩子多好的条件，至少也应该让赵涛见一见世面，见一见外面的世界，这样一来，赵涛就不会像井底之蛙一样，缺乏对整个社会的认知，也许就不会出现辍学搞音乐这样的想法了。不过还好，这一切还可以挽回。

到北京的第二天晚上是演唱会，举办的地点是鸟巢。这是某个大公司为了宣传自身品牌而举办的演唱会，邀请的歌手很多，赵伟平只能勉强认出其中的两三个，而赵涛则是兴奋地喊出了他们所有人的名字，甚至还能学着他们唱。高月看着赵涛的眼神也很温柔，她之前和赵伟平交流过，得知赵伟平是打算矫正赵涛的心态才有了此行，因此没有多说什么。

三张门票的座位是连排的，赵伟平坐在中间，赵涛坐在他的左边。每当一个歌手出场的时候，赵涛都会兴奋地抓着他的手，和其他的听众一起尖叫、欢呼。赵伟平看着他这个样子有些恍惚，他想起了自己年轻的时候，那时的他，可远远没有赵涛这么有朝气。他知道赵涛身上有一种自己需要学习的品质，赵涛虽然鲁莽、幼稚、目光短浅，但是他敢于追求自己的梦想，不顾一切，这就让赵伟平很是羡慕。赵伟平就从未如此奋不顾身地追逐过什么事情，除了参军，但是那也并不算什么严重的事情，参军不也有工资吗，他做什么事都是有计划、估量过风险的，而像赵涛这样执着，却是未曾有过。

　　在主持人和歌手闲聊的空当里,赵伟平问赵涛:"你知不知道自己离一个真正的歌手,还差了哪些东西?"

　　赵涛叽里呱啦说了一通,赵伟平只是笑着摇了摇头说:"你错了,你缺少的不是天赋,不是努力,是岁月的沉淀。"

　　赵伟平说起赵涛喜欢的歌手无一不是从困难之中挺过来的,又说起自己认识的一些作家、画家,他们要么经历过大苦大难,要么在生活的重压之下默默地坚持着梦想。他们之间相同的是,在绽放光彩之前,都在孤独之中努力过很长时间,接受了生活的洗礼,沉淀了很长一段时间。

　　赵伟平接着说,如果那些知名歌星和赵涛条件相同,他们也能用赵涛的嗓子唱出动听的歌曲,因为他们经历过真正的生活。时光和苦难不会让一个人声音变好听,不会让一个人画画更好看、文笔更优美,但是它可以让人懂得更多东西,可以让人在创造作品时,不会空荡荡的。赵涛之所以海选成绩不好,不是实力不行,而是经历得太少,唱歌的时候,心中缺少感情,歌声就不能打动人。如果赵涛谈过恋爱,他就能唱好,可是他什么都没经历过,连学业都没有完成,更别说生活了。

　　赵伟平还说:"你别说唱歌,你就算是听歌,能听出歌手心中的感情吗?"

　　赵涛听得一愣一愣的,在那之后,一直到演唱会结束,他都一言不发,只是一曲结束时会跟着鼓掌而已。结束之后,赵伟平送赵涛回了酒店,然后就被高月拉上了街,打算过一过二人世界。他们吃东西的时候,高月告诉赵伟平,几天之后就是她的生日了。

　　赵伟平点了点头,说一定会好好庆祝。他答应肯定会送高月一个让她满意的礼物,高月却说不准破费,敢超过一百块钱就三天不理他。赵伟平苦笑着答应,心里默默地盘算了起来,该送些什么东西,才能既满足高月的要求,又足够证明自己对高月的爱呢?

　　直到晚上睡觉的时候,赵伟平心里才有了答案。

　　很快就到了高月的生日,这一天赵伟平基本没什么心思上班,满脑子都是晚上和高月的相聚,高月此时也正在忙工作。人长大以后,就不再像小时候那样了,一到生日就要拉上亲朋好友去游乐场好好玩上一整天。生活的重担还在肩上,对于高月来说,生日这一天的晚上可以和爱人出去吃个饭,共处一阵子,就是很幸福的事情了。

他们打算在赵伟平的家里庆祝。赵伟平特地早早地离开公司,去取了三天前就订好的蛋糕,上面画满了高月喜欢的小东西。生怕蛋糕吃不饱,赵伟平还联系了最近的西餐馆,只要赵伟平一个电话过去,他们就会精心烹制两份牛排,并且让两个伙计以最快的速度送过来。

可是赵伟平不知道,高月想要的其实就只是他而已。这一点,在高月走进门、扑到他的怀里撒娇的时候,他才反应过来。简单地举行了许愿仪式,两人就开始吃蛋糕,还把奶油往对方脸上抹,看着对方哈哈大笑,就像小孩子一样。吃完蛋糕,高月差不多饱了,赵伟平就没有马上点牛排。夜还很长,高月提议一起看一部电影,在挑选的时候,高月忽然想了起来,扭头看着赵伟平,撅着嘴,像小孩子一样讨要礼物。

赵伟平一拍脑袋,没想到自己把这件事给忘记了。他走进房间,拿起了床上的那个盒子。礼物并不贵重,但是决定送出它,让赵伟平的心绪久久难以平静。沉默良久,直到高月在外面催促他,他才深呼吸一下,终于下定了决心,这才抱着盒子走出来,把盒子递给高月。高月笑嘻嘻地接过来,轻快地拆掉包装,把盖子打开的那一瞬间,她就愣住了。

盒子里,静静地躺着一个杯子。

第十六章　迷茫的晨曦

　　这个杯子,对于赵伟平来说意义非凡,对于高月来说更是如此,或者说,对于他们而言,这个杯子都代表了同样的一件事。
　　赵伟平曾经送过陆文洁一个杯子,后来陆文洁也回赠了一个。赵伟平当时送出杯子,是在暗喻他已经打算和陆文洁过一辈子了。他没有直接说出来,而是用了这种非常隐晦的方式,希望陆文洁能够明白他的心意。而陆文洁的回赠,则是猜出了赵伟平的心意,也是用了最直接的方式来回应赵伟平的心意。一个女人愿意把自己的余生都托付给一个男人,这应该是最深沉的感情了。对于他们两人来说,这种简单得不能再简单的方式,已经代表了他们心意相通。
　　然而无论当初他们的感情多么深厚,陆文洁终究是离开了。高月努力地陪伴赵伟平,尽自己所能地对他好,目的就是为了取代陆文洁在赵伟平心中的位置,成为陪伴他一生的那个人。高月起初并不知道自己能否成功,要是赵伟平依旧没有放下陆文洁,那么高月所做的一切都白费了,而且很长一段时间内她都会沉浸在痛苦之中,甚至会为此牺牲自己的青春。但是高月愿意赌一下,于是她送了赵伟平一个杯子。赵伟平肯定是知道杯子的含义的,但是赵伟平能否猜出,高月送的这个杯子,就是在试探他的心意? 或者赵伟平猜出来了,但是假装不知道,不做回应,又或者干脆拒绝了高月怎么办? 这些高月都考虑过,但是她等不及了,她太想要知道答案了,于是她冒险走出了这一步,用杯子向赵伟平提问:"你愿不愿意一生都和我在一起？"

现在看来，已经有答案了。赵伟平既然能够回赠，说明他心里是接受了高月的爱意，虽然没有说出来，但是这个简单的举动已经说明了一切。更重要的是，明明杯子对于他和陆文洁来说有着如此重要的意义，他却愿意送一个给高月，这说明高月在赵伟平心中的地位，已经不比陆文洁低了，他意识到了陆文洁已经远去，并且决定接纳高月。他肯定知道这样一来，以后身边人就只能是高月，不会是陆文洁了，但是他愿意这样。他向往昔道别，并且拥抱了现在的生活。

这对于他们来说，都至关重要，高月激动地流下了眼泪，抱着赵伟平不愿意放开。仅仅是一个杯子而已，能让高月如此开心，赵伟平没有想过其他，只当高月是知道杯子的隐喻而已。他没有往更深层的地方想，更不知道高月其实已经知晓了陆文洁的事情。高月也没有说出来，有些事情并不需要完全说清楚。只要这一刻，她和赵伟平是爱着彼此的，这就够了，那些尘封的秘密，就让它们永远被忘记吧。

开心了好一阵子，高月才把杯子小心地收了起来，生怕弄坏了，随后两人一起看了一场电影。在那之后，高月肚子饿了，赵伟平便叫来了牛排，两人一起饱餐了一顿，吃完之后，已经是晚上十点多了。高月故意吃得很慢，眼见时间已经拖得很晚了，她才大胆地说，要不然晚上我就睡你这儿吧。

赵伟平愣了一下，似乎并没有想到高月会突然说出这种话来。不过他也没有思考太多，就点头答应了。走到房间里，赵伟平就开始发愁，自己生活并不是十分讲究，留高月过夜，肯定得让她睡床，那自己这张床，会不会太硬或者太软？被子会不会太薄，手感好不好，高月睡起来会不会舒服？他正纠结这些问题的时候，高月已经进卫生间洗澡了。赵伟平坐在床沿，听着卫生间的水声，他觉得有一些恍惚，和高月的关系在不知不觉间已经发展到同宿的程度了。他本以为失去陆文洁之后，自己就要孤独终老了，没想到高月闯了进来，一点点补上了他的创伤，把他已封闭的内心硬是划开了一道口子,招摇地走了进来。

他忽然间反应过来,有了高月之后的生活是如此多彩,纵然是他这样心如止水的人,内心也不禁泛起了波澜。高月的出现,让他从长期沉闷压抑的情绪之中解脱了出来,做什么都有了动力,对生活也充满了希望。高月为自己做的事情并不算很多,陪伴自己,为自己做饭,说起来累,其实也不是什么大事,但这对赵伟平的影响却是十分重要的。她让赵伟平从关于陆文洁的回忆和哀伤情绪之中挣脱了出来,重新找回了自己。曾经,他一切的奋斗都为了陆文洁,可是就算没了陆文洁,他也不该就此堕落,应该振作起来,为自己而活,也为了高月。

高月洗完澡之后,轮到赵伟平。高月刚刚洗过,浴室里满是热气,还残留着若有若无的香味,是沐浴露的味道吗?赵伟平不知道。过去的几年内,他进卫生间必然是冰凉凉的,从未像现在这样,充满着家的气息。说实话,要和高月睡一张床,他还有点紧张:待会要怎么办,是抱在一起睡,还是靠着睡,或是隔得开一点,免得妨碍到人家?赵伟平当然愿意抱着,但是他担心高月觉得他太冒进了,如果隔着睡的话,又怕高月嫌他胆小,觉得受到了冷落。一直到洗完,他都没有想出答案,只能硬着头皮出来了。

此时的高月正坐在床沿吹自己的头发,赵伟平这才注意到,她换了衣服。她竟然带了换洗衣服过来,肯定是准备好在这里过夜的,所谓的太晚了,根本就是借口而已。想到这里,赵伟平不禁哑然一笑,没想到自己还没有高月主动。这一笑惊动了高月,她问赵伟平笑什么,赵伟平只是摇了摇头,默默地看着她,一言不发。她的身影在灯光下,给了赵伟平一种很不一样的感觉,一想到今后数十年的时间里,这个女人都会在自己的房间内,和他在同一张床上,抱着对方入睡,赵伟平的心头就泛起一股微妙的甜蜜。

他们吹完头发以后,时间不早了,两人关灯睡觉。上床的时候赵伟平还有些紧张,试探性地伸出手去,想要搂住她,没想到高月主动钻进了赵伟平的怀里,自然而然地躺下了。赵伟平稍微愣了一下,也就顺势搂住了她,两人十分默契地抱着躺好,赵伟平盖好了被子。

赵伟平抱着怀里的人,却怎么也睡不着。他太不习惯这种感觉了。他早已习惯了一个人的生活,但是现在,他怀里抱着一个人,一个温暖柔弱的躯体,赵伟平生怕动一下就会干扰她的睡眠,甚至怕自己抱的力道不合适弄醒她。其实人在睡着的时候根本不会察觉到这么多事情,哪怕被身边人踢了一脚,抢了被子,很多人也不会醒来,赵伟平也清楚这一点,可他就是担心。他对怀里的人是怎样的一种守护,生怕她睡不好,十分不习惯。抱着高月入睡固然是幸福的,然而连这种幸福感,他都十分不习惯,甚至觉得陌生,心里凭空生出几分惶恐。

他曾经打算自己一个人孤独终老,连将来公司交给什么样的继承人,老了以后怎么照顾自己,出了事情谁能够最快来到自己身边帮忙,这些都考虑过了。一个人生活,一个人赚钱养自己,一个人去旅游,他已经习惯了,并且准备一辈子都这样,但是怀里的这个人改变了一切。现在他的人生中多了一个人,以后肯定还会有孩子,孩子也会有孩子。将来在哪里生活,买什么样的房子,四十岁、五十岁乃至老得走不动了以后要做什么,一切都因为家人的存在要重新计划。

不过让赵伟平欣慰的是,在计划之中加入家人这个因素,永远是一件让人幸福的事情。尽管这幸福暂时让他有点难以适应,但是他相信,一切总是会好起来的。

而高月躺在赵伟平的怀里,心怦怦直跳,脸颊都在发烫,她比赵伟平还要紧张。她在听赵伟平的呼吸声,以此来判断赵伟平是否睡着了,然而赵伟平的呼吸声一直很均匀,高月也没法判断出来。她实在忍不住了,身体稍微换了一下姿势,让自己舒服了一点,而赵伟平也十分配合她。至此,高月满意地深呼吸了一下,伏在爱人的怀里,什么也不去想,安安心心地睡了。

生日过后,赵伟平和高月的关系一路升温,连公司的人都知道,他们的老板有一个年轻漂亮的女朋友,两个人并不会天天见面,但是只要一见面,肯定是如胶似漆,仿佛一直处在热恋期一样。按照文员小林的话来说,"整个办公室都弥漫着恋爱的酸臭味",不过嘴上这么说,员工们心里还是十分祝福赵伟平和高月的。他们很乐意看着自己的老板能够有个伴侣,说不定结婚的时候心情一好,就给所有人加薪了,这也不是没有可能。

生活在一步一步向好的方向发展。科华在缓慢而稳定地恢复,王彪的公司也在稳健地进步,回馈给科华的回报也十分喜人,而高月与赵伟平更是一步步走得更近。以前大多时候都是她在赵伟平公司外面等他,而现在,反而是赵伟平来找高月多一点。虽然是冬天,但是所有事情都充满了生机和朝气,让每一个人都心生欢喜。

不知不觉,便到了年关。眼看大家就要各自回家过大年了,赵伟平本来还想留在这里处理春节期间的业务,尽管很少,但是赵伟平已经习惯了这样。然而高月却提出,要和他回家见一见父母。

赵伟平没有过多思考便答应了。父母和他虽然疏远,但好歹也是生他养他之人,就算感情再淡薄,身上的血脉也总是将他们联系在一起。自己娶什么样的妻子,也要带回家让他们见一见,有个交代才是,让他们看看自己儿子娶了个好媳妇,也算是能安心了。这点孝道,总归是要尽的。

一路上风平浪静,在回家的飞机上,赵伟平有点想念坐火车的感觉了。火车上大家可以随意走动,可以和邻桌甚至隔壁车厢的人扯皮聊天,还有人会在火车上唱歌、演奏、画画、划拳,十分热闹,不像飞机上,所有人都只能安安静静地坐着。对他来说,也许火车才是过年回家最正确的方式,所有人带着一年的收获,带着对家的思念,挤在浑浊的车厢里谈天说地,还能分享一点土特产,这才是年味。赵伟平把这些说给了高月听,高月只问了一句:"你有本事在春节的时候买到火车票吗?"赵伟平马上就打消了刚刚的念头。

到家之前,赵伟平给父母打了个电话,说自己要回家过年,还带来了女朋友。听到赵伟平要回来,父母倒是没什么,但是听到还带着儿媳妇的时候,他们马上就坐不住了,忙问赵伟平什么时候到家,他们打算来接。前后态度的反差,让旁边的高月都笑了出来,赵伟平也是有点忍俊不禁。

高月向赵伟平说,天底下没有父母是不爱自己孩子的。他们没有那么期待你回家,可能是你们之间共同语言少,难以沟通,而我,他们根本不认识我,怎么会欢迎我呢？之所以对我那么热情,还不是因为你就要成家了,他们对你隐晦而难以表达出来的爱和关怀,以后我都可以替你接受,所以他们希望早点见到我。说到底,还是因为你啊。

赵伟平点点头。道理他都懂,高月那么受父母欢迎,也是因为她是自己的伴侣才如此的。可是他和父母之间,就是有一层隔阂,说不清道不明,看似无形,却又难以突破。父母一天天变老,他心里也想和父母搞好关系,能够孝顺孝顺他们,可是每次回家的时候见到他们没什么喜色的脸,赵伟平的心里就很尴尬。

一路颠簸之后,他们回到了家里,这次很难得,在门口迎接赵伟平的不是大哥,而是父母。老套的寒暄,没有过多的言语,母亲捧着两小碗面,硬是要他们现在就吃完,说是接风洗尘。回到家中之后,父母看着赵伟平找了个这么年轻漂亮的媳妇,乐得合不拢嘴。他们并不是很会说话,只是一个劲儿地招呼高月休息、吃东西,然后就忙着张罗晚饭去了。

至少目前来看,高月和父母关系还不错,不用担心将来的婆媳关系,因为以后基本也不会住在一起。高月反而对此有点不理解,在她看来,赵伟平的父母是很热情的两个人,怎么会和赵伟平关系不好,关于这一点,赵伟平自己也不知道怎么解释。

赵涛一直坐在房间里看书,看累了的时候就会去散散步,或者唱唱歌,歌声总是能吸引不少路人为他喝彩,但是他从来没有因此而开心过,脸上总是十分淡然,淡然得根本不像是个十几岁的少年。赵启平本来也十分担心,但是至少赵涛不再整天唱歌,而是能静下心来学习了,后来他也就不多管了。

根据赵涛的介绍,他已经通过了第二轮的选拔,在年后就要进行第三轮的选拔了,这一次的对手会更加强大,而赵涛的唱功却已经到了瓶颈期,他们内心也一直无法安宁,总是心烦意乱,这才是他一直闷闷不乐的原因。赵伟平让他顺其自然,不必为此发愁,而赵涛只是点了点头,也不知道他听懂了没有。

吃过晚饭以后,两人走出家门,在附近散步。偏远城市有一个得天独厚的好处,就是各种污染比较少,晚上抬头可以看见星星。高月觉得,这里就是一个宜居的城市,人们不该庸碌地活着,应该时常仰望星空,感受世界之大,宇宙之浩瀚,细细品味,这样生活中所有的事儿也就都不是事儿了,自己都可以笑着面对。能看见星星,这已经是一件非常幸福的事情了。

赵伟平听得一愣一愣地。毕竟高月是记者,做文字工作的,她说的这些话,饶是经历过风浪的赵伟平也觉得有几分道理,想着高月这个小姑娘在一本正经地说着大道理,赵伟平笑着摸了摸高月的头。想到自己生活在北京这样的大城市里,晚上的时候,天空都会被人间的灯火照亮,怎么想,都是一种悲哀。人们在这样的环境下生活,或者说生存,日复一日地做着相似的工作,在繁忙和空虚之中一点点地度过自己的人生,最后留下了什么呢?

也只有抬头看着星星的时候,赵伟平才好好地回想了一下自己的过往。他这辈子做得最优秀的事情,可能就是创建了科华吧,但是科华也只是数不清的科技公司中的一个而已,再大的成就,最后自己也是带不走的。他发现自己长久以来都只顾着工作,忽略了生活,甚至有点忽略了身边的人。随即,赵伟平发现自己根本没有爱好。不说像赵涛那样如痴如狂地追求音乐,至少也应该有一些喜欢的东西。比如听歌、看小说、画画,甚至是和别人一起打游戏都好。但是赵伟平却没有什么喜欢的东西,甚至找不出一道特别中意的菜来。他的生活,除了工作,还是工作,现在想来,确实了无生趣。

两人手牵手,慢慢地走着,迎着晚风,呼吸着新鲜的空气。他们抬头看着星空,高月说她曾经去过偏远的山区,在那种没有一丝污染的地方,星空还是原始的星空,在夏天的晚上,抬头就可以看到银河横挂天空,从夜幕的这一头,一直延伸到另外一头。就像是上帝拿着画笔,在天穹之上划过了一条线,绽放出来的光彩,能让所有画家的画笔都为之黯然失色。赵伟平听着高月的描述,想起自己曾经在网络上看过高月描述的那种景象。那张照片就已经把赵伟平震撼住了，他从未想过在自己生活的大地上可以看到这样震撼的景观，若是能够亲眼见一次，那该多好。

赵伟平提议，以后有空了，一定要去高月所说的那种山区，好好看一看星空，高月欣然同意了。两人又走了一阵子，有些累了，便一起回了家。因为家里的房子不大，没有多少房间，赵伟平和高月只能挤在一张单人床上睡觉，他们紧紧抱着彼此。换了一张床，赵伟平又有些不习惯，好在他已经习惯了怀里的人了，也习惯了这种感觉。

第二天，赵启平要去县城里办事，赵伟平和高月闲得无聊，也就跟着去，他们打算出去转一转，顺便买一点年货。两人跟着赵启平到了县城之后，已经十点多了。因为他们打算买的东西比较多，并且打算赶回去吃午饭，所以两人分头采购。赵伟平独自一人去往县城的东半部分，他兜兜转转走了半天，来到了一个卖干果的小铺子。赵伟平选中这个小铺子的原因很简单，店面虽然很小，东西也堆放得很密集，但是收拾得很干净，老板是个女人，坐在门口低着头织毛衣，旁边还蹲着一只猫。赵伟平看到老板的一瞬间，就有点羡慕她这种简单的生活，不算富有，可是一定过得很自在。

赵伟平走过去，打了声招呼，自己拿了个塑料袋开始挑选。老板也只是招呼了一声，仍旧织着毛衣，没有抬头。赵伟平问了几次价格，发现她卖的东西总比别处要稍微便宜一点，卖相也好，就决定多买一些。挑了几袋子之后，赵伟平拿给老板让她称，这时老板才把她的毛衣放到了一边，抬头接赵伟平手上的袋子。不过，她的手却停在了半空中。

同时愣住的还有赵伟平，那短短的几秒钟之内，他的内心翻涌出了数不清的情绪和回忆。他惊讶、哀伤、尴尬、紧张，各种情绪都经历了一遍，喉间仿佛积攒着千言万语，到了嘴边却一句话也说不出来，最后只能笑了笑，说："是你啊，这么巧，没想到你在这里！"

眼前的人，竟然是李冰，赵伟平曾经的女朋友。他们分手之后便天各一方，没想到能在这里见到她。

李冰也只是笑了笑,接过了袋子,点头道:"好久不见,好久不见啊!"

　　短短的几句话,把两人之间那辛酸之中带着些许甜蜜的往事,全部压了下去。

　　李冰的身世,说起来让人有些伤感。她出生在一个宁静的乡村,父母都是农民,因为田地多,手脚也勤快,所以收成也不错,在村里算是比较殷实的人家了,但是也仅仅是在村里而已,出了这个村子,就算不得什么了。李冰是家里的独女,虽然是个女孩儿,但是父母没有重男轻女的思想,依旧悉心养育她,供她顺顺利利地完成学业。

　　李冰自小就在农村里过着田园人家的生活,每天和青山绿水做伴,虽然也很喜欢玩,但是男孩子们钻到土里草里打滚的时候,女孩子们扯着风筝迎着太阳奔跑的时候,她总是不参与,生怕弄脏自己或者晒黑。人们都说,这女娃上辈子一定是富贵人家的小姐,玩都这么讲究。在李冰七岁那年,一个远房亲戚拜访了她的父母,其中一个人随身带着一些在旅途中解闷用的报纸、杂志,李冰翻看后,发现里面有很多东西自己看不明白,就去问亲戚,亲戚就一样一样地说给她听。这一听不要紧,李冰顿时就对外面的世界产生了极大的向往,她的认知也不再停留在这个小小的村子,以及周围一望无垠的农田了。

　　她知道了火车,那种车子很长很长,光是一节车厢就比自己家的房子还要大,可以坐下一百多个人,而且只能在两根铁轨组成的路上行走,"嗖"的一声,就可以从村子的这头开到那头;还有飞机,这种大家伙可以载着几百个人在天上飞,速度比火车还要快;再看看自己家的拖拉机,同样都是车子,怎么架势那么大,却连人都跑不过?

第十七章　岁月的余烬

李冰对这些东西表示十分怀疑,怎么都不愿意相信,一度怀疑手上拿着的杂志是童话故事书。村里很多见过世面的叔叔阿姨都告诉她,这是真的,火车真的有那么长,飞机真的可以飞。面对这么多人的说辞,李冰也不得不相信,亲戚说得神乎其神的那些东西,全都是真的。

在那个年代,在那种落后的小乡村,这种现代科技的产物带给李冰的震撼是非常大的。她第一次对外面的世界产生了向往,拉着亲戚又问了起来,让她继续讲。她知道村子里最高的楼房不过才三层,那是做生意赚了大钱的老光头盖的,但是城市里的楼房竟然可以达到十几层,二十几层,甚至更高。李冰惊讶不已,说自己也很想看看,亲戚就说,县城里的学校就有五六层高,要是再往附近的城市里走一走,就可以看到十几层的楼房了。于是这个想法就在李冰的心里生根发芽,她对外面的世界产生了深深的向往,也就是那个时候,她下定了决心,长大以后一定要在城市里生活,不要做一个脱离时代的人。

李冰也确实做到了。小学毕业的时候,她以优异的成绩考上了县城的中学,拿到成绩的那天,她缠着父亲带自己去看看。结果刚刚进县城,还没到学校的时候,李冰就被街道的景观震慑住了。那些商店里卖着一些她从来没有见过的东西,这里到处都是楼房,根本看不到农田,李冰在课本上读过城市里的生活,然而亲眼见到了,还是被吓了一跳。

农村人的出身给李冰带来了很大的压力和自卑感。她本能地认为,农村就是落后的,农村人也是被人瞧不起的。在学校的时候,李冰从来不说自己是农村人,一举一动都模仿着身边的同学,不再扎土里土气的发型,不再穿打了补丁的衣服,她想方设法让自己看起来像一个城里人。

放寒假回家的时候,已经适应了城市生活的李冰,就看不惯家里人的种种做法了。比如说上厕所,她每一次去都觉得身上脏了,一定要洗两次澡才能干净。爸妈对此感到奇怪,但是毕竟女儿是家里唯一一个见过世面的人,他们也就没说什么。

后来上了高中,李冰的这种情况就越发严重了。初中时,李冰也仅仅是学着其他同学的生活习惯而已,到了高中以后,班上几乎所有的女生都开始打扮,而李冰偏偏又是整个班级底子最好看的一个,同桌看她衣着朴素,也开始教她打扮,她这一打扮便十分美艳动人,班里的小伙子们都很喜欢她。被夸得多了,李冰也就喜欢上了这种感觉,她开始经常买新衣服,甚至学着化妆,花销一点点地大了起来。

碰巧就是这几年,父母承包了更多田地,种植不同的农产品,甚至跟人学着搞农家乐,发展了一点旅游业,一下子赚了大钱。李冰很有出息,父母对她很满意,所以对李冰有求必应,从来不让李冰缺钱花。这种情况一直持续到了李冰大三的时候。而这一年,老家那些搞农家乐的居民里,有一家接待游客的时候出了凶杀案,因为这件事,农家乐办不下去了,父母赚不到钱,也就不能继续给李冰充足的生活费了。

这么一来可苦了李冰。她过惯了大手大脚的公主日子,每个月的生活费忽然缩减到了之前的四分之一,她根本适应不来。父母也很无奈,依靠种地实在是赚不到太多的钱。一时间,李冰几乎连饭都吃不起了,她逼着自己缩减开支。

由俭入奢易,由奢入俭难,更何况是李冰这样从高中开始就过着潇洒日子的人。没钱她并不是活不下来,就算再难熬,拿不出钱她也没办法。勉强适应了这样的生活以后,李冰开始寻找出路了,她开始兼职,想要自己赚钱。刚开始兼职的时候,她每天都累得要趴下,而且工资也少得可怜。然而,这至少是个好的开始,虽然赚钱少,但是自己好歹也是能赚钱的。对好生活的渴望,成了她奋斗的动力,她反而变得越来越积极努力了。

毕业之后,李冰很快就找到了工作。此时,她遇到赵伟平。赵伟平家境一般,而李冰因为家里人不能给她提供更多的帮助,所以一切也都是靠自己。赵伟平上进而努力,李冰也是如此,两人之间有很多的共同话题,因此李冰就和赵伟平走得很近,再加上赵伟平身上有不少吸引李冰的特质,李冰和赵伟平的喜好也比较相似,一来二去,两人就产生了感情。

每个人的第一段恋爱都有着非同寻常的意义。这毕竟是他们第一次爱上一个人,单纯、真挚的感情会毫无保留地奉献给对方。虽然不是特别强烈,但是温馨而甜蜜。刚刚踏上社会的他们,没有过恋爱经历,所以第一次的感情,一定是奋不顾身的,而且会在心里留下永远的烙印。

只不过,当时两人之间虽然很亲近,但是因为羞涩,一直都没有捅破那层窗户纸,只是保持着一个甜蜜的暧昧关系。那时候,他们只要其中一个人加班,另外一个人一定会留下来陪着对方;其中一人生活拮据,另外一人一定会大方地出手相助。生活清贫,但是他们彼此帮助,一天天地过了下来,倒也挺幸福。

这样的日子持续了半年多,这时候李冰的一个大学同学郭飞也进入了这个公司,并且开始追求李冰。李冰一开始还比较抗拒,然而让人头疼的是,郭飞直接展开了金钱攻势。

李冰完全抵挡不住。郭飞将新款手机、包包送个不停,甚至送了整套最新的家具到李冰的出租屋下面。李冰一开始十分抗拒,后来耐不住郭飞的软磨硬泡,也就同意了。她再次感受到了富裕生活的幸福感,根本停不下来。从那以后,郭飞隔三岔五地送李冰东西,还时不时请她出去吃饭,饭后还要送一堆吃的。李冰工资不算高,而郭飞也没有直接送钱给李冰,但是郭飞送的东西多得李冰几乎不需要自己花钱买东西。

赵伟平也是偶然间才知道郭飞的存在。一开始，郭飞送李冰东西，赵伟平寻思他们是大学同学，而郭飞这种富二代出手大方，请客吃饭、送送东西权当是他念及同学情谊，帮助生活困难的李冰了。后来郭飞送的东西越来越多，连家具都送了，赵伟平也开始接受不了了。他跟李冰交流了一下，想问清楚李冰和郭飞究竟是什么关系。李冰自然是舍不得失去郭飞给的好处，但是也割舍不了对赵伟平的感情，便解释他们只是普通朋友，让赵伟平放心，以后不会再这样了。

赵伟平选择相信李冰，而李冰也认为自己可以忍住。她心知肚明郭飞是喜欢自己的，认为既然该有的东西都有了，自己只要慢慢对郭飞冷淡一点，慢慢疏远他，总有一天郭飞会厌倦自己，渐渐地不再送东西，直至离开。

但是李冰高估了自己，郭飞每一次送她东西的时候，她对郭飞的依赖就会更深一分。后来某一天，郭飞直接把自己名下的一套房产按照低价租给了李冰，在旁人眼里这几乎就是赤裸裸的包养了，但是李冰还是自欺欺人地说，这只是朋友之间的帮助而已，况且自己确实是出钱租了房子，没有什么好在乎的。

然而另一方面，李冰在公司的时候，也和赵伟平发展得很好。赵伟平深信李冰真的没和郭飞往来了，便一心一意地对李冰好。两人的感情不断加深，而郭飞眼见自己和李冰走得越来越近，终于在某一天，正式向李冰告白了。

李冰怕说出实情后，郭飞会就此抛弃自己，只说还需要一定的时间考虑，借此钓着郭飞。她在赵伟平和郭飞之间左右为难，选择赵伟平的话，日子会很苦，但是赵伟平的温情让她怎么也割舍不掉；而选择郭飞的话，李冰的下半生就不用努力了，她可以马上过上自己想要的那种生活，那种一掷千金、完全不需要担心钱的生活。而就在她为难的时候，赵伟平在一个偶然的机会下，知道了李冰依旧在和郭飞来往。

这之前，赵伟平十分信赖李冰，因此关于李冰个人生活的一切他都没有刻意去关注，但是发现疑点之后，赵伟平马上就开始调查了。赵伟平是聪明人,他很轻松地就知道了所有的事情。愤怒之下,他只发了一条短信向李冰道别,就递交了辞职信,收拾自己的东西离开了。临走前还拉黑了李冰的所有联系方式,打算永远不再见她。

没想到这么多年过去了,在这个小镇上还能够看到李冰。时隔多年,被岁月洗刷了一番之后,当年对于李冰的怨恨、不舍、留恋,早已消失得干干净净。时光可以洗清很多恩怨,现在两个人再次见面,也只是许久未碰面的两个好友,坐下来喝杯茶,叙叙旧而已。李冰用十分生疏的手法沏了一壶茶,给赵伟平递了一杯。在两人聊天中李冰得知赵伟平创业开了公司,心中一阵感慨。她低着头,眼神里尽是回忆和不舍。

当年赵伟平离开以后,李冰的父母忽然得了重病,需要很大的一笔钱。她去向郭飞求助,但是郭飞这时候又相中了别的女孩子,根本不想为李冰花这么多钱,就支支吾吾地搪塞了过去。没办法,李冰只能自己努力,她的全部积蓄加起来,甚至都不及所需金额的零头,于是她就想到了在公司财务上做手脚。然而她毕竟没有做贼的本事,做的假账马上就被公司查了出来,第二天她就被赶出了公司。还是在村民和亲戚的帮助下,才勉强凑齐了医药费。而郭飞也厌烦了李冰,懒得和她往来了。没过一个月,郭飞一家就搬去了别的城市,李冰一个人无依无靠,想再找工作,但是因为做假账这件事情被之前的公司披露了出来,几乎没有人愿意收她。李冰曾经想过去别的城市,但是人生地不熟,又没有足够的社会阅历,什么都做不好,花光了积蓄之后,只能被迫回到了家乡。

好在李冰虽然没有什么突出的能力,姿色还是有的,再加上有在大公司工作的经历,很快就被一个包工头看上了。李冰努力了几年也累了,包工头对她也还不错,于是就嫁给了他。婚后手头还算富裕,生了个孩子,过了几年安宁幸福的日子。然而好景不长,丈夫工作的时候出了意外,整个施工队死了一半的人,他自己更是连抢救的机会都没有,当场就盖上了白布。家里的钱,大多都用来赔偿了,公公也不管她了。孤儿寡母,无依无靠,又不愿意拖累父母,只能一个人来到了小县城,做点小生意,一直到了现在。

　　李冰是上过大学的人,做生意的话本来也可以有一点成绩的,无奈的是还有一个孩子要养,被拖累得太严重。岁月已经把她从一个精致优雅、生活讲究的小女生,变成了一个饱经风霜、沧桑而消沉的女人,青春不再,容颜老去,虽然认得她,但是她和赵伟平记忆中的那个女人,已经完全不一样了。

　　两人聊了片刻,李冰的孩子回来了,一个十岁的小男孩,眉眼和李冰十分相似。他有点怕生,看着赵伟平的时候有些不敢抬头。三人坐在一起,又闲聊了一会儿,这时候高月打了电话过来,问他在哪儿。这里离回去的地方比较近,所以赵伟平报了地址,让高月赶过来找自己。这期间,赵伟平收拾了一下自己挑好的东西,打算付钱,但是李冰执意不收。赵伟平拗不过她,只能放弃。过了一会儿,也许是念在旧日的情谊,也许是同情李冰孤儿寡母生活辛苦,赵伟平给了李冰一张名片,告诉她要是遇到了什么大困难,可以给他打电话,他或许可以帮上忙。赵伟平本来认为,李冰已经适应了现在这样的生活,自己以朋友的身份,在困难的时候出手相助也无可厚非,因此才留下了联系方式。谁知道就是因为这个名片,他和李冰之间又有了些许麻烦。

　　不久之后高月找到了这里,赵伟平和李冰道别之后,把李冰的儿子喊到一边,包了个大红包给他,就当是付了钱,这次李冰倒是没说什么。随后,赵伟平和高月一起离开,李冰站在他们身后不远处看着他们,目光里满是温情,却又带着苦涩。赵伟平终究是她第一个爱上的男人,也是对她最用心的一个男人。她心中关于赵伟平的思念一直没有消失,没想到如今竟然能够遇见,内心深处的回忆和眷恋被唤醒,她怎么舍得放下?她手上紧紧地捏着赵伟平给她的名片,一度被汗水浸湿,还险些揉皱。等到赵伟平的背影消失在转角之后,她才捧着名片,记住了上面的号码,把赵伟平的名字念了一遍又一遍。

　　在回去的路上,高月问起关于李冰的事情,赵伟平也没有隐瞒,全部说了出来。得知李冰竟然是赵伟平的初恋情人,高月十分吃惊,但是一想到李冰的孩子都那么大了,心里的那点醋意也就顷刻间烟消云散了。

人不可能活在回忆里。时间总在不停地向前推进,岁月的长河永远不会停止,生活也在不断继续。回忆像是一个宝藏,每次挖掘,总会有一些让人沉思、让人感动甚至不舍的东西,可是那些总是会一点一点地离开自己,被时光掩埋,最终消失。关于陆文洁是如此,关于李冰也是如此。回去的路上,赵伟平一直在想李冰,想着他们在一起的时光。不得不承认,尽管和李冰已经没有什么感情了,可是那一年之内发生的事情,确实十分甜蜜,让人难以忘怀。不过一切终究是要过去的,能再次遇到李冰是运气,而两人之间终归是有缘无分。

赵伟平回到家之后,吃过了午饭,下午的时间要怎么消磨成了一个大问题。他在老家不用工作,所有的时间都只能拿来娱乐或者睡懒觉。然而这里没有电影院,没有网吧和电玩店,没有美食城,要去哪里消遣都不知道。父母要去亲戚家串门,但是赵伟平跟哪个亲戚都不熟,就没跟着去。两个人无聊地闲逛,后来高月有点累了,打算回去睡个午觉,而赵伟平则一个人慢慢地逛着。

这里是赵伟平的故乡,赵伟平却对这个地方说不上有什么感情,但是这一次回到家里之后,对这里也产生了莫名的感觉。脚下走的这条路,他小时候上学时经常走,他还记得路上的那块巨石,觉得一定是女娲补天留下来的大石头,现在看来,还没自己高呢。拐角处的那个大树,小时候的赵伟平觉着一定是世界上最大的树了,现在看来,其实也不过如此。还有远处的那间无人居住的旧房子,他小时候走累了总喜欢在里面休息一下,小伙伴们有什么东西也都喜欢藏在里面,因为旧门板上的那个破洞只有小孩子钻得进去,大人是进不去的。而现在,它已经塌了一半,古旧的砖瓦上已经布上了青苔,破损的木材也已经被侵蚀得千疮百孔,仿佛轻轻一碰就会碎掉。

承载了回忆的旧房子,终究是进不去了。赵伟平叹了口气,继续往前走。再往前是一处水潭。赵伟平记得,这潭水是从一个很小的泉眼里冒出来的,有个经常看西方神话故事的同村孩子说这是天马帕珈索斯踩过的,据说地面只要被它踩上一脚,就会冒出泉水,诗人喝了以后就会有灵感。赵伟平不信他这些鬼话,但是确实喜欢喝这里的水,甘甜而清洌,也许只是心理作用。水潭有的地方很深,但是周围都是可以借力的灌木,赵伟平甚至会跳下去泡澡,有几次差点呛死自己,可还是乐此不疲,水冰冰凉凉的,刺激得人浑身的困意都无影无踪。水里还有不知名的小鱼,他有时候眼疾手快能捞到几条,每次都放了回去。

水潭没了,早就没了。旁边的泥土塌了下来,把那泉眼堵得死死的,水也少了很多,露出大块大块的淤泥,被阳光晒干之后干巴巴的,甚至龟裂起来。仅剩的一点水,也是绿油油的,冒着臭味,毫无生气。水死了,里面生活着的鱼也死了。

赵伟平,长大了。

一切都已经回不去了。人必须向往事道别,这是谁也没有办法阻止的事情。赵伟平扭头继续走着,路上偶尔有几个村民向赵伟平问好,赵伟平也笑着点头回应。赵伟平认得他们,从小就认得,脸上的疤痕,驼背,古怪的面容,记忆中的人一个一个地跳了出来,站在他的面前,只不过他们背更驼了,头发也花白了,赵伟平想要呼唤他们,但是喊不出名字。

走了很久之后,到了道路的尽头,柏油路在这里到头了,再往前是几条在草里踩出来的小路,不知道通往何方,赵伟平也就没有走下去。赵伟平在路边坐了下来,像小时候一样,折了一根狗尾巴草在嘴里叼着,假装自己还是那个少年。

这时候他的手机响了,他以为是高月睡醒之后想要找到自己,所以打了电话过来。赵伟平拿起手机,按下接听键的瞬间才发现是个陌生的号码。他放到耳边,问了一声:"喂?"

"伟平?"李冰的声音里是掩饰不住的紧张和喜悦,"你在哪里?"

第十八章　尘封往事

赵伟平十分诧异。他愣了一会儿,回答道:"有事吗?"

简单的两句话,没有交换多少信息。那一刻赵伟平揣测了一下李冰的意图,但是他又觉得揣测这个行为很不合适,于是就不去想了。李冰和他有一搭没一搭地聊着,问了一些小事,说着说着就不知道怎么接了。赵伟平听出李冰有些尴尬,就直接说:"你是不是有什么事情?"

李冰深呼吸了一下,仿佛这个举动能为她带来勇气,可是她欲言又止,张嘴已经发出的半个音节,却卡在嘴边说不出来。赵伟平没有催促,李冰既然难以说出口,如果催促的话反而会让她更紧张,所以赵伟平只是默默地等着。见赵伟平这么沉默着,李冰也只能开口了。

"你能不能来我家一趟?"

赵伟平再次愣住了。对于李冰突如其来的邀请,赵伟平一时间有些难以接受,而李冰说完以后也就没有声音了,仿佛是在等待赵伟平的回应。赵伟平犹豫了一会儿也答应了。李冰显得很高兴,又想说些什么,但是断断续续地连不成一句完整的话。最后,她只是说出了自己家的地址,但是又有些说不明白,干脆说去她的店铺里,赵伟平应了一声,就挂了电话。

时间还早,才下午两点左右。赵伟平站在路边,眺望着远处的景色。他忍不住开始猜测李冰邀请他的意图,没有恶意,单纯是好奇,是自己在她家里落下了什么东西?不应该,如果是这样的话,怎么会那么难以开口,直接说不就行了。是想要借钱?有可能,孩子正是上学的年纪,她一个女人赚不了多少钱,而赵伟平给她的那张名片上写了自己是科华公司的董事长。既然都开公司了,肯定不会差那么点钱,也许是李冰想要开口给孩子借一点学费?而两个人久别重逢,李冰第一件事就是开口借钱,肯定会很不好意思,这倒是个可以接受的解释。

又或者,是她对自己还有意思?赵伟平忽然笑出了声,摇摇头,马上打消了这个想法。两个人已经阔别多年,历经沧桑,还能认出对方已是巧事了,李冰怎么会想要再续前缘?因此赵伟平也就没有再往那方面想。

赵伟平循着记忆,找到了李冰的店,中途甚至还迷了路,在路人的帮助下才走出来。他拐过街角,一眼就认出了站在店门口的李冰。李冰这次没有织毛衣,而是直直地站着,时不时眺望着街道的两头,似乎是在等待什么人。

她在等我,赵伟平意识到这一点,心里更加好奇了,究竟是什么事情,能让李冰这么迫切地想要见自己?而此时,李冰也认出了他,原本焦急的面庞上露出了喜色,蹦跳着向赵伟平挥手,完全不像一个大龄女人的做法。赵伟平也加快了脚步冲她走去,期间李冰一直面带笑容看着赵伟平,在赵伟平快要走到的时候,她甚至跑过来迎接。可是到了赵伟平面前,她却显得有点手足无措,甚至在抬头看赵伟平的时候,脸上还有些紧张,她把双手并拢放在身前,咽了咽口水道:"你来了。"

说完,她抬手整理了一下头发,这个动作显得十分拘束,赵伟平想起了自己曾经面试过的一个员工。那是个女生,刚刚毕业,戴着眼镜,身材不高,穿着一身不合身的职业装。她站在面试现场,朝赵伟平和另外一个面试官鞠躬的时候,也是这样的拘束、羞涩、紧张,之所以会这样,是因为她太紧张了,又缺乏自信,生怕自己任何一点不得体的地方都会惹面试官不开心。赵伟平看着眼前的李冰,和当初的那个小姑娘如出一辙,那么紧张。

她不知道赵伟平看着她现在这个样子会不开心。相识一场,有话直说，坦坦荡荡多好，何必搞得像上司与下属的关系一样？可是赵伟平没有说出来，只是点了点头，应了一声。赵伟平没有多说话，李冰抿了抿嘴，一下子没了主意，转着眼珠拼命想要说些什么，半晌才反应过来，让赵伟平跟着自己进屋。

两人来到店里坐下，李冰的儿子正坐在一旁的小桌子前写作业。貌似是上午包的那个大红包起了作用，这次他抬头看赵伟平的时候，目光里虽然还是生疏，但是已经不再紧张了，还友好地喊了声叔叔。赵伟平摸了摸他的头，在他旁边坐了下来，看着他写作业。小学的题目自然扫一眼就能看清楚，赵伟平发现他答题答得很好，而且字迹很工整，再看看他，坐姿也很端正。赵伟平心里暗暗感叹，他肯定是个很不错的学生，不禁随口问起孩子的年龄来。

李冰说他的名字叫范明，范是他那个死去的父亲的姓氏。范明小时候，父亲尚且在世，家里经济条件还是十分宽裕的。但是李冰生怕范明变成自己小时候那样，所以一直对范明"穷养"，除了满足他正常的衣食住行以外，很少给范明零花钱，除非是范明做了好事或者成绩优秀的时候。得益于李冰的良好教育，范明从小就十分懂事、乖巧，周围的人对他都是赞不绝口，范明差不多活成了那种"别人家的孩子"。

后来，李冰丈夫去世，家里的情况一下子就垮了下来。李冰努力维持这个家，但是情况还是慢慢变差了。生活上，范明倒是没感觉到有什么不妥，因为他毕竟从小就是被李冰培养出来的，生活就算再清贫一点，范明也能很快接受。让他受不了的是失去父亲。

当时范明才六岁，虽然乖巧懂事，但是毕竟还只是孩子，对这个世界还没有太清晰的认知，对死亡这种奇怪的东西更是没有概念。他只知道某一天晚上爸爸没有回家，妈妈一直在哭，他以为妈妈生病了，于是就打电话给爸爸，但是一直没人接。范明打了十几次，终于被接通了，但是电话那头却是警察，说什么正在处理现场。什么现场？范明不明白，他问："是不是我爸爸的手机被偷了，然后警察把手机追了回来？"警察听出来范明年纪小，也不忍心告诉他真相，只能搪塞过去。

范明等了一晚上都不睡觉，一直在等爸爸回来。李冰那晚是抱着范明入睡的，但是她也没有睡着，每隔一会儿，他都能听见妈妈在啜泣，还尽可能压抑着不发出声音。他可以感觉到妈妈的身体在颤抖，想安慰妈妈，却又不知道如何是好，最后就跟着妈妈一起哭，哭到深夜，迷迷糊糊之中就睡着了。

　　他再也没有见过爸爸。妈妈还是会每天做饭给他吃，监督他写作业，给他切水果。范明休息的时候妈妈就打扫卫生，一切看起来都和往常一样。最大的区别就是，爸爸再也没有回来过，而妈妈的脸上再也看不到笑容了。范明不止一次问妈妈，爸爸什么时候回家，而妈妈却从来都不回答这个问题。范明没有哭闹过，一次都没有，因为妈妈从来不惯着他哭闹，范明也就没有这个习惯。他想爸爸的时候会看看爸爸的照片，然后就好好看书，因为要是不用功的话，爸爸会很失望、很生气，这是妈妈告诉他的。

　　不知道过了多久，一个月还是两个月，范明渐渐从身边人的口中得知了爸爸的死讯。他问起死是什么意思，别人都说，死就是死呗，还能有什么意思。后来，范明又去查了字典，字典上终于给出了解释，很多例子都是关于事物的，比如死胡同、死路，还有一个解释是失去生命。而年幼无知的范明根本无法理解失去生命是什么意思，他满脑子都在琢磨，爸爸是走进死胡同迷路了，一直回不了家吗？他抱着字典去找妈妈，妈妈听完他说的话，苦笑了一下，眼泪就流了出来，妈妈这一次也没有给出任何回答。

　　范明渐渐放弃了，他打算好好学习，长大以后赚大钱，坐车去接爸爸回家。可是随着年岁的增长，范明开始理解死的意义。他听外公说，死就是永远睡着了。范明不服气，说睡美人沉睡了一百年，不是王子的一个吻就可以唤醒吗？外公笑着说那只是童话，在现实生活中，死了就是醒不来了，身体会慢慢消逝，最后尘归尘、土归土，永远也不会回来。执着的范明仍旧不愿意相信，就去问了妈妈，这一次，妈妈沉默了一会儿，终于给出了一个笃定的回答："是的，爸爸回不来了，你以后再也不能见到他了。"

　　范明哭了，以前摔疼了、委屈了，他最多流几滴眼泪，然而今天他却哭得十分放肆，把这么长时间以来心头的思念和埋怨，以及对爸爸永远离开的不舍和愤恨，全部发泄了出来。他知道自己永远不能见到父亲了，却始终不能理解，为什么爸爸不愿意醒过来见他们。

从小到大，范明没少因为没有爸爸这件事情而受到旁人的讥笑，尤其是同龄的熊孩子。有很多次，他们欺负范明，把他写好的作业撕掉，往他的书包上泼水，在他的课桌里面放青蛙，范明都忍了下来，可是有一次，他们当着范明的面骂他，涉及了他爸爸，而且说得非常难听，这一次范明直接和他们打了起来。愤怒的人是没有办法被阻止的，对方四个人都没能拦住范明，骂范明的那个人被打得头破血流，直接进了医院，其他三个人也被范明拿着石头追了半里路才消停。

范明整理好自己的衣服回家，只说脸上的伤口是自己走路的时候看书摔的，妈妈也没有怀疑。第二天，那四个孩子的家长就在老师的陪同下找上了门，尤其是那个孩子被打伤的父母，更是气愤难当，冲上来就要打范明，幸亏被老师拦住。妈妈连连道歉，转身就责怪范明为什么要打架。当范明说出原因之后，没想到妈妈也忍不住了，拿着平底锅就和那几个家长打了起来。他们连骂着"泼妇""晦气"，然后逃走了。妈妈流下了眼泪，但是马上就擦掉了，她摸着范明的头说："我们是很卑微，但是你绝对不可以让别人瞧不起你。"

听到这里，赵伟平都忍不住喝彩。说事归说事，牵扯到家人算什么本事？赵伟平喝了口茶，询问接下来发生了什么。李冰叹了口气，继续回忆起来。

孩子把人家打伤了，连妈妈也跟人动手，出了这么大的事情，学校怎么都不愿留下范明了，而周边的几所学校听闻了范明的"光辉事迹"，也将范明拒之门外。李冰再一次尝到了自己当年因在账目上造假而被整个城市的企业排斥的情况。但是她也没有办法，只能打碎牙齿往肚子里咽，带着范明离开，来到了这座小镇。镇上的学校里有李冰父母的朋友，在他的帮助下，范明顺利地办了入学手续，背着书包又去上学了。因为这里没有人认识范明，也就没人知道范明没有爸爸，自然也没人看不起他，再加上范明懂事、用功、成绩很好，老师和同学都喜欢他，所以到现在为止，日子过得还可以。

至于李冰，则是用最后一点钱盘下了这个店面，做一点小生意，赚得不多，但是母子两人开销也不大，因此日子也过得很平静。她在这里生活两年多了，虽然已经不是青春年少的时候，但是毕竟底子还在，在这个镇子上，还算是很漂亮的女人。人人都知道，这个食品铺子的女主人，虽然离过婚，但是人长得挺好看，手脚勤快利索，待人和气，做人也特别本分，从来没看见过她跟男人在一起，虽然还带个孩子，但是孩子已经不小了，不用花心思照顾，而且乖巧懂事，很会念书，将来肯定有出息。

如此一来，看上李冰的单身汉也多了起来，街坊邻居也经常热心地给李冰介绍对象。两年下来，倒是有过一些很合意的，其中一些甚至相当不错，以至于李冰都不理解他们为什么会看上自己这么个丧夫的女人。她也不是没有考虑过再嫁，不为了自己，只为了范明，要是范明考上了大学，自己一个女人家怎么挣得出学费来？而且要是嫁了个人品好点的男人，那么范明的日子也会好过很多。

可是，说到底还是因为范明。李冰跟范明说起这件事的时候，范明想也没想就拒绝了，说自己一定会很懂事，不乱花钱，妈妈没必要为了我而委屈自己再嫁，他特别担心妈妈嫁个不爱的男人，或者没本事的男人，这样以后的生活也不会好。李冰一来心疼范明的童年这么凄惨，二来也庆幸这样的生活让范明早早就懂事了，于是就没有再嫁，一直到现在。范明已经上六年级了，成绩特别好，可以稳稳当当考上县里的中学，而且这个成绩还是可以减免学费的。一些亲戚知道范明这么懂事又能念书，也心疼李冰孤儿寡母不容易，也都向李冰打包票说孩子的学费不用担心。

听到这里，范明的故事算是完了，赵伟平长吐了一口气，看着身边的范明，他也喜欢起这个懂事的孩子来。但是心头的疑问又涌现了出来，既然亲戚们很愿意替范明出学费，那么李冰这么迫切地找自己来,应该不是为了借钱。但是赵伟平又不好直接问,只好喝了口茶,假装看范明写作业,以此来缓解尴尬。

李冰面朝着范明,但是目光却悄悄停在赵伟平身上。她尚未说出来的是,后来,她又遇到了赵伟平。当年她偶然听赵伟平说起过自己的老家,于是带着范明搬家的时候,有意无意地就选择了这个地方,她心里始终抱有一丝希望,然而也就只是一丝而已。毕竟赵伟平那样的聪明人,肯定会在大城市工作,怎么会跑到这种地方来生活?就算逢年过节回家一趟,也不会恰好找到这个地方吧,而且他要是把家中老父母都接到城市里生活,那更是一辈子都见不上了。谁知道世事难料,就是这么巧,赵伟平不仅回来了,还出来买东西,正好就见到了她。

李冰一直都想有一个依靠。她再坚强也是女人,孩子上大学了,工作了,就不会一直陪在自己身边了。范明是个好孩子,肯定会好好孝顺李冰,但是李冰一想到晚年的时候自己身边还没有一个人陪着,孤孤单单一直到老死,心里就十分不痛快。这种时候她总是会想起赵伟平,并且后悔自己当年为什么没有和郭飞斩尽来往,她相信赵伟平的能力,但是当时还是被眼前的物质迷惑了双眼。她经常后悔自己当初做出了那么糊涂的事情。

仿佛是老天爷心疼她吧,竟然让赵伟平再一次出现在了她的面前。这一次,李冰克制不住了。赵伟平是大公司的董事长,肯定是大忙人,春节一过,他就要离开这里,不知道多久才能再次相见。李冰不想失去这个机会,她想把握住,想要用这几天的时间,让自己重新回到赵伟平身边,就算旁人说赵伟平瞎了眼看上个丧夫还带着孩子的女人也好,说自己只是贪图赵伟平的家产也好,怎么样都无所谓了。她和郭飞在一起只是舍不得郭飞带来的物质享受,后来嫁人也只是被逼无奈找个归宿,赵伟平才是李冰真正爱着的男人。而现在,赵伟平就静静地坐在李冰的面前,看着她的孩子。

她让范明到屋里去写作业。范明说天还没黑,开灯浪费电,李冰顿时露出了一股气愤而无奈的神色。赵伟平忍俊不禁,他知道李冰是有什么事要和他单独讲,于是就给了范明二十块钱,让他去帮自己买包烟。等到范明走后,赵伟平才看着李冰,示意她可以说了。

没想到赵伟平竟然一下子就猜出来自己有话说,这默契让李冰几乎泪目。她调整了一下呼吸,看了看赵伟平,心跳得越来越快,几乎要从嗓子里跳出来。想着这可能是唯一一次机会了,李冰咽了咽口水,终究是将心里的话说了出来:"其实……其实这些年来,我一直没有忘记你。"

赵伟平心里咯噔一下,嚼着李冰这句话反复琢磨,越想越觉得不是滋味。不过也有可能是自己会错意了,赵伟平斟酌了一下,笑着说道:"我也没忘记你啊,不然怎么认得出你来。人的记性不会那么差的,朋友的长相怎么会说忘就忘。"

赵伟平说完还笑了笑,试图缓解气氛,没想到李冰没有跟着笑,这下反而更尴尬了。赵伟平咳嗽了一下,喝了口茶,等着李冰开口,而李冰只简单地说了一句:"我不是这个意思。"

赵伟平看了看李冰,只见她低着头,鼻子红红的,一动不动。想到之前所说的话,赵伟平心里有了判断,推断出了李冰的心思。尽管这个情况实在是匪夷所思,但是事实就在眼前。短短的几秒内,他的大脑一片空白。赵伟平心里始终带着善意,舍不得伤害别人。他知道自己和李冰绝对是不可能的,拒绝一定要拒绝,可那一定会伤了李冰的心。于是他想找一个合适的方式来拒绝李冰。

然而还没等赵伟平想出来,李冰就又开口了:"你还要我吗?"

赵伟平被吓得咳嗽起来,喝了两口茶又呛到嗓子。李冰十分尴尬,知道赵伟平对自己已经没有什么感情了,眼泪顿时就流了出来,可是她马上又用袖子悄悄抹掉了,没让赵伟平发现。赵伟平顺了顺气,纵然心里翻江倒海,还是强装镇定,问道:"怎么忽然说这个?"

李冰还是低着头不敢看他。怎么说这个?这句话要怎么回?李冰作为一个失意的女人,话已经这么说过一次了,已经是十分为难,难道还能厚着脸皮追问一次?而赵伟平这句话虽然没有明确拒绝,但是看他的样子,就知道结果了。这一次的试探,李冰失败得很彻底。她仍然不屈服,正想要再说些什么,范明回来了。

范明拿着烟和找回来的零钱,一起递给了赵伟平,扭头发现妈妈眼睛发红,觉得是赵伟平欺负妈妈,就跑到了妈妈身边抱着她,看着赵伟平的目光也带上了敌意。赵伟平哭笑不得,只能收起了烟站了起来,说了声"谢谢你的招待",就迈步离开了。李冰站起来想要挽留他,但是喉咙滚烫而酸涩,满腔的不甘卡在嗓子里说不出来。范明不知道发生了什么事,只能惊慌地抱着妈妈,试图安慰她。在范明的印象里,除爸爸去世之后的那段时间以外,妈妈根本没有哭过,然而今天妈妈再一次哭了,范明生怕家里就要出事了。可是家里现在只有自己和妈妈,这一次会是谁呢?

谁也不知道范明的脑袋里在想什么,而范明也不知道妈妈在想什么。他年纪尚小,怎么能理解妈妈的心思,曾经多么美好的一个女孩子,握着心中仅有的一点思念,苦苦地等候了一个男人这么多年,甚至比范明的生命还要长。

赵伟平走着走着,手机响了起来,是高月打来的。

第十九章　云端的钟声

原来高月醒来后，见到赵伟平不在，就自己找了点东西吃，玩了会儿手机，还是不知道赵伟平在哪儿，就想找他。高月打的是视频电话，赵伟平接听以后，高月才知道原来他上街了。两人聊了几句，高月见赵伟平在县城里，就说也要来玩儿，让赵伟平不用回去了，找个地方坐下等她就好。

而此时的赵伟平背对着李冰的店铺，手机前置摄像头正好对着李冰。得益于记者敏锐的观察力，高月看见了在背景之中，矗立在那儿，直直地看向这里的李冰。在和赵伟平交流聊天的时候，高月的注意力全部集中在赵伟平身上，只是看见了李冰而已，并没有多想。等到视频电话挂断之后，高月回忆了一下，一下子就想起了这个人。

身为一个记者，最擅长的事，就是把某一件事情彻底分析清楚，尽可能地发掘其内容，这样才能发掘更多的新闻价值。这可以说是记者的天赋，或者说是职业病。高月仔细回想了一下赵伟平早上跟她说的情况，李冰是他的初恋女友，他们的恋情是十多年之前的事情了，之后这么多年都没有联系过，这次是在街上偶然之间遇见，便叙了叙旧。

这些情况都很好理解，现在李冰对于赵伟平来说只是一个失散多年的朋友而已，前女友这层身份，已经被那个孩子给击碎了，不再重要。然而赵伟平在自己睡着之后，又单独去见李冰，是去了尚未见到，还是已经见过面了，正在离开？这对于高月来说不重要,重要的是,他单独去见了。

那一瞬间,高月心中猛然冒起了一股醋意,她甚至怀疑李冰的那个孩子,就是赵伟平的,老毛病又发作了。这对于一个记者来说自然是很有爆炸力的猜想,可是对于赵伟平的女朋友来说,就特别可怕了。不过赵伟平怎么看也不像那种人,开了那么大的公司,会让自己的孩子过这么清苦的日子？高月努力地安慰自己,这都是假的,事情并不像她想象的那样,赵伟平是绝对不会做出对不起自己的事情的。可是越想就越是心烦意乱,高月拼命地想要把事情搞清楚,想听赵伟平说出一切的原委。她没有等待,马上就披上大衣出门,往县城去了。

从村里到县城,说近不算近,说远也不算远,几公里的路程,高月就慢跑着过来了,权当是锻炼身体。到了县城之后,赵伟平已经在大路边等她了,手上还拿着两杯饮料。高月接过来一口气喝了小半杯,调整了一下呼吸,开门见山地问道:"你怎么一个人来这里了啊,来干吗呢？"

高月都已经盘算好了,要是赵伟平说只是来玩的,或是买东西的之类隐瞒了来见李冰的事情,那就是心里有鬼。然而赵伟平却非常坦然地说:"就是上午那个李冰,我去她家里坐了一会儿。"

高月点了点头,假装若无其事地问道:"聊啥了？"

赵伟平也接着回答道:"没啥,就是说了各自近几年的事情。早上走得急,没来得及说完,下午闲得无聊就去了。"

两次问题都没有问出什么有用的东西来,高月有些无奈。但是目前看来,赵伟平这么坦诚,并不回避这个问题,那应该是问心无愧了,高月也就没有继续追问下去。两人在县城里闲逛起来,打算消磨掉下午的时光。不比上午的繁忙,现在他们逛街是慢悠悠地逛,看上什么东西可以慢慢地挑挑拣拣,直到挑到自己喜欢的。后来走累了,他们就找了家收拾得很干净的小吃店,打算坐下来吃点东西,补充一下体力。

老板娘是一个十分热情的女人,招呼着他们坐下,把本来就很干净的桌子又擦了一遍,问他们想吃什么。赵伟平和高月各自点好之后，老板娘又细心地问起了口味，以及有没有忌口的东西，然后才告诉后厨。而老板就在厨房里忙活，仅有一墙之隔，隔着敞开的门可以看到摆满碗碟的灶台，以及皮肤黢黑，满身大汗的老板正在忙碌。看得出他已经有些疲惫了，但是脸上一直都带着笑意。想必这样的人做出来的食物，也能让人吃了以后满意地笑出来。

等上菜的时候，后厨里又走出来两个打扮得很精致的小女孩，化着妆，穿着礼服，一看就知道是要上台表演了。老板娘蹲下来细心地给她们进行最后的整理，小声地和她们说了什么，又分别给了她们二十块钱，而她们也都小心地收好，不住地点着头。最后老板娘亲了亲她们，把她们送到了门外，已经有人在那里等待了，接了两个小女孩上车，向远处驶去，老板娘就站在门口眺望着，直到车子消失在街角之后，她才回来。

"今天有什么活动吗？"高月感到好奇，开口问了一句。

老板娘说，今天县里的中学搞文艺表演，让本校的学生都去演出，她的两个女儿被选进了歌舞队，今天可是花了半天的时间来打扮。说到后面，她的脸上洋溢着难以掩饰的自豪。赵伟平想起这县城里只有一所中学，赵涛肯定也是在那里读书的，既然如此，凭借赵涛的能力，肯定也会上台表演。赵伟平把自己的想法和高月说了一下，高月马上就表示一定要去看看。两人又等了一会儿，上菜之后很快地吃光了，然后就往县城的中学走去。

说起来，赵伟平当年就是在这所学校念的书。当年其实有两所中学，后来不知道什么原因，两所学校直接合并了。其中一所学校的楼房被拆除，作为民用，而其中的师资力量、书籍、教学器材和课桌椅等，全部被运到了另外一所学校，其扩建之后组成了一个更大的校区。当时这个做法被很多人反对，因为这样一来，所有学生都只能到同一所学校去念书了，一些住得远的学生就要被迫走上比原来多出一倍的路程去上学，回家时间也相应地变得很晚，很多家长都觉得没有这个必要。而另外一部分人则认为，把学生都放到一处，这样肯定容易管理，不易出岔子。然而无论这两种意见如何僵持，学校的合并工作最终还是进行了，现在只留下了一所学校。

赵伟平在寻找学校的时候遇到了难题,原来很多年过去,县城里接近学校的地方已经进行了改造,很多道路都被重新建造了,线路已经截然不同,一些地标建筑也不见了。赵伟平无奈,只好随便找个路人问了一下学校的所在。然而那人却问他:"你要去哪个校区?"

赵伟平判断,既然是要搞演出,肯定是在主校区做,赵涛如果来参加的话,一定也是在那里。

和赵伟平想的一样,这个演出确实是在主校区举办的,门口有保安,但是也只是象征性地看看,赵伟平和高月走过的时候,他们只是简单地看了看,觉得这两个人穿着得体、仪容整洁,不像是闹事的混混,就放行了,还冲他们笑了笑。只有一个穿得很邋遢,还带着酒气的男人被拦了下来,怎么都不让他进去。

赵伟平想起在北京生活的日子,或者说,在所有的大城市里。那里的学校,大多都有严格的检查环节,门卫需要证明身份才可以进入。有些学校只要是校外人士一律不放行,就算是有公事需要进入也得有老师来接。之所以严格至此,很简单,乃是出于对学生的保护,一旦出了事情,没人承担得起责任。再看看小县城的学校,保安甚至还在喝茶打扑克,十分松懈。然而就是这样的安保制度,却能让学校平安无事。这么一想,其实自己现在所处的这个小县城,还算是挺幸福的呢。

进入校区以后,他们循着音乐声,很快就找到了舞台的所在,除了正前方广场上坐满的老老少少以外,舞台的两侧和后方都是学校的工作人员。大部分学生是来帮忙的,穿着校服,而剩下的一些学生很多都穿着演出服,在补妆、排练、对词,一个个都十分紧张。

赵伟平想确定一下赵涛在不在,就走到后台随便问了问。原本还以为要问好几个人才有一个认识赵涛的,没想到对方直接把赵涛的位置告诉了他,还说再等四个节目就轮到赵涛了。赵伟平原以为他们认识,没想到对方却说,赵涛不认识他,但是他认识赵涛,毕竟赵涛是学校的风云人物,谁都知道他,那个学没上完就要去做大明星的人,说到最后,他忍不住笑了起来。赵伟平点了点头,向他道了谢,就离开后台去找高月了。

　　看来即使是在学校里,即使是赵涛的同龄人,也是不看好赵涛的梦想的。说来也确实是这样,赵涛要去做歌手的话,是有可能成功,少年成才的例子还少吗? 但是毕竟这个可能性比较低。对于赵涛来说,老老实实学习,才是比较稳妥的办法,至少要等到拿了大学文凭之后,再去尝试,那时赵涛也正值青春,而且唱功也能多磨炼几年。最关键的是,要是那时候赵涛失败了,手上的大学文凭也能给他一口饭吃。

　　可是小孩子才不管这么多,赵涛的心里,也许只有他的歌唱梦想吧。赵伟平不再纠结这些问题,他找到了高月,说再过几个节目就是赵涛的表演了,然后拉着高月到观众席里随便找了个地方坐下。学校是有搬了一些课桌椅给观众们坐的,但是大部分观众都带着自家的椅子来,坐着舒服,而赵伟平和高月就随便找了两张课桌坐了下来。他们的位置比较靠后,而课桌正好提供了足够的高度。

　　舞台上正在表演的是舞蹈节目,赵伟平欣赏不来,就四处看了看。他看到屁股下的课桌,忽然想到了什么,伸手到桌膛里摸了摸,摸出一些有意思的东西,一张作弊用的纸条,还有一个小心包装着的纸张,赵伟平好奇地把它打开,结果里面是一封情书,信件底部那些用笔涂黑的爱心,一目了然。赵伟平觉得不应该偷看人家的信件,可是这都和垃圾扔在一起了,那看看应该也无妨。

　　不看不知道,一看吓一跳,这情书竟然是写给赵涛的。从信的口吻来看,应该是一个和赵涛同班的女生,她特别喜欢听赵涛唱歌,久而久之也就喜欢上了赵涛。她觉得赵涛肯定能成为一个大明星,虽然老师和同学都不看好他、嘲笑他,但是她觉得赵涛总有一天会出人头地的。信上还写了这个女生在生活中处处关注赵涛,赵涛在没人的地方练习的时候,她总会被歌声吸引过去并且偷偷听着,赵涛逃课的那段时间,她帮赵涛做了所有的笔记,还整理了知识点。她心疼赵涛唱歌累嗓子,就经常往赵涛的桌子里放水果和润喉糖,又不好意思告诉赵涛……

青春的气息跃然纸上,赵伟平看着都有些感动。信的笔迹很工整,没有错别字,甚至连涂改都没有,文笔也还不错,赵伟平可以想象得出这应该是一个成绩不错而且挺聪明的女生,也就是所谓的好孩子,她却喜欢上了一个叛逆而不听管教的赵涛,青春时期的感情,本该这么简单纯真。信件没有写日期,毕竟情书这种东西都是写好以后直接送到手,没必要写日期。很可能就是期末考试之后,女生悄悄在赵涛的课桌里放了书,因为她怕给了情书之后在学校里碰面会尴尬,所以只能在寒假之前。谁知道,赵涛当天直接走了,并没有去检查自己的课桌。信的包装,甚至都没有打开过。

赵伟平决定把信带给赵涛,不管怎么样,这对于赵涛来说一定是一个不小的鼓励。当赵伟平再抬头时,台上正演着一个相声节目,赵伟平依稀记得自己在公司的时候,同事用手机看过这个相声。赵伟平没有一起看,但是听见了声音,那个段子着实把赵伟平逗乐了。这一次赵伟平笑了,高月也笑了,然而观众们只有少数几个跟着笑,大部分人都是懵的,像是没听懂。赵伟平想了想,这个段子牵扯到了时事和网络用语,县城里的人对于网络世界接触得少,自然就听不懂了。

赵涛就是生活在这样的环境里的,想想赵涛去北京的时候被震撼的样子,赵伟平就有点心疼。这么有才气的孩子,可不能永远生活在这种小地方,一定要走出去,不管是成为歌手也好,考上大学也好,这个县城,终究不能留住他。

终于到了赵涛的节目,连高月都激动地拽着赵伟平的手。他们本以为赵涛会上台唱一首最近比较火的流行歌曲来展现自己的能力,谁知道上来了一个排的人。赵伟平正寻思最近有什么歌曲是可以合唱的,此时音乐响了起来,而光是这前奏,就让赵伟平琢磨不透。

赵涛居然和同学们一起合唱了一首民歌,这怎么都不像是他的风格。但不得不说,赵涛在这个合唱里的表现还是很不错的。

赵涛是领唱,声音洪亮而通透,在那么多人合唱的情况下,依旧可以清晰地听到赵涛的声音,有些地方同学们声音降低作为和声,赵涛的声音就更清晰,也更有感染力了。快到结尾的时候,整个舞台忽然安静了下来,连续几句慢悠悠的歌词,赵涛用他抑扬顿挫的嗓子完美地展现了出来。最后又是一段大合唱,所有人都情绪高涨,这首民歌的欢庆气息也被他们表现了出来。结束的时候,台下爆发出了一阵响亮的掌声。

高月说,本来其他节目看得好好的,可是赵涛一上台,感觉其他节目马上就低了一个档次,完全不是一个水准的。不知道观众们听了这首民歌之后,还会不会有兴致看后面的节目。

谁知道,主持人上台,就宣布演出结束了。原来这个大合唱是压轴戏。

观众们陆陆续续地退场。赵伟平和高月等了一会儿,等到人走得差不多,场地空了出来,这才起身去找赵涛。那个大合唱的所有成员都聚在一个地方,很显眼,赵伟平和高月到了那儿,说要找赵涛,很快就有人把他们带过去了。

对于赵伟平的到来,赵涛十分吃惊,问为什么现在才来见他。赵伟平说要是你知道我在这里的话,我怕你会有压力。两人又聊了一阵,赵伟平就取出了那封情书,交给赵涛。赵涛满脸疑惑地接过去看了看。高月问他对那个女生有没有什么想法,关系好不好等,赵涛只是笑了笑,没有回答。

随后赵伟平就问起了自己最想知道的事情,赵涛为什么会选择合唱,唱的还是自己并不擅长的民歌。

赵涛顿了一下,慢慢打开了话匣子。原来他在去北京听演唱会的时候受到了很大的震撼,一直想知道自己和真正的歌手到底差了哪些东西。为此他专门逃课上网查过,偶然间,他认识了一个普通的歌手,对方听了赵涛的故事之后,对赵涛说,其实赵涛有个很严重的问题就是,他唱歌不是为了唱歌,是为了以此出名。歌手就说了这么一句话,但是给赵涛留下了很深的印象,回去之后,赵涛就在不断地琢磨这个问题。

他想起自己最开始的时候,确实是真心喜欢唱歌的。因为他有天分,又聪明,肯花时间练习,自然能够唱得好听,只要他一开口,男生们就会鼓掌起哄,女生们也会向他投以崇拜的眼神,连老师都会心情好一点。那时候的他,可以用歌声给身边的人带来快乐,所以他喜欢上了唱歌,并且决心坚持下去。慢慢地,这个想法变畸形了,他过于执着地追求唱歌,以至于把唱歌看得过分重要,超过了其他事物,最后一门心思全扑在唱歌上了,认为自己的存在就是为了唱歌。这也导致了他后来执意要参加比赛,甚至因此产生放弃学业的念头。

　　而歌手的那句话让赵涛开始思考自己唱歌的目的。学校的大小演出他都会参加,但是唱的都是流行歌曲,而且专挑难唱的来,因为这样才可以让他发挥出实力,显出他的与众不同。问题就在于,演出的观众除了学生之外还有周边居民,很多人都是极少接触网络的,根本欣赏不来现在年轻人喜欢的歌曲。他们对歌曲的审美,大多都是邓丽君及同年代歌手的歌,要不就是民歌。而赵涛唱歌固然厉害,但是唱的歌很少有人喜欢,即便是学生们,在没有手机电脑的情况下,有机会听流行歌的也不多。

　　于是今年准备春节演出的时候,赵涛就想到了这个主意。唱歌不就是为了给人带来欢乐吗?既然流行歌不行,他就唱一首民歌好了,并且还想到了以合唱来营造喜庆的气氛。老师同意了他的建议,并且让同学们都试一下,效果非常不错,民歌难度比较低,同学们都能轻松学会,而且合唱起来效果也十分不错。

　　赵涛和同学们排练了几次之后,彼此就都有默契了。赵涛不再以自己为中心,开始为同学们做出改变,用自己的歌声来帮助他们。虽然说整个合唱的中心人物还是赵涛,但是赵涛编曲的时候就已经为同学们做出了很多的妥协,以此来达到最终的效果。

　　事实也正如他所料,赵涛把自己的歌声融入集体之中,结果令人非常满意,两个部分相辅相成,比赵涛自己一个人唱的效果好很多。赵涛说,他发现自己之前做得不对,认为一切都得绕着自己转,自己要唱歌什么也改变不了,现在他转变了这个想法。

赵伟平听到这儿也为他高兴。又聊了一会儿,赵涛去和其他同学一起整理现场,于是赵伟平和高月打算帮他一起弄完,然后早点结伴回家。有了两个成年人的帮助,其中一个还是当过兵的,赵涛的那部分工作很快就完成了。赵涛向老师打了个招呼,就跟着赵伟平一起走了。

　　直到这时候,赵伟平才发现自己的手机上多了几个未接电话,想必是刚才整理的时候错过的。除此之外还有一条短信,内容只有简单的五个字:"现在方便吗？"

第二十章 尘埃的方向

赵伟平看了一眼那个电话号码,始终想不起来。一个没有被自己添加到通讯录的人,会这么着急地找自己,赵伟平想了想,第一个可能就是骗子,第二个就是李冰。赵伟平本来不想理会李冰,又怕李冰打电话过来,就打算发个短信说不方便。但是转念一想,她要是追问什么时候方便怎么办?那又要麻烦了。赵伟平想了想,干脆就不理会了,这也是不方便的一种表现。

春节的日子总是过得很平淡。赵伟平想不出来回家究竟要做些什么,无非是带高月回来见一见父母。可是,见一面也就完事了,接下来的几天,一直到过完年回北京的这段时间,要做什么,赵伟平都没有主意,散散步,玩玩手机,这儿网络还不好,除此以外,剩下的也就没有什么了。

倒是高月找到了些有趣的事情做。身为记者的她,来到了这个偏僻而安宁的小镇以后,就觉得有必要为这里的人或者事写一篇报道,让人们更多地了解这种落后乡镇的一切。可是她也仅仅是有这个想法而已,具体要写些什么,高月心里还没有主意。然而在看过赵涛的演唱之后她就决定了,她要写一篇关于这里的孩子的报道,希望让社会上的人们更多地关注祖国年轻一代的发展,也给这里的孩子们一些接触外面世界的机会,鼓励他们走出这个小城,去往更广阔的天地。

赵伟平非常欣赏她的这个想法,赵涛更是开心得不得了。像赵涛这样的孩子还有很多,虽然生活在这样一个比较落后的乡镇,但是他们对于外界的向往,可是不比赵涛少多少。他们从小确实是生活在比较落后、闭塞的环境里,受到的也都是老一辈保守思想的影响。然而学校学到的知识,还有课本上所讲述的内容,都把他们的目光引到了外界,在他们学会独立思考的时候,就对外面的世界产生了向往。再加上电视和网络的逐渐普及,这都给孩子们描绘了一个美丽而繁华的大千世界。

有句老话说"少不入川",因为那四周绵延的高山会阻挡人们的视野,让年轻人只顾着安逸生活而忘了出去长见识,因此而荒废青春。然而随着时代的变化,这句话也慢慢地不适用了。现在高山已经不能阻挡人们的视野了,就算隔着千万里,还是有很多途径可以传递信息。这是一个属于信息的时代。而高月现在要做的,就是在赵伟平的老家和大城市之间,交换信息,达成互通,让外界了解这里,让这里了解外界。其中最重要的,就是这里的孩子们。

像赵涛一样的孩子其实有很多,只不过没有赵涛那么积极、不顾一切而已。这天早上,赵涛带着高月去见了自己的一个女同学燕子。

燕子并不是她的真名,只是她经常向杂志社投稿,用的就是燕子这个笔名,她也喜欢人们这样子称呼她。得知赵涛带来的这个陌生女人是记者,燕子开心得不得了,端茶送水、问前问后,生怕怠慢了高月。高月让她不必如此紧张,然后才说出了此行的目的,想要对偏远、落后地区的孩子们进行采访,让外界对这里多一些了解和关心,也让孩子们和外界有一些沟通的机会。

话刚刚说完,燕子就敏锐地指出了高月话语里存在的问题,高月在地区的划分上用了这里和外界两个词,在高月这个城市人的心里,她已经把它们当成是两个独立的地方了。虽然没有恶意,但是高月已经有意无意地把这个小县城孤立起来,如果要进行采访和报道的话,高月的这种心态说不定会带来一些不方便,造成判断上的误差。

燕子说这几句话的时候脸都是红的,显得特别不好意思,然而高月却被吓住了。她一时间有些没反应过来,这竟然是一个农村孩子说出来的话。但是一想到自己给燕子贴上"农村孩子"的标签，高月马上就羞愧地低下了头。她知道自己不应该对生活在农村的人抱有任何不一样的想法，他们只是生活环境与自己不同而已，除此之外并无差别。

燕子并不是在这个小县城里出生的。她的父母是在一个十分繁荣的城市里怀上了她并且把她生下来的，原本想让她在城市里生活，但是因为压力太大，两个人在工作之余无暇照顾燕子，就只能把年仅两岁的她送回了老家，由爷爷奶奶照顾，而他们自己，只有过年的时候，才会回来一趟。

燕子说她特别想去父母生活的地方看看。他们为了赚钱，去了一个离家乡特别远的城市，几乎不能见面，只能偶尔用电话联系。每年过年，他们带着新衣服和年货回家的那几天，都是燕子最开心的时候。可是在燕子八岁的那一年，他们没有回来，甚至都没有打个电话回来说明为什么不回家。燕子等了整整两个月，爷爷奶奶想尽了办法，依然没有联系上他们。最后没有办法，只能拿出钱，委托一个见多识广的亲戚，赶路去他们所在的城市看一看，看能不能找到他们，可是最终无功而返。那位亲戚几乎走遍了整个城市，还是没看见燕子父母开的那家店。

燕子的父母再也没有出现过，谁也不知道原因。没人能够想象燕子经历了怎么样的痛苦。从此以后，她心里有什么话，都只能跟自己说，因为她怕玩伴们看不起自己。难受的时候，无聊的时候，开心的时候，她就会给父母写信，然后扔到河水里，希望它们能随波漂流，漂到父母的手里。某一天，她去老师的办公室的时候，看到语文老师的桌子上放着一本文学杂志，里面有一个征稿栏目，内容是想说但是说不出来的话。燕子想了想，自己写给父母的信，不就是说不出来的话吗？于是她抱着试一试的心态给杂志社寄过去一封信，还是老师帮她投递的。

两个月之后，就在燕子快要忘了这回事的时候，杂志社的回信到了，大意是燕子的那封信内容很感人，但是文笔过于稚嫩，读不通，不能刊登，但是杂志社觉得燕子是有一定天赋的，鼓励燕子继续创作。得到了这个鼓励,燕子有了不服输的劲头,一定要在杂志上刊登一篇自己的文章。而老师对于学生中出了这么一个有想法的学生也表示十分开心,就一直帮助她投稿,还经常教她写作的技巧。

  燕子不能每次都以写给父母的信为主题,于是她就从身边的故事写起,写小县城里的人和事,写学校里发生的点点滴滴。虽然每一次都被退稿,但是杂志社的编辑在信中明确地指出,燕子的水平在不断地提高,并且也为她高兴。于是燕子就一直坚持了下来,在初三的时候,她终于有一篇根据自己二姑夫感情经历创作的短篇小说被选上了,还得了几百块钱的稿费。

  当初这件事轰动一时,人人都说,燕子将来要成为一个大作家了,就连班上那些一直嘲笑燕子的人,也开始对燕子刮目相看。燕子用稿费给爷爷奶奶买了新衣服,买了一箱水果罐头,剩下的钱就买了新的本子和笔,算是对自己的奖励,鼓励自己努力写作。

  燕子的投稿也不是每一次都能被刊登,大部分情况下文章里都存在着缺点,热心的编辑总是会替她指出来并且教她改正。在高一和高二两年内,燕子陆陆续续刊登了八篇文章,她也几乎笃定了自己要走写作这条路。也正因为如此,她和一心追求音乐梦想的赵涛能够互相理解,惺惺相惜,成了非常要好的朋友。

  在提到赵涛的时候,燕子有意无意地看了赵涛几下,目光十分温柔,这个细微的动作被高月捕捉到,她一拍大腿,脑子一热就直接说了出来:"你是不是给赵涛写情书的那个女生?"

  燕子的脸红得都要滴出水来,低下头不敢看高月,而赵涛也显得有些不好意思,挠了挠头,看向别处。高月安抚了他们好一阵子,燕子才缓过神来,接着说自己的事情。后面发生的事就很不如意了,在高二那年的暑假,杂志社对燕子经常投稿的那一本杂志进行了改动,少了两个栏目,正好就是燕子的文章所刊登的栏目。燕子是在杂志社的回信里知道这个消息的,编辑说她特别喜欢燕子,也喜欢她的文章,但这是领导的意思,他们也无力改变,并且建议燕子写一些别的东西,她相信燕子的能力。

燕子也曾经尝试过,但是根本写不来。她之前所写的,都是发生在这个安宁的小县城里,那些淳朴的居民的故事,以此可以让读者们了解到,原来还有一个这样的城市,生活着一群这样可爱的人。燕子认为,自己的所作所为,就是把家乡发生的事情散播到外界去,打开一个口子,让读者们得以了解这里。

这和高月的想法不谋而合。高月忍不住握住了燕子的手说:"那你后来还有刊登文章吗?"

燕子摇头叹了口气。语文老师也曾经帮助她找过其他的杂志社,希望可以有另一个让燕子刊登文章的地方,然而燕子写的故事虽然有趣,也有一部分忠实的读者,但是毕竟占比太小,对于杂志社来说收益实在是太低了,因此没有杂志社愿意接纳燕子的文章,最多就是欣赏燕子那质朴的文风,请她写别的栏目的文章。燕子去自己的抽屉里拿出了几封信,那是一些读者寄来的,有些是和燕子交流他们家乡发生的事情,为燕子提供写作的素材,还有一些则是问燕子为什么不写了。

对于他们的提问,燕子也无法回答,只能作罢。她甚至都不敢写信告诉他们原因。现在燕子还是会写东西,但是意识到自己的创作实在是难以吸引更多的读者了,于是她决定改变写作的方向,尝试着写一些别的东西。爱情故事,探险故事,甚至科幻故事,她都尝试过,但是都找不到当初写风土人情之时,那种快乐的感觉了。

高月听着听着,已经忘了自己是来采访的了,记录本都被扔在了一边。她让燕子不要就此停下,继续按照她以前的想法去写,并且留下了自己的地址和联系方式,让燕子以后的文章都寄一份给她,她会想办法帮助燕子发表。高月可是个记者,她说能够想办法,燕子的心一下子就踏实了。她看着读者们写给自己的信,眼中闪着期盼的光芒。而这种单纯的渴望,高月已经很久没有见过了。

等离开了燕子的家,高月才想起来自己本来的目的是采访,不过现在来看,燕子已经不需要采访了,她的作品,就是最棒的稿件,这已经足够。赵涛问高月还要不要继续采访,高月想了想,问赵涛还有没有跟燕子一样独特的人,赵涛想了想,摇了摇头。高月也不继续采访了,此行的收获已经足够丰盛,就和赵涛一起回家,突然想起赵伟平的父母在她临出门前,委托她买一些肉菜回去,于是高月就扭头走向了市场。

不知是凑巧,还是高月循着记忆故意为之,总之这一次,她带着赵涛来到了李冰的店铺。这个地方挺好找的,周围有不少独特的建筑,高月很轻松地就找到了这里。她在路上挑挑拣拣的时候,忽然想看一看李冰怎么样了。

她告诉自己,只是想看一眼而已,没有别的意思。不过当她把目光投向那家店铺的时候,却看到店门紧闭着。高月的心里居然有一点失望,这次没能看见李冰,对于高月来说,仿佛是失去了一个捕捉信息的大好机会一样。随即高月又对自己产生了一些不解,自己为什么要如此关注李冰?难道李冰会成为自己的对手吗?高月把自己想象成了赵伟平,发现自己也不会接受她。话虽如此,高月的心里还是有一些不舒服,总觉得有什么东西在隐隐作祟。最后高月还是选择相信赵伟平。

而在一旁的赵涛看着高月脸上风云变幻的表情,有些发愣。他们买了一些东西以后,又逛了逛,时间已经接近中午了,就找了个小店吃了午饭,然后才回家。

回去时,他们走的是来时那条路,在经过李冰的店铺的时候,高月又鬼使神差地往那儿看了一眼,这次李冰在家,但是只是静静地坐在门口,看着远处,织了一半的毛衣就放在脚边。她的儿子不知道在哪里,也许在房间里写作业,也许出去玩了,也许比高月想象的要懂事能干,现在正在准备午饭?

李冰自始至终都没有发现有人在看着自己,她一直保持着那个姿势没有变动,双眼望着街上的某个地方,没有表情,目光十分茫然,即便隔了这么远,高月还是能够清楚地感受到。有个人去买东西,挑选了一会儿,李冰甚至都没有招呼他一下,直到要称重结账的时候,李冰才慢悠悠地起身,接过东西。

一直到高月走过街角,都没能捕捉到更多有用的东西。她试图根据刚才所观察到的现象拼凑出李冰的情况,但是除了她情绪压抑以外,什么也判断不出来。

她不知道的是,李冰已经去见了赵伟平,就在高月出去见燕子的时候。中途高月通知赵伟平自己不在家里吃饭也是发了微信,并没有直接打电话过去。

昨天下午,在赵伟平离开之后,李冰仍然不死心,就让范明偷偷跟着赵伟平,希望范明能够找到赵伟平的住址。范明也比较机灵,一路上都没有让赵伟平和高月发现,他跟着赵伟平和高月去了餐馆,又去看了演出,然后一直跟着他们回到了家里。在县城和小村庄之间那段空旷的路上,可没有店铺和路人可以掩护他,漫长的道路上只有他们四个人,只要赵伟平、高月或者赵涛一回头,他就会被发现,甚至凭空多出来的第四个人的脚步声也会让他暴露。

在范明的心里,妈妈就是他的全部,妈妈既然想要知道这个赵叔叔的住址,那么范明说什么也会找到。于是范明干脆就没有走大路,而是跳到了路边的田野里,走一段,停一段,而且隔着很远的距离,就算他们回头看见了自己,也只会当成是一个在田里玩耍的小孩子,并不会太在意。他就这样跟了一路,一直找到了赵伟平的家,此时天已经快黑了,而范明又一个人走了回来,并且牢牢记住了路线。

第二天一早,范明就带着李冰,来到了赵伟平的家里。李冰破天荒地给了范明二十块钱让他去买零食吃,自己一个人去见了赵伟平。赵伟平对于李冰突如其来的到访先是感到很吃惊,随后就有些反感,直接逼问李冰是怎么找到自己的。李冰被问得没办法,又不希望赵伟平怪罪范明,就说是自己打听来的。赵伟平勉强相信了,也就放下了戒备,问李冰有什么事情。

而李冰所说的,依旧是那回事,她想要和赵伟平复合。尽管她自己都知道希望很渺茫,如今的自己已经从各方面都配不上赵伟平了,可还是倔强地不肯认输。赵伟平见李冰这么执着,也不知道该如何是好,干脆就给李冰看了自己和高月的合照,坦言这个就是自己的女朋友。

在前一天早上，李冰和赵伟平第一次碰面时，她就看见赵伟平后来走的时候是和高月一起的。她本以为那是赵伟平的某个表妹，或者说她隐隐猜出这个是赵伟平的女朋友，但是不愿意相信，骗自己说这个是赵伟平的亲戚。但是现在赵伟平就站在自己的面前，拿着他们亲密的合照说出了他们的关系，如山岳一般沉重的现实压在了李冰的心上，压得她喘不过气来。

仅仅是几张照片而已，李冰就知道自己输了，而且输得很彻底。高月哪方面都比自己好太多了，年轻、漂亮、和赵伟平的亲密关系在照片上就能够感受到，最重要的是，赵伟平已经把她带到家里见父母了。谁知道这是第一次来见父母，还是早就已经见过，现在是准备谈婚论嫁了？

不管怎么想，李冰都知道自己对比高月没有一丁点儿优势，尤其是自己还带着范明，哪怕没有高月这个人，赵伟平旧情复燃地接纳了李冰的话，又如何能够接纳范明呢？而范明又是自己最割舍不下的人。她试图挽回赵伟平，但是现实就是如此残酷，挡在她面前的阻碍比高山还要难以翻越，她的努力甚至才刚刚开始，就已经被宣告结束。

赵伟平并没有冷冰冰地拒绝李冰，也没有赶她走，反而还给她泡了茶。等她情绪缓和了一些之后，才温和地对李冰说："你大可不必如此，我们已经分手很多年了。曾经跟你在一起的时间我真得很快乐，可是那终究是过去的事情了，破碎的东西，是不可能重新挽回的。而且我现在有高月，我很爱她，并且已经决定和她在一起一辈子了。你难道要我抛弃她来选择你吗？这是不可能的。"

赵伟平说得很慢，一字一句，甚至没有一个比较重的字眼，就让李冰放弃了希望。他们之间本来就已经没有可能了，只是李冰还抱有一丝希望，并且死死揪着，不肯放弃而已。

到了快吃午饭的时候，范明来到了门外，但是迟迟不敢进来，只是站在门口观望。赵伟平发现了他，喊他进来，可是范明不敢。李冰也不再停留，道了别，就带着范明要走，出于礼貌，赵伟平象征性地挽留李冰吃午饭，而李冰一句话也没有说，头也没有回一下，带着范明走远了。

　　李冰回到家里以后，连做饭的心思都没有了，只是坐在凳子上发呆。范明说肚子饿，李冰就给了他五十块钱，让他想吃什么就买什么。她迷茫地看着前方，回忆着自己和赵伟平的点点滴滴，后来高月经过了街对面，她都没有发现。直到范明端着两碗面回来，拿着小桌子，让李冰不要难受了，快点吃饭。李冰这才叹了口气，打起精神吃面。这面是从王二麻子的店里买来的，王二麻子的面是本地一绝，价格也比较贵，只有逢年过节或者遇上大好事的时候，李冰才会带着范明去吃一顿，每一次两人都吃得很满足。然而今天，吃着热气腾腾、香味弥漫的面，李冰却打不起一点精神来，仿佛面前这一碗不是面，而是土。

　　高月回家之后，休息了一会，赵伟平的母亲就来悄悄地告诉高月，说今天上午有个女人来找赵伟平，聊了很久，期间还哭了。

　　高月马上觉得不对劲，去见了赵伟平，直接问出了这个问题，而赵伟平也很坦然地交代，早上来的那个女人就是李冰。至于谈论的内容，赵伟平也老实交代，就是李冰还是不死心，想要复合，但是赵伟平很决绝地拒绝了她。

　　高月的心情马上就不好了，赵伟平哄了半天才好。赵伟平答应高月一定会处理好，高月这才没有继续发脾气。

　　高月花了一天的时间，守在赵伟平的身边哪儿也不去，终于等到了李冰给赵伟平打电话。赵伟平就当着高月的面，冷冰冰地回绝了李冰的一切邀请。至此，高月才彻底放心。她也相信了赵伟平对于李冰已经没有什么感情了，只是李冰还死缠烂打而已。

　　因为李冰一直对赵伟平不舍，赵伟平受不了她这样的纠缠，后来干脆就关机了，去村里和其他男人打牌、聊天，消磨时光，日子也就这么过去了。而高月也在忙着整理燕子的稿件，她让燕子将那些未能发表的小说全部修改、润色一遍，并且存了起来，打算回到北京以后想办法发表出去。另一方面，有几个做杂志的朋友听说了高月正在做的这件事，也表示很感兴趣，打算和高月合作。

　　慢慢地，桌上的日历翻到了最后一页，村里几乎所有人都带着大包小包的行李，带着一年以来的收获，从各个地方回到了家乡，欢聚一堂。街上的喜庆味儿越来越浓，每个人的脸上都洋溢着笑容，走在路上，随处可见鞭炮燃放的红纸，空气里弥漫着火药的味道，闻着有些不舒服，但是人人都知道，那代表着一件至关重要的事情。

新年到了。

第二十一章　青涩年华

新年对于不同的人来说有着不同的意义。在很大一部分人的眼里，新年的含义最单纯也最真挚，那就是和家人团聚，仅此而已。中国人的新年尤其如此，工作、学习方面都已经按照阳历进行了，但是说到春节，或者说传统节日，中国人都固执地按照农历来进行，坚守着老祖宗留下的规矩，一点也不能改。对于这些人来说，回家过大年，已经成为一种仪式，一种天经地义而又十分幸福的仪式，它明确地告诉自己回家了，和家人在一起。很多人就是为了这一份幸福，每年一到年关就要跋涉数千里，不管多遥远，都要回老家一趟。

对于另一部分人来说，新年就只是日期上的一个特殊日子而已。说是特殊，其实也挺普通的。他们或许因为特殊的原因而有家不想回，或者对家根本就没有概念。然而说到底，当他们独坐家中，看着窗外繁星点点，街上洋溢着欢声笑语，大街小巷的人们脸上都挂着幸福的笑，牵着自己的家人悠闲地散步，乃至后来吃团圆饭、跨年的时候，他们的心里，总归还是会产生一丝羡慕的。

而赵伟平不知道自己属于哪一种，应该是后者，因为他回家的欲望已经非常弱了，弱到几乎没有，这一次能挤出时间回家来，完全是为了高月。不过在过了几天安宁日子以后，赵伟平忽然有点享受这种悠闲、懒散而又轻松自在的生活了。不用担心公司事务繁忙，现在是春节，所有的项目和业务都暂停了；不用担心肚子饿，只要一到饭点，父母早就备好了一桌香喷喷的饭菜；不用操心自己的脏衣服,只要一换下来,母亲马上就会拿去洗。每天心里有什么事情也不必憋着,高月一定会倾听自己的诉说,而且她还是个记者,理解能力极强,不用担心沟通问题。

这便是家,赵伟平忽然有点理解家的含义了。家的意义并不仅仅是给他一个住所和饱饭,而是为他提供了一个避风港。无论赵伟平在外面扛着多大的责任,经历着怎样的苦难,只要回到家里,他就什么都不用担心了,在这里他可以无忧无虑地活着,什么也不用想。因为一切问题,都有家人一起解决。赵伟平不知道已经过了多少年孤单的日子了,而这几个月来和高月的相处,尤其是回到老家之后的几天生活,仿佛让一个一直囚禁在暗室中的人看到了光明,从此他便贪婪地喜欢上了这种感觉,无法自拔。

赵伟平本来以为自己不在乎这些东西,一个人生活了那么久,一定已经习惯孤独甚至享受孤独了。可是现在,一点点的幸福,就将他几年来累积出的坚强全部击垮。他甚至都不敢想象自己离开了高月以后生活会是什么样的,也想象不出,若是父母走了,自己会怎么样。

母亲真的老了,赵伟平自己都已经三十多岁了,很多同学到了赵伟平这个年龄,孩子都可以解方程了,而自己的母亲,又怎么可能还保持着青春,她真的已经老了。记得很小的时候,如果自己在外面惹了祸,母亲来接自己回去,他们牵着手走在路上的时候,每次他抬头看一看身边的母亲,就会觉得她是全世界最厉害的母亲,那么坚强,那么伟大,一定可以一直保护自己。而现在,她已经没有自己高了。人老了之后因为骨骼问题会变矮一点,加上母亲已经驼背,佝偻的身形在自己面前,仿佛就像一个小孩子一样,赵伟平几次想要抱抱她,但是都没有做出举动。

而父亲的状况要好上不少。他虽然头发花白,但是身体还算硬朗,健步如飞,除了一些重体力活以外,其余的和一个年轻人也没什么差距,头脑也清楚。只不过,老了终究是老了。早上要彻底清扫房屋,为过年做准备,父亲为此提了一桶水进房间,他是双手提着的,走路的时候还得靠着墙,走几步便要把水桶放下来,靠着墙休息一下,然后喘口气,再猛地一用力,提起水桶往前走几步,如此反复。父亲走得很慢,赵伟平发现后,就走过去直接提起了水桶,单手拎着,轻松地走进了房间。

父亲和母亲终究是老了,这是事实。

赵伟平主动帮着打扫房间,承担了消耗体力比较大的活,甚至是抢着干,只是想要让父亲能够轻松一些。父亲只是默默地看着他打扫,偶尔说上几句话,交代了一下,后来就离开了。他去厨房帮助母亲一起准备午饭,高月也在那里帮忙,但是锅台就那么大点地方,炉灶边上也只能坐一个人,高月只能偶尔帮忙洗洗菜,扔扔垃圾,除此之外,也没有什么事情她可以帮忙做,只能在一边傻看着。

赵伟平收拾了很久,终于将整个房子都打扫干净,然后又到厨房里去,看看自己能不能帮上什么忙。今天要准备的饭菜很多,除了午饭以外,更重要的是晚上的年夜饭,得提前准备。赵伟平觉得,既然是年夜饭,一家人坐在一起包饺子,看春晚,一边包一边煮一边吃,难道不是又轻松又有趣吗?想吃多少就吃多少,不会浪费,而且一家人一起动手也是特别温馨的事情,难道不比整一桌子菜要好得多?

可是赵伟平甚至都不敢说出自己的想法来。父母执意要把这几天来买的肉和菜,在今天晚上全部端上桌。高月说一次性煮太多,吃不完容易坏掉,可是他们却丝毫不在乎,只是咧开嘴笑,把脸上的皱纹笑得都挤到了一起,说没事,一年就这么一回,无论如何都要丰盛。

纵然再丰盛,也抵不过一家人亲手做的一碗简单的饺子,至少赵伟平是这么认为的。他觉得,这又不是宴请宾客,何必做得那么奢华?亲人之间,能够相聚就是最好的事情,何必被那么多条条框框束缚?不过转眼他又想到,以自己现在和父母的关系,怕是坐在一起包饺子的话,会全程闭口不言,那样的情况实在是太尴尬了,于是赵伟平也就打消了这个念头。

赵伟平开始想念姐姐了。姐姐今年没有回来,赵伟平给她打电话拜年的时候,听得出她身边是有人的,至少有两个,因为可以听得出他们在对话。那就是说,姐姐今天绝对不是一个人度过的,知道姐姐这个年过得不孤单,赵伟平也就放心了。

后来,高月也给家里打了电话,通话的时候,赵伟平接过电话,给自己未来的岳父岳母拜了年。他们对于赵伟平没有丝毫反对的意思,只是让赵伟平好好照顾高月,可别让他们的宝贝女儿受了委屈,除此之外就没有再说别的什么了。

赵启平一家要到晚上才会回来,赵启平似乎还在处理一件案子。春节期间出事是非常不吉利的事情,所以赵启平只能暗中行事,不敢让乡亲们知道,免得这件事影响大家过年的兴致。至于赵涛,这几天一直和燕子待在一起,两个人的关系近了很多,也不知道会不会发展下去。高月曾经表示过非常看好燕子,也问过赵涛有没有想和燕子在一起的想法,赵涛虽然嘴上说不会,但还是会微微红一下脸。

父母几乎整个下午都在忙活。赵伟平实在是插不上手,就离开了。他点开手机通讯录,一个个打电话过去拜年。往年赵伟平几乎不这样的,但是这个下午他实在是无聊得慌,于是就顺便拜个年。至于有一些关系不怎么近,或者只是认识而已的,赵伟平怕打过去尴尬,就没有打,只是发了个短信。那些人接到赵伟平的电话都显得有点惊讶,至于那些收到短信的人,大多也会回复一条,不过也到此为止了,基本没有后续。

随后赵伟平就想起了李冰。自己的余生和李冰这个人,应该再也不会有交集了吧!没有必要的联系,就连生活的城市也不一样,或许再过几年,等到自己有了孩子,等到李冰的孩子也长大了,两人的距离就会越来越远,最后把彼此淡忘掉,然后过完自己的一生,这是最好的结果了。赵伟平只希望李冰能够尽快忘了自己,不要再被往事纠缠。

想到这儿,赵伟平还是有点于心不忍。赵伟平知道他和李冰是绝无可能的,可正因为这样,他反而觉得李冰可怜,开始心疼起她来。犹豫了半天,赵伟平还是点开了她的号码,发送了一条短信,只写了简单的新年快乐。在发完短信之后,赵伟平等待了十几分钟,李冰都没有回复他。是暂时太忙了没有看到,或者是看到了,但是因为伤心过度不想回?赵伟平猜不出来,也就不去管了。

没想到,李冰的短信没来,她儿子却来了。当范明提着两袋坚果和礼品出现在赵伟平家门口,小心翼翼地喊叔叔的时候,赵伟平被吓了一跳。他连忙问起来,范明说这是他妈妈让他拿来,送给赵伟平的。赵伟平接过来仔细看了看,开心果、腰果、杏仁、瓜子,这几天赵伟平也挑选过一些,略微懂得,他看得出范明送来的这些,都是市场上可以买到的最好的了,甚至都很少有这么好的。这对于赵伟平来说不算什么,但是对于李冰来说,可能要卖好多东西才能把这两袋礼品的本钱给赚回来,于是便不想收下,就让范明拿回去。

范明直接耍起了无赖:"妈妈说,要是你不收的话,我就把它们扔在门口,自己一个人回去。"

赵伟平有些哭笑不得,转念一想,范明才多大,提着这两大袋子吃的一路走来,早就累得不行了,要让他再提回去实在是不应该,于是就收下了。但是转念一想,自己也不能白拿人家东西,然而家里又没有合适的礼品可以回赠。于是赵伟平叫住范明,打算把钱付给他。但是范明又摇了摇头,说这是礼物,妈妈不让他收钱的,不然会骂他。

赵伟平十分无奈,想了想,还是掏出了两千块钱,塞到范明的衣兜里,说:"这不是付钱,这就当是叔叔给你的压岁钱,如何?"

范明还是犟,说赵伟平之前已经给过他压岁钱了,不能再给一次,不然会坏了规矩。于是赵伟平对范明说这是给他妈妈的回礼,让他拿回去,给妈妈买几件新衣服,把妈妈打扮得漂亮一点,或者买一些好吃的给妈妈。

提到李冰,范明终于动摇了。他再怎么懂事也只是个孩子,一切都想着妈妈,既然这钱确实是人家的回礼,拿回去让妈妈享受一下也是美事一件。范明犹豫再三,还是收下了,向赵伟平道了谢,就转身离去了。范明长得不高,身上穿的衣服也有点旧了,貌似李冰今年都没能买新衣服给他。他紧紧地捂着装钱的口袋,独自走在回去的路上,小小的身影渐行渐远,现在他就要一个人走回县城,回到家里去找妈妈。看着范明慢慢走远,赵伟平有一种冲上去再给他两千块的冲动。懂事而听话的孩子,是十分让人喜爱的,再加上他的身世这么可怜,就让人更加想要关照他了。可惜自己和范明之间,总是隔着这么远的距离。

　　赵伟平叹了口气,在心里祝福李冰能够尽快找到一个好男人,然后他就回到了屋内,去把李冰送的东西处理一下。他拿出了瓜果盘,拆开了一袋瓜子,倒了进去,然而倒了一半,发现瓜子里面藏着东西。那是一本硬皮小本子,还有一个扣子扣着。也许是李冰收拾东西的时候不小心掉进去了?赵伟平摇了摇头,礼物这么好,李冰肯定是精心准备的,怎么会粗心到把本子落进去。

　　那就是说,这个本子是李冰故意放着的,让范明假借送礼物的名义送给自己,也不尽然,那样的话只要送一袋瓜子就可以了,但是李冰送了这么多。看来送礼物是真的,这本子只是顺带而已,不过,既然特地送来,里面肯定有什么重要的东西。赵伟平拿出本子,蓦然觉得有些熟悉,自己仿佛在什么地方见过这个本子一样。他打开本子上的扣子,翻开了厚厚的封皮,一眼就看到了夹在扉页上的照片。照片是两个人的合照,一男一女,那女的是年轻时的李冰,她正值青春年华,尽管照片已经老旧,但是仍然掩盖不了她的美,而在她身边的那个男生,是赵伟平。

　　回忆总是在你意想不到的时候出现,将你淹没。

　　那是高中时代,赵伟平以十分优秀的成绩,考上了另一个城市的高中,那个高中可比县城的中学好太多了,这件事当时还在村里引起了轰动。赵伟平在那里,认识了李冰。

　　那时李冰正值一生之中最美好的年华,虽然还没有初入社会那几年的成熟风韵,可那青涩而含苞待放的模样便已经能够迷倒一片男生,再加上她的同桌刚刚开始教她打扮,她便一天比一天美,走在学校里,身上都像在闪着光。学校里不知道有多少男生暗恋她,明面上喜欢的都有好几个。学校明令禁止谈恋爱,但是仍然有人顶着压力追求她,而她从来不接受。原因很简单,李冰觉得那些男生都很无聊,因此对他们没有一点意思。

唯独赵伟平不一样。赵伟平也是从农村来的,家境也不是很好,跟李冰有着类似的出身,两人能够聊得来。而且赵伟平也对李冰好,是那种绅士一样礼貌而合适的好,让人觉得很舒服,而不是像其他男生一样,带有强烈目的性的殷勤。

因此,李冰几乎不跟别的男生玩,却喜欢跟赵伟平待在一起,赵伟平自然就引起了其他男生的嫉妒,总是有人找赵伟平的麻烦,但是大多数都没有掀起什么大风浪。直到有一天,隔壁班的一个男生找到赵伟平,让赵伟平以后离李冰远一点。

青春期的男生哪里懂得许多道理,他只是盲目地以为,是赵伟平勾引李冰,只要赵伟平离李冰远一点,自己就有机会接近李冰了。赵伟平根本不把他的话当回事,气得那个男生跟赵伟平打了起来。最终的结果,是赵伟平把对方死死地摁在地上,想要跟他讲道理,然而他却死活不听,就是要跟赵伟平打一架,证明自己才是真的男人。可赵伟平好不容易才进了这所学校,生怕因为闹事而被开除,也没敢动手打他,只是把他带到了办公室,让老师教育了他一顿。

巧的是,赵伟平到办公室的时候,有几个学生正好在办公室里帮老师做事,听到了赵伟平交代的整个过程。第二天,赵伟平为了李冰和人打架的事情就传遍了整所学校,而且学生之间的信息流通,每张嘴说出来的都不一样,传到最后,什么版本都有,这话自然也传到了老师那里。老师对此也哭笑不得,但是这件事必须要解决,于是老师就把赵伟平和李冰叫到了办公室,仔细地聊了聊。

赵伟平坦言他们只是普通朋友,听到这句话的时候李冰是有点失落的,但是她马上安慰自己,毕竟学校不允许早恋,赵伟平说喜欢自己的话肯定会被处分、教育,只能这么掩饰,于是李冰也就配合地说他们确实只是普通朋友。老师和他们聊了一会儿,就说以后不要太亲密了,容易让同学们误会,并且学生时代还是以学习为主,同学间的情谊固然重要,但是也要好好把握之类的。李冰根本没心思听,只顾着点头答应,心想出了这个办公室你就管不到我们了。

谁知道那天之后,赵伟平真的和李冰没那么亲密了,李冰问起来,赵伟平就说这是老师的意思,他们之间应该保持一点距离,不要引起同学们的误会。李冰知道赵伟平没有说谎,但还是十分生气,说赵伟平是个木头脑袋。赵伟平甚至都没有理解李冰所说的话,最后把李冰气跑了。

可是就算如此,李冰还是只愿意和赵伟平一个男生玩,虽然待在一起的时间减少了很多,可是两个人一起玩的时候,李冰还是会觉得很开心。那天学校组织了一场秋游,李冰拉着自己的同桌,又不知道从哪里借来了一个相机,让同桌帮自己拍了这张照片。照片上,赵伟平直直地站着,想尽量显得自己有精神一些,而李冰则是偷偷地往赵伟平身上靠,想尽量凑得近一些。这张照片洗出来之后,李冰就一直保存着。

高中毕业以后,当时的赵伟平还没有手机,QQ,微信也还没出现,所以两人就断了联系。但是当时已经流行同学录这种东西了,赵伟平为了以后能够和同学们联系上,也买了一本。于是李冰就把自己能想到的联系方式都写了下来,特地叮嘱赵伟平一定要找自己。后来赵伟平果真找到了李冰,当时的李冰已经大学毕业,高中时期对赵伟平那种朦朦胧胧的好感几乎已经消失殆尽了,甚至对赵伟平这个人的印象也有些模糊了。但是得知是赵伟平的时候,她还是开心了半天。

他们去了同一个公司工作,后来走到了一起,再后来感情破裂,赵伟平离开,断了联系,这一别就是十几年。这张照片跨越了十几年的光阴,最后来到了赵伟平的手里。赵伟平拿着照片静静地看了很久,终于回想起了那次秋游。而手上这个本子,也正是秋游的时候,赵伟平在一个小店里看上,买下来送给李冰的。

阔别十余年,这个本子竟然还好好的,除了被岁月侵蚀得有些发黄以外,什么损伤都没有。它甚至没有被使用过,仿佛李冰根本就舍不得用它一样,她可能只是小心翼翼地放在柜子里,偶尔拿出来看一看,脸上便会泛着幸福的笑容。

赵伟平前后翻了翻,本子确实干干净净的,只是在最后一页写着课程表,而在第二页上,写着一行字:"伟平,后天你能到高中来见我一面吗?"

赵伟平看了看,又把本子翻到了最后一页。课程表上的字,清秀、端正、工整,远比第二页的那行字好看,看来这么多年的生活,让李冰的手都拿不稳笔了。

李冰突然约赵伟平去高中见面,目的是什么他并不知道。赵伟平深思熟虑之后,决定还是通知李冰一下,确认自己不会去赴约,让李冰不要等他。

第二十二章 夜

赵伟平考虑了一阵子,还是给李冰打了个电话。李冰很快就接了,声音中还带着些许激动,但是已经远远没有之前几次见到赵伟平时那样激动了。

赵伟平直截了当地告诉李冰,自己有事,不会去学校见她的,不用等他去。但是李冰却说出了一件让赵伟平十分诧异的事情,她并不是顺路去学校,而是专门为了赵伟平去学校的。

赵伟平沉默了一会儿,就让李冰不用去了,待在家里就好,自己是不会去的。可是李冰却笑了笑,说她相信赵伟平不是那么绝情的人,一定会去的,如果自己去了的话,赵伟平是不可能把自己一个人孤零零地晾在那里的,他绝对不是如此狠心的人。

对于李冰的想法,赵伟平是一点办法也没有,他知道自己劝说无用,干脆就不劝了,匆匆道别就挂了电话。此时,高月正好出来了。她看见忽然多了那么多吃的,十分好奇。赵伟平犹豫了一下,并不想节外生枝,自己应该可以处理好这件事情,就说是村里一户跟父母很要好的人家,刚才路过家门口送的。高月丝毫没有怀疑,随手拿着就吃了起来,一边吃一边夸这些东西品质好。

连高月都觉得品质好,看来李冰在给赵伟平挑选礼物的时候确实花了很大的工夫。尽管如此,赵伟平也丝毫没有动摇。既然留在这里会被李冰找到,那干脆就早点离开好了,等回到北京之后,把李冰的号码拉黑,就万事大吉了,李冰再也找不到自己。而且,就算她来纠缠自己的父母,也得不到任何帮助,一个带着孩子的女人要来找自己,而且那不是自己的孩子,父母有可能会帮忙吗?不可能的。

主意已经定下,赵伟平就和高月商量起了回北京的事情。赵伟平提议早一点回去,然而高月却说,好不容易回老家一趟,干脆多待几天,多陪陪父母,反正公司那边也不用这么早上班,去了也无聊。

这个理由简直无懈可击,没有回去的理由,而且还要留在这里陪伴父母,赵伟平好像怎么都找不出借口来拒绝高月。可是如果不走,那么两天之后李冰去学校见不到自己,难保她不会再次来找自己的麻烦。思前想后,赵伟平还是决定要走,于是绞尽脑汁要找个理由出来。

他几乎都要向高月坦白自己是为了躲李冰了,可是生怕高月知道李冰如此纠缠自己之后会十分生气,于是就没有说。好在这个时候,王彪打电话过来了,王彪的这一通电话,来得恰到好处,正好解决了赵伟平的燃眉之急。

王彪在电话里先是和赵伟平寒暄了几句,然后就对赵伟平说,公司有事,让赵伟平尽量在三天之内赶回北京,见面处理。赵伟平十分好奇,追问他什么事,王彪说事关重大,必须面谈,电话上不方便说,也说不清楚。

当时高月就在旁边,赵伟平接电话的时候鬼使神差地按了免提,这下子,王彪所说的话,一字不落地全进了高月的耳朵。她马上就意识到赵伟平和王彪的公司出了大问题,于是还没等赵伟平说话,她就先开了口:"既然公司有急事的话,要不然我们早点回去吧!"

没想到高月竟然主动开口,这倒是帮赵伟平省去了不少麻烦,于是他马上就同意了,并且立刻就订了票。说来也怪,两天之后的深夜,真的有一趟从长沙开往北京的列车,还剩下寥寥几张票,于是赵伟平马上就订了票。直到此时,赵伟平才松了一口气,到了正月初二,他就可以有足够的理由和动力,拒绝老友的邀请,不去赴约,而不用承担任何心理压力,因为他要赶火车,他要及时回到北京去,所以不能去见她。

在接近十二点的时候,父母回到了电视机前,守着春晚等主持人倒数跨年。赵伟平也参加过跨年,但是都是阳历新年,让他印象最深刻的一次,是在广场上,数千人对着一栋大楼倒数,看着上面那巨大的数字一点点减少,变成零,然后几百发烟花一起升上天空,所有人都沸腾了起来。那次跨年让赵伟平记忆犹新,当时赵伟平身边的人就像疯了一样,有人欢呼,有人唱歌跳舞,还有几对小情侣当场就热吻了起来,饶是赵伟平这样镇定的人,也被他们的情绪所感染。

那是年轻人在跨阳历年。而眼下这个是农历年,也是中国人的年,是属于所有人的,无论男女老少,无论身处何方,从事什么职业,这个年的意义对于他们来说是一样的。这传承了几千年的文化,在今天,也如同以往一样进行着。

阳历年对于赵伟平来说,是人又长大了一岁,可是农历年过起来,只让赵伟平觉得,自己又老了一岁。其实都是加了一岁,但是给人的感觉就是不一样,赵伟平更喜欢前者。而现在陪着家人过这个农历年,又是不一样的感觉。无论如何,这一年在主持人的倒数之中,在电视上那个大大的数字不断变化之中,一点点过完了最后的几秒。

新年伊始,万象更新。

父母有守岁的习惯,但是也不会守到天亮,他们还在附近的祠堂里和乡亲们七七八八地忙活着什么,估计两三点的时候才会去睡。而赵伟平和高月,其实早就打算睡了,只是为了陪父母才等到这么晚,十二点一过,他们就打了几个哈欠,收拾收拾上床睡觉了。

高月躺在赵伟平的身边,很快就睡着了,睡得很香,呼吸声十分均匀,赵伟平可以感受到她的身躯在随着呼吸,缓慢而平稳地起伏着。外面的鞭炮声很响,隔着窗户还是能够刺激人的耳膜。其中还偶尔穿插着烟花的声音,一阵一阵的,还有节奏,更是让人心烦。

赵伟平被吵得睡不着,但是高月很快就安然入睡了,这让赵伟平有点羡慕。

他也不知道自己是不是因为外面的吵闹才睡不着的,看完春晚之后,他明明有点困,现在又很精神了。他盘算了一下明天要做些什么,发现根本没有主意,无非就是在父母的指示下,去拜拜祠堂,给祖辈的牌位上香。出去串亲戚这件事,赵伟平是绝对不会做的,他基本上和哪个亲戚都不熟,只能交给赵启平。如此看来,他也就没有什么可以做的事情了。

那这一天应该怎么度过呢?赵伟平从床头拿过了手机,这个动作十分小心,怕惊扰了高月。他打开手机,将亮度调得非常低,希望不会干扰到高月,因为高月是搂着他睡觉的,现在正面对着他。高月睡得这么沉,赵伟平的举动其实根本不会弄醒她,可赵伟平就是小心翼翼地,生怕让高月的美梦受到任何一点影响。

他看了看自己订的两张票,仔细读了一下时间,是后天晚上六点钟的车。不过现在已经过了午夜十二点了,所以应该说是明天晚上六点钟。算上走路坐车什么的,赵伟平和高月应该在早上九点钟左右出发,也就是吃完早饭过后一个多小时。

赵伟平很希望开车时间能提前三个小时,这样他们六点钟出发的话,父母就没多少时间帮他们收拾了,不知道为什么,赵伟平特别不喜欢这种感觉。父母帮自己收拾行囊,叮嘱自己要好好生活,好好照顾自己,然后依依不舍地送自己上路,这在普通人家里是非常美好的一件事情,可对于赵伟平来说却十分难以承受。他宁愿自己和高月早早收拾好东西,走的时候父母正在睡觉,自己上了火车之后再打个电话跟他们报平安,如此一来,双方都互相不干扰,这样多好!而现在,吃完早饭之后还有一个多小时的时间,赵伟平也就必须在那样的环境下再坚持一个多小时。

要是自己随便扯点什么理由,故意吃完早饭就走,也不是不可以。赵伟平打定主意,决定到时候就这么办,然后就放下了手机。这时候他想了想,自己留在这个地方的时间,只有三十个小时左右了。一想到就要离开了,赵伟平的心里忽然涌出了一丝不舍,而他自己竟然十分惊讶为什么会不舍。他说不上是为什么,就尽量往别的地方想,一来二去就想到了李冰。

李冰看起来相当的固执,认为赵伟平一定会念及旧情去学校见她,赵伟平怎么劝说都没有用。现在看来,李冰是肯定会去学校的,而且一定会一直等,甚至等上一天都有可能,赵伟平在脑海里想象了一下那个场景,忽然觉得李冰其实有点可怜。但是,也许只有这样,才能让李冰清楚地认识到现实,从此放弃赵伟平。想到这里,赵伟平也就释然了,为了两人的关系能够正常起来,他决定当一次坏人。

就在赵伟平正在想着这回事的时候,手机忽然响了一下,把赵伟平吓了一跳。他看了看身边的高月,高月还在安稳地睡着,赵伟平这才安心。他拿起手机一看,是李冰的消息。

早在看春晚无聊的时候,赵伟平就已经和几个一直在聊天的人道了晚安,该说的祝福也都说完了,本以为十二点之后大家不会来找自己了,谁知道李冰会这么晚了还给他发消息。

李冰说了几句话,一半是祝福,一半是试探,试探赵伟平会不会还对她抱有一点留念。赵伟平把手机设置成静音,然后放下了。他并不打算回复,就当作自己已经睡着了,所以才没有回的吧,不然万一两个人聊了起来,李冰怕是要到天亮都不会放过赵伟平。

这种人,说实话,很可悲,很微小,让人感动,也让人哀叹。可以说是造化弄人吧!让李冰爱上了自己,却又安排了第三者来让他们的感情分崩离析,命运就是这么神奇,总是让人摸不着头脑,还没反应过来的时候,就得承受它带来的恶果,还无力反抗。

后来手机屏幕又亮了几下,尚未入眠的赵伟平感觉到了,他知道那是李冰的消息,所以也没有看。其实也没必要看,无论李冰说什么,都改变不了结果了。

再后来,不知道什么时候,赵伟平慢慢地睡着了。这一夜他睡得很香,一个梦都没有做,一动不动地睡到了大天亮,等到他醒来的时候,外面已经在放鞭炮了,而且到处都是交谈声、笑声,环绕着整个房子。赵伟平看了看手机,已经快九点了。他把李冰发来的十几条未读短信全部删了,然后穿衣下床,出了房间。

赵伟平很干脆地将手机关机,以此来避免李冰找上自己。在赵伟平关机之后,李冰给他打了很多个电话。

第一个电话是在赵伟平刚关机的时候打的。此时的李冰想要和赵伟平说说话,恰巧赵伟平生怕李冰找自己说话,于是就把手机关机了。李冰打了过去,听到关机提示以后,也就挂了,没有多想。说不定是睡懒觉没起来,或者是去玩了。

第二个电话是在中午十二点的时候打的。此时的李冰已经准备好了午饭,比平日里吃的要丰盛很多,尤其是那一锅冒着热气的鸡汤,范明一个人就喝掉了接近一半,还说自己一定要快快长身体,就可以保护妈妈了。李冰听他说这话,乐得合不拢嘴,这个时候她想起了赵伟平,也不知道赵伟平起床了没有?这么晚了应该起床了吧,吃饭了没有?午饭不吃可是会很难受的。她放心不下,于是给赵伟平打了个电话,一来是为了问午饭的事情,二来当然还是想要和赵伟平聊一聊感情。

但是他还是关机的。李冰有些气愤,怎么到现在手机还不开机?但是也没有别的办法,只能等了。她和范明默默地吃着饭,她一边吃一边看着范明。她觉得能够养范明这样的孩子是老天爷的恩赐,他懂事、勤快、听话,成绩在班里是一等一的好,街坊邻居个个都夸他,还经常用他做榜样来激励自己的孩子。尤其是范明能吃这一点,虽然他长得不是特别高,但是身板很壮实,贫穷的生活不但没有限制他的发育,反而让他养成了善于耐受艰苦生活的体质,而且还比同龄的大部分男生都要壮实,并且从小到大几乎没有生过病。除了学费以外,范明从来没有任何需要李冰操心的地方,他还善解人意,经常能够替李冰分忧。

他满足了一个母亲对孩子的所有幻想,简直是完美的。可是他的存在就是个错误啊!如果自己只是孤身一人,那也只是个寡妇罢了,因为范明,自己成了个带孩子的寡妇,身价可是天差地别,连赵伟平都……

李冰掐了自己一下,打消了这个可怕的想法。不管怎么样,孩子永远都是最重要的,她不能因为赵伟平,而对孩子产生一点不好的想法,哪怕一点都不行,这太罪恶了。

第三个电话是在下午三点多钟的时候打的。李冰要出发了,明天要去见赵伟平,但是怕到时候耽误了,所以李冰打算提前一天到那儿,找个地方住一晚上,要是时间够的话,还可以带着范明去玩一玩,毕竟是春节嘛,总要多一点娱乐活动,让孩子开心开心。

依旧是关机。李冰甚至有些担心,赵伟平是不是出了什么事情,为什么手机会一直关机?想了一会儿以后,李冰安慰自己,最多也就是手机坏了而已!但是赵伟平那么有钱,坏个手机无所谓的,他人一定没事。这样想了一通之后,李冰不那么紧张了,于是就简单收拾了一下,带着范明出门了。

两人玩乐了一阵,李冰给范明买了一些新衣服,破天荒地让范明随便挑,丝毫不在乎价钱,范明看上哪件,就直接买下来。也许是对第二天见到赵伟平的喜悦和期待,也许是春节气氛的感染,又或许只是对范明一直都听话懂事的奖励,这一天李冰对范明是有求必应,什么都依着他。

她也觉得这样挺好的。这几天赵伟平的事情纠缠着自己的心思,冷落了范明,现在想想看,范明才是自己最重要的人啊!

第四个电话是在当晚睡觉之前打的。范明的生物钟很规律,早早地就睡着了,李冰怕打扰到他,就一个人走到旅馆外面打电话。她站在寒风中拨通了赵伟平的号码,等了几秒钟,听到的还是关机提示。

李冰十分无奈,为什么自己打了这么多电话,赵伟平却一直都是关机状态?难道是故意躲着自己?不,就算不想跟自己说话,可是难道没有其他人要和他通话吗?他这一关机,影响该多大啊,所以这也不太可能,那只能是因为其他原因吧!李冰试图这么安慰自己,但是用处不大,心里依旧慌张。她在冰冷的街道上走来走去,试图缓解一下情绪,但是越走就越紧张,满脑子都是赵伟平,偶尔也会想到范明。李冰又走了一会儿,想赵伟平想得发疯,甚至想要坐车回去,赶到赵伟平家里问问他在不在,有没有出事。后来,李冰被自己的情绪折磨得快崩溃了,她逼着自己回旅馆,脱掉外衣,躺到床上睡觉,另一张床上的范明呼吸声很均匀,李冰的呼吸声却急促而混乱。她摸了摸自己的手,发现手心全是汗,哪怕是在这么冷的天气里。

第二十三章　断

　　李冰打的第五个电话,是在她第二天醒来的时候。那是早上七点钟,春节期间很少有人会醒得这么早吧,但是李冰还是抱着试一试的心态打了过去。

　　赵伟平的作息比闹钟还准,自然是早就醒了,而且已经收拾好了东西准备出门,此刻正在吃早饭。今天要出门了,可不能接着关机了,于是醒来的时候赵伟平就把手机开了机。他接到电话的时候,母亲正忙着往他碗里塞一个煮鸡蛋,赵伟平正笑着接下,铃声响起,他想也没想就接了。

　　听到电话那头是李冰,赵伟平愣了一下。她怎么这个时候给自己打电话?太不凑巧了。于是,赵伟平马上找到了一个十分合理的借口:自己正在吃饭,而且马上就要出门了,没空说话。然后,还没等李冰再说些什么,赵伟平就直接把电话挂掉了。

　　但是这依旧让李冰欣喜万分。不仅是因为赵伟平接了电话,而且他的话里还包含着一条很重要的信息,马上就要出门了。赵伟平的本意是他马上就要出门,和高月一起去火车站了,根本没时间接电话,是想让李冰不要再打来了,然而李冰却直接误会了他的意思,以为他是要来见自己了,而且马上就要出门了。

　　李冰开心得要命,她没有叫醒范明,而是一个人悄悄地来到了卫生间里,打开了自己的行李箱。她已经很多年没有化过妆了,当年随身携带的化妆品也不知多久没有打开过了,只是毕竟是花很多钱买来的,所以李冰一直舍不得扔。谁知道放在柜子底下那么多年了,它还会被自己再次用上。

　　后来范明醒了,李冰也收拾东西出了卫生间。范明见到李冰脸颊雪白,穿的裤子短了一截都露出了脚踝,困意都没了,但是也没有说什么。李冰给范明留了一百块钱,让他今天自己在旅馆周围玩一玩,但是不要跑远,范明答应了。李冰点点头,就离开了旅馆。她想起来自己应该带个小手提包,整个人会更好看一点,但是已经来不及准备了,也就无所谓了。她按照记忆,往学校的方向走去。

　　连记忆都已经斑驳了,李冰甚至找不到通往学校的路,后来还是在路人的帮助下才找到。她站在学校门口,几乎有点认不出这个地方了。这和她记忆中的学校相去甚远,不知道哪一年,大门盖上了一个门楼,现在有保安室了,学校的围墙似乎也都是重新建的,比之前高了很多,学生们要翻出来应该十分困难了。但是李冰哪儿也不去,就在这里静静地等着。

　　李冰的第六个电话是在中午打过去的。如果赵伟平早上吃完饭出门的话,现在应该也已经到了,并且该找到学校了。难道他也找不到路?对,一定是找不到路,或者路上耽搁了,所以还没到。李冰努力地安慰着自己,并且又打了一个电话。

　　应该是在找路吧,或者是在车上睡着了,总之没有接到自己这个电话,绝对不是他不来了。李冰这样想着,又耐心地等了起来。今天是大年初二,一些本地的商户已经开门了,尤其是学校旁边的商户会比较多一点。李冰有点担心自己会错过赵伟平,但这毕竟是吃饭的时间,赵伟平要是下车了应该也会跟自己说一声,然后去吃饭,接着才来见自己,于是李冰大胆地走了一段路,去一家小饭馆里吃了一顿午饭。

　　老板对李冰这个打扮感到很奇怪,只当她是刚刚从城里回来过年的,十分洋气的女人,脚脖子都不怕冷。李冰只是笑笑,没有答话。老板怎么会理解,她这身打扮,是穿给心上人看的。正所谓士为知己者死,女为悦己者容,李冰穿成这样,虽然有时候会遭到身边人有些异样的目光,但是她心里还是特别甜蜜。

第二十三章 断

吃完饭以后,李冰又回到了校门口。她站得太累了,甚至去买了一张小凳子。她知道这个凳子带不回去,只能坐一会,坐到赵伟平来而已,可是她不在乎了。她已经好几天都没有做生意了,春节这几天是最赚钱的时候,可是她的心思却全部围绕着赵伟平转,根本没法好好工作,干脆就关门了,昨天更是直接离开了。她不在乎,为了赵伟平,这些都值得。

她就那么静静地坐在校门口。

此时此刻,李冰的思念在等待中愈加迫切。

下午下雨了。好好的天气,忽然就淋淋沥沥地下起雨来。李冰没有带伞,只好去路边的小店里暂时避一避。这是一间卖香料的小店,打扫得很干净,屋内有些昏暗,没有开灯,这样反而氛围特别好。老板是一个四十岁左右的壮年男人,长得又高又黑,一脸憨厚。老板热情地招呼了她,还给她倒了杯热茶驱寒,问她这么穿难道不冷?

当然冷,尤其是下起了雨,李冰的皮肤都被冻得起了一层鸡皮疙瘩。但是她说不冷,喝几口热茶,咬着牙坚持住。她觉得这样穿挺好的,而且非常有必要一直保持下去,她希望赵伟平来之后,第一眼看到的她,是最美丽的她,如此而已,因此当老板想要给她一件大衣披着的时候,她拒绝了。

她想了想现在的自己,为了等一个心爱的男人能够忍受这么久的寒冷,这和小说里的情节一样感人。她想着想着就捂着脸笑了,耳根发红,眼睛里也泛出了泪水。但是,也仅此而已了。她的执着,她对赵伟平的爱,还有她所做的这一切,说到底只感动了她自己而已,赵伟平不会理解,范明不会理解,今天李冰见到的每一个路人也都不会理解。

赵伟平一直没有来。下午两点半左右,李冰发烧了,很严重。因为气温实在是太低了,加上她身体本来就很虚弱,一下子就发烧了,而且迅速恶化。老板发现她在不停地流眼泪,关心地问了问,才发现李冰烧得厉害。他马上就去柜子里拿了一点药,又倒了一大杯热水给李冰,然后不顾李冰的反对,脱下自己的棉外套,裹在了李冰的身上。李冰一开始十分抗拒，但是棉外套带来的热量一下子就让她的身体好受了许多。与其继续为了赵伟平而坚持"忍受寒冷"，她更愿意选择来自老板的关怀。所以李冰挣扎了一下，还是同意了。心里接受了之后，她的手就十分自觉地穿进了袖子里，然后扣上扣子，还抱着自己裸露的脚。老板喂她吃了药，喝了点热水，她的状况才勉强好了一点，然后觉得非常累，而且还很难受，就趴在桌子上睡了一会儿。

　　身上的棉大衣帮助李冰保存着热量，老板还拿来一块毯子给李冰裹在腿上。李冰喝完热茶之后鼻子通了，这时才猛然感觉到那股若有若无的香味，那是店里的那些香料产生的，很淡，但是能够闻得到，让人十分舒服。外面淅淅沥沥的雨声也在不断放松着李冰的神经，雨声是特别催眠的，能够让人迅速地放松神经。这样裹在棉大衣里喝茶休息多好，自己顶着严寒来到这个地方，究竟是为了什么呢？

　　赵伟平，那个自己深深眷念着的男人。为他，这样做值得吗？李冰一遍又一遍地问着自己，值得吗？就像逼着自己离开被窝，穿好衣服，带上雨具出门，冒着倾盆大雨，去见一个并不是很想见自己的朋友，他可能会冷落自己，不待见自己，甚至可能根本不会来见面，这值得吗？

　　不值得，李冰一下子就反应了过来，自己的爱让人感动，但是不值得。连赵伟平都好心劝说过自己了，那还有什么疑问吗？确实就是不值得。自己明明可以意识到这一点，为什么还要来呢？她这几天明明可以留在店里赚钱，就算不这样，也可以带着范明出去玩，去买衣服，去吃一些平时特别想吃的东西，好好过一个年，但是她为了赵伟平把这些都放弃了。这实在是太不值得了。

　　李冰忽然就开始后悔，后悔自己为赵伟平所做的一切。她累了，不想再努力付出了，她宁愿赵伟平从来没有出现过，这样她就不会那么渴求赵伟平了，就可以继续过着自己的生活，无拘无束，永远躲在那个小被窝里，永远也不要出来经受外面的寒冷。她不知不觉睡着了，老板见了，也就没有打扰她，任由她睡。

李冰打的最后一个电话是在下午五点钟左右。此时李冰已经醒了，身上的烧还是没退，但是比睡着之前好了一些。她不知道赵伟平来过没有，天已经快黑了，如果赵伟平有来的话，肯定已经到了吧？李冰拿出手机看了看，没有赵伟平的未接电话，也没有短信。看来应该是没有来了。

　　那一刻李冰的心里特别难受，委屈地想要哭出来，但是她不能哭，因为没有人给她依靠了。小时候家人是她的依靠，她可以向爸爸妈妈哭，这样想要的衣服和玩具就可以到手了；步入社会以后赵伟平是她的依靠，她都不用哭，只要委屈地说几句话，赵伟平就可以帮她把什么麻烦都解决掉。现在不行了，现在她是整个家的顶梁柱，她没有资格委屈。

　　李冰脱掉了大衣，感谢老板的好意，然后给赵伟平打了个电话。她知道赵伟平不会来了，肯定是不会来了，然而此时她的心里忽然释然了。不来也好，断了自己的念想，让自己以后懂得只为自己而活也好。赵伟平一直没有接电话，响了几声之后，李冰直接就挂断了。她告诉自己，不要再想他了。

　　李冰摇摇晃晃地走出了店门，拒绝了老板的搀扶。她现在想要回去找范明，然后接他回家，忘掉这一切，可是却想不起来回去的路了。她踉踉跄跄地走了几步，茫然不知所措，想呼喊某个人来帮帮自己，可是却发不出声音，然后身子一晃就倒了下去。

　　赵伟平其实把李冰的号码直接拉黑了。无论如何，直接断了李冰的念想就好。这虽然很残忍，也会让李冰很难受，但是对于李冰来说是最好的结果了，也让她以后的日子好过一点。赵伟平吃完饭就和高月离开了家门，父母只挽留了他几句，倒是对高月十分不舍，给了高月好多吃的东西，把高月的行李箱都塞得满满当当，手上还提着两袋，赵伟平看着很别扭，怎么对儿媳妇比对亲儿子好那么多？不过老人一番心意，也不好拒绝，只能硬着头皮带上路了。

　　两人上了火车，找到位置坐下，高月很开心地提着两袋东西，在车上分享给了身边的人。人们都对她很有好感，高月灵机一动，就拿出了纸笔,说自己是个记者,想听听他们回家过年的时候遇到的事情。

于是人们就兴高采烈地讲了起来,一个人能说上半个多小时,这不仅缓解了火车上的沉闷,带来了数不清的欢笑,还让高月收集到了不少素材。赵伟平就那么静静地看着他们,偶尔也跟着笑。

他再一次感受到,自己只是这个大千世界中十分平凡的一分子,他是独一无二的,有自己的经历和故事,但是对于整个世界来说,他依旧只是一个简单的个体而已,人活在这个世界上,说起来也就是几十年的光阴,很快就会过去,但是能够经历一番只属于自己的生活,也算是足够了。

吃完午饭以后,高月照例睡了个午觉,赵伟平则是继续听着身边的人谈天说地。因为高月已经让他们打开了话匣子,也彼此熟悉了,即使高月不再记录,他们也兴高采烈地聊着,诉说自己的故事,从小到大,发生在天南地北的新鲜事。赵伟平听着听着,觉得还挺有意思的。

后来,他们想起赵伟平似乎还没有说过,就起哄让他也说。赵伟平架不住,也就跟着说了起来。他其实很少跟人讲自己的故事,因为没有人想听,他又没有必要主动表达。但是今天这个场合,他不说的话,身边人是不会放过他的,于是赵伟平也就慢慢讲了起来。

直到现在,赵伟平才好好地回忆了一下自己的人生。他从小时候开始说起,出生在哪儿,父母是干啥的,家里几亩地、几头牛,慢慢地说着。其实赵伟平的童年阶段没什么故事可言,除了小伙伴拉着他险些掉进粪坑的事让大家笑了一回以外,其他的都十分稀松平常。于是,赵伟平接着说初中时的故事。中学也没发生什么事情,让大家比较感兴趣的,就是他在高中的时候,有个关系特别好的女生。

旁边人就问了,那你俩谈恋爱了没有啊?赵伟平摇摇头,说当时没有,但是大学毕业以后又联系上了,而且在一起工作,那之后才谈恋爱,可惜对方把他"绿"了,于是就分开了。众人一阵唏嘘,纷纷骂那个女人不要脸。

赵伟平知道李冰不是不要脸,她是深爱着自己的,但是以她的情况,确实是很难抗拒那种什么东西都有人替自己买,吃穿不愁的日子。事情终究是发生了,谁也没有办法。赵伟平接着往下说,说自己离开公司以后,辗转好几年,换过工作,谈过对象,到后来开始创业,一点点发展到了今天,甚至还被朝阳这样的大公司欺负过,但是都坚持了下来。身边的人都挺佩服他的,随后就有个人说,把你几个女朋友的事情跟我们详细说说呗。

赵伟平摇了摇头,表示自己不是很想说,但是回头一看,发现高月竟然已经醒了,正直勾勾地看着他。见到两人对上目光,身边的人都开始起哄,纷纷要他接着说下去。赵伟平左右为难,谁知道高月竟然也让他说,而且拿出了纸笔准备记录。

赵伟平十分尴尬,可是高月的话他不敢不听,只好打开话匣子说了起来。让高月印象深刻的,就是李冰,他和李冰发生的故事最多,而且李冰是威胁最大的一个,高月觉得很不舒服,因为这个女人直接出现在了赵伟平的面前。高月一点一点地听着,知道了赵伟平和李冰发生的事情,竟然也有些怜悯起她来。但是仔细想想她做出了相当于背叛赵伟平的事情,也就打消了这份怜悯。

再往后,关于江衫,赵伟平也都说了出来,但是他们之间发生的事情也不多,尤其是江衫现在已经结婚了,高月也就不再担忧了。

接着就到了让高月最在意的一个人,陆文洁。高月心知肚明,在自己之前,陆文洁是赵伟平爱得最深的一个女人,这一点高月一直有点耿耿于怀。赵伟平没有说太多关于陆文洁的事情,不过,高月也不在乎,因为他们的经历,都在陆文洁的日记里看得差不多了。高月一直听到了她最关心的部分,他们后来是如何分开的,此时,高月竖起了耳朵认真听,没想到赵伟平竟然只是简单地说了一句:"后来还是因为某些原因,分开了。"

说到这里,赵伟平看向了窗外。时间勉强能够让他平静一些,但是心里还是会很难过。众人也开始各聊各的事情,而赵伟平只是静静地看着窗外。高月握住了赵伟平的手,赵伟平这才回过神来,冲着高月笑了笑。

高月问:"李冰这几天还有联系你吗?"赵伟平没有犹豫,坦然地把李冰约她今天见面的事情说了出来。高月又说:"既然不去见她,那至少也说一下吧。"赵伟平苦笑道:"已经跟她说过了,但是她不理会啊,非要去,我也没有办法。"

"那陆文洁呢?"

高月的这一句话直接让赵伟平愣住了。他没想到高月会突然这样子问。紧接着,高月又追问了一句:"你们是怎么分开的?我很好奇。"

这句话再一次给了赵伟平的心口重重的一击。高月依旧面带微笑,看不出任何恶意,但是赵伟平的呼吸却有些急促了。他想逃避,然而高月就在面前看着自己,他哪儿也去不了。

第二十四章　窥探真实

赵伟平并不是不敢回答,而是不想,不想再重复一次这样痛苦的回忆。他摇了摇头,再次别过脸去,脸上满是心酸。最终他说:"她就是离开了,过去了,都过去了。"

高月知道自己是问不出什么来了,至少目前没办法让赵伟平开口,也就不说了。至于赵伟平,一时之间也不知道该说些什么好,半响才扭头看着高月,笑了笑说:"放心吧,我心里只有你一个。"

这句话倒是让高月安心不少。其实,她都不会在乎李冰怎么样,又何必要在乎陆文洁怎么样?她这么计较,只是在担心自己是不是赵伟平心里唯一的那个人而已。好在赵伟平似乎看出了她的心思,主动这么说了,高月这才稍微放心了一些。毕竟那些女人都已经离开赵伟平了,而赵伟平也亲口这么说了,那自己还要担心什么呢?说起来,她对于陆文洁也没有什么敌意,毕竟是人家先遇到赵伟平的。她有的更多的是好奇,究竟是什么样的事情,能让两个如此相爱的人天各一方?如果是有什么特殊原因的话,高月也想知道,然后自己就可以避免这样的事情了。但是赵伟平并不想说,从他的表情就可以看出来,这段回忆对他来说十分痛苦。

于是,接下来的旅途中,高月便没有再开口问过,而赵伟平也只是静静地坐在那里,听着身边的人说话,他自己也未开口,就这样一直到下车。火车上信号不好,就算接电话,不超过十秒钟就会因为信号问题而断掉,于是赵伟平干脆把手机设置了免打扰,直到下火车之后,赵伟平才拿出手机,看看自己在火车上错过了哪些消息。他收到了王彪的短信,内容是王彪的公司经营状况不乐观,王彪自己也没把握能否解决这一次的危机。王彪纵横商界多年,手段多的是,但是这一次他也不敢保证,因此提前通知了一下赵伟平。

赵伟平心中知道了这件事,但他相信王彪的能力,只要没有什么大的意外,王彪绝对可以处理好这件事,就算失败了,科华也能全身而退,不会损失太多,当初投资给王彪的那些资金,差不多都已经回本了。他现在反而比较担心王彪自己,毕竟年龄也不小了,能力虽不断提高,但是人早就没有年轻时的那种锐气了,要是连续遭遇两次破产,第二次还是在两个朋友的帮助下,却只坚持了半年,这对王彪来说实在是一个很大的打击。

高月不打算回家过夜,她只跟父母说自己还在赵伟平的老家,没有说自己已经回北京了。说到底她也只是想跟赵伟平多相处一点时间而已。这么好的时节,能跟自己爱的人多待一会儿都是好的。打开门,放下行李,他们才想起来还没吃晚饭,高月正打算做饭的时候,发现冰箱里只有一点饮料,毕竟赵伟平自己不会做饭,他也从来不会在冰箱里放饮料以外的东西。赵伟平想起来附近有一家超市,于是就让高月待在家里,自己去买点东西回来。

赵伟平离开了,高月一个人留在房间里,觉得有点无聊。她喜欢这个地方,但也仅仅是因为这里有赵伟平而已,现在他出去了,一下子就显得索然无味。电视里几乎每个频道都在放春晚节目,没什么意思,高月也不想看。整个房子里,只剩下她一个人。这可比赵伟平睡着的时候还要自由,毕竟那时候自己还得担心会不会把赵伟平吵醒,现在她不用了。

高月打算先把屋子好好收拾一下,新年就该有个新气象。赵伟平的生活很简单,高月不在的时候,他吃饭都是在外面吃的,因此不会产生什么垃圾,而且大部分的时间他都是在公司,在家里的时间少,所以,高月觉得,除了书桌以外,赵伟平的家就像是一个宾馆一样,干净、整洁、简单,没什么个人用品,只有一些简单的生活用品,而且都不怎么使用。这太空旷了,虽然什么都有,但是没有家的感觉。

高月马上就打了电话,让赵伟平在买菜之余,顺便多带一些东西回来,有些东西赵伟平甚至都不能理解,但还是乖乖记了下来。高月觉得,既然是家,那就应该在桌子上摆个果盘,里面不放水果只放巧克力。电视柜上要摆着各种零食,饭桌上要放着一盆花,哪怕是塑料的也行,床上可以摆几个娃娃,地板上应该铺着地毯或者泡沫垫,一定要是自己喜欢的图案,每天回来以后就可以直接坐在地上吃东西、玩闹,玩累了直接躺下来都可以,而不是像现在这样,光着脚走上去都是一种煎熬。

赵伟平不懂得生活,好在遇到了高月,高月将改变他的一切。

没什么好收拾的,高月忙活了一通之后感叹道,真的没什么好收拾的。地上没有垃圾,高月扫一遍下来都没扫出什么灰尘,又拖了一遍,感觉拖之前也是这么干净的。她把窗户擦了一遍,又把锅台、洗手间、墙壁和天花板都清理了一遍,但是也没有比清理之前改变多少,因为本来就不脏。赵伟平还要一点时间才能回来,于是高月只能没事找事做。她想既然都清理了,干脆改造一下整个屋子,把所有东西都重新摆放一下,看看能不能变得好看一点。她来到了书桌前,那一桌子书高月自然不会去动,但是这桌面上的其他东西,应该没什么问题吧。几本有点发旧的书籍,两本几乎没怎么使用过的本子,一个只装了一支笔的笔筒,笔筒下方甚至留下了一个印子,看来笔筒放在这里已经很久了。而印子不止一个,在桌面右前方的地方,还有一个,但是比较模糊、比较浅,高月一开始还没发现。

当她注意到这个印子的时候,就对它产生了强烈的好奇心。笔筒肯定只有一个,赵伟平桌子上的笔就只有一根,而且正常人就算笔再多也不会特地多买一个笔筒。那它会是什么呢?高月想了想,就坐在了椅子上,假装自己在看书,然后右手自然地向前伸,放在了印子上。稍微有点远了,但是考虑到赵伟平比自己高,手也比自己长,所以这个印子的位置,对于赵伟平来说应该是非常自然而且轻松的。

考虑到书桌这个场景,高月把脑海里浮现的可能性一个个排除掉,最后只剩下了水杯。自己送了赵伟平一个杯子,他刚刚才用过,就是刚回来的时候,他们都很累,就用那个杯子倒了一杯水,两人分着喝了,现在就放在客厅的桌子上。高月去把它拿了过来,放在印子上,发现印子对于杯子来说稍微大了一点。而且那不是灰尘印子。这是一张很普通的木桌,桌面甚至有点粗糙,那个印子是凹下去的,是松软的木头在长年累月的重压下不堪重负而塌陷的部分,而自己送赵伟平这个杯子才多久?肯定不是这个杯子压出来的。

那只有一个解释了,是陆文洁送的那个杯子。在过去的几年内,一直到被拿走之前,赵伟平一直用那个杯子喝水,喝完就习惯性地放在那个地方,军人的生活是非常有规律的,就算整个桌面都可以放杯子,但赵伟平还是会习惯性地每次都放在同一位置。于是杯子的重量加上里面所盛的水的重量,一起压着桌面,久而久之,就留下了一个浅浅的印。笔筒只在和桌面接触的夹缝里留下了一道灰尘印而已,而这个印却是烙印在书桌上的,它向高月证明着赵伟平对陆文洁的深情,在过去的多少个日日夜夜里,赵伟平都用那个杯子喝着水,而心里思念的,也是陆文洁。

高月的心里忽然就升起了滔天的醋意,尽管已经是过去的事情了,但是高月还是没办法忍受。于是,高月开始在房间里找了起来,发誓要把那个杯子找到。书桌、餐桌和客厅的桌子上都干干净净,哪怕是卫生间的洗手台上也没有杯子,高月不服输,又在其他地方找了起来。她翻遍了整个房间,甚至打开了衣柜下方的储物格子,可惜里面除了一点旧衣服以外什么都没有。高月仍然没有放弃,把房间里的犄角旮旯儿都检查了一遍。虽然她自己也知道连杯盖都放不下的地方绝对放不下一个杯子,可她就是倔强地找了一处又一处,试图把那个杯子找出来,然后移出这个房子。

不过按照现在的情形来看,那个杯子似乎已经不在屋子里了。高月最后仔仔细细地搜寻了一次,仍然没有结果。她终究是觉得累了,气呼呼地坐在沙发上,环视着整个客厅,告诉自己说,一定是被赵伟平扔掉了。他有了自己,而且自己也送了杯子,再留着前女友送的就不合适了,一定是这样。

想到这里,高月的心里好受了许多,她打了个电话给赵伟平,得知他已经在回来的路上了,就去烧了开水,在赵伟平父母给的东西里翻出了两包茶叶,简单地泡了两杯茶。她隐约记得泡茶的时候第一泡要倒掉这个习惯,可是自己喝了一口,感觉味道挺好的,干脆就倒了。

赵伟平带着很多东西回来了,塞满了汽车的后备厢,他一个人甚至拿不完,打电话喊高月下去一起拿。高月用他买的东西塞满了整个冰箱,然后铺上垫子,又把整个房子都装饰了一遍,而赵伟平只是坐在沙发上,一边喝茶,一边微笑地看着高月忙活,偶尔去帮高月一把。他甚至没有问过高月为什么要这么做,只要高月开心就行了,这里是自己的家,那就是她的家,她想做什么都可以。

高月以为关于陆文洁的事情,真的就可以这么过去。然而她怎么也不会想到,接下来发生的事情,险些让他们就此分开,并且天各一方。

那是在很多天以后了,回家过年的人们陆陆续续回到了城市里工作,这里慢慢地恢复了往日的秩序。在家里和高月腻歪了很多天的赵伟平,也回到了公司里继续上班,而高月也开始了她的工作,一切都回到了春节之前的样子。唯一不同的是,王彪的公司出了麻烦。

那天王彪特地把赵伟平和丁峰喊到一起吃了个饭,并且在饭桌上说出了自己的情况。公司的详细情况,不方便向别人透露,赵伟平和丁峰也完全没必要知道,所以王彪只说了最主要的情况,有人针对王彪的公司进行了多方面的刁难,甚至各个合作商都开始跟他谈条件。而且对方正好选在了春节这个王彪没什么精力的时间点,让他的公司一时之间难以招架。等王彪反应过来的时候,一切都已经晚了。

现在王彪就面临一个很难办的局面,是直接宣告破产——这个方法可以保住大部分的资产;或者再努力一下,凭借他自己的能力,尝试度过这次难关。赵伟平和丁峰都鼓励他再试试,身为商人,就得有点血性,不能缩手缩脚。

王彪点了点头,接着说:"要是我继续的话,就得借助你们的帮助,也就是说你们的分红得缓一缓了,我公司实在缺钱。而且万一我失败了,你们投放在我这里的资金,一点都拿不回去了。"关于这一点,赵伟平倒是没什么意见,要是王彪有难,他甚至愿意再拿出一份钱来救自己的朋友。但是丁峰不一样,对于传媒公司来说,资金收入没有传统企业那么稳定,四海传媒可不比科华的赚钱速度,他是出于情分才投资了那么多钱给王彪,因为之前他认为要是公司出了意外,王彪那么大的企业可以随时出手帮助他。但是现在不行了,如果王彪倒了,丁峰又没有足够的资金,那公司的处境就很危险了。

丁峰也陷入了一个两难的境地,是现在就把自己应得的所有资金都收回来,保证自己公司的生存,还是用来救王彪,让自己的公司在很长时间内都置身于风险之中?而且这样的话,王彪都不一定能够挺过来,到最后可能两家公司一起死。而如果把钱收回来的话,结果就很显然了,王彪的处境会更加艰难,而丁峰就可以回到安全的状态。

这也正是王彪把他们叫来的目的。这种涉及自家公司安危的大事,必须面对面地谈。丁峰在情谊和利益之中纠结了半天,始终拿不定主意,就问赵伟平:"你觉得应该怎么办?"

很显然,丁峰把这个麻烦丢给了赵伟平。因为丁峰和赵伟平的关系比较好,当初他也是看在赵伟平的面子上才给王彪投那么多资金的,而现在他又要听赵伟平的意见,赵伟平如果同意丁峰继续投资王彪,那么是丁峰大方,如果赵伟平不同意的话,那就是赵伟平不顾及王彪安危。而如果同意继续投资,最后王彪的公司存活了下来,那么提供资金的丁峰也有功劳;如果最终还是破产了,导致丁峰亏空了很多资金,也是赵伟平鼓励他继续投资的,是赵伟平的责任,这样一来,就相当于赵伟平欠了丁峰的。

虽然说丁峰很可能根本没这么想,只是单纯的自己拿捏不定,听听赵伟平的意见而已,但是身为商人,赵伟平总是要不断地揣测每个人的意图,找出最坏的情况,这才有了这些推测。不过尽管身处窘境,赵伟平也没有被难倒,他反过来对丁峰说,如果你足够信任王彪的能力的话,那就继续投资吧。

这样一来,又把这个皮球踢给了丁峰。赵伟平是想帮助王彪的,要自己多出钱也无所谓,但是他不想承担丁峰的烦恼和责任。而丁峰听赵伟平这样一说,犹豫了一会儿,终究是点点头。在利益和情分之间,他终究是选择了后者,决定帮助王彪。毕竟不可能有人既搞了王彪,又分出人手和精力来搞丁峰吧,他们的公司甚至都不在同一个领域。

这件事就这么决定了。聊完公事,喝杯酒,笑一笑,他们还是饭桌上三个谈天说地的好朋友,方才的紧张气氛,完全被抛到脑后了。丁峰的妻子打电话催他回去,丁峰不从,两个人争吵了好一番。这时赵伟平也想起了高月,就给高月发了条短信,说自己在和人吃饭,要晚些回去。发完短信,赵伟平就没有顾虑了,王彪也来了酒兴,又要了几瓶酒、几个菜,三人痛痛快快地吃了一顿,直吃得天昏地暗,他们才各自离去。

赵伟平本来想回家的,但是想起来公司还有几个文件要他批,而且喝了酒,明早醒来一定很难受,不想赶路,干脆就去了公司,打算晚上在公司过夜。此时已经快八点钟了,有的员工还在加班处理文件。赵伟平坐在自己的椅子上,仰躺着,闭上眼睛想休息一会儿。还没休息多久,高月就打了电话过来,问赵伟平什么时候回家,给他炖的汤都要凉了。赵伟平说自己在公司,高月嗔怪地说了他两句,然后就要到公司来。

高月以前最多只到过赵伟平公司楼下,还没有上去过。好在赵伟平的公司并不难找,知道楼层就足够了。赵伟平闭上眼睛,什么也不想,慢慢地进入一个半梦半醒的状态。恍惚间,他仿佛看见陆文洁就站在自己的面前,提着一篮子水果,问自己饿不饿,要不要吃点什么。然后她又说:"这几年你过得好不好,有没有想我,有没有因为想我而耽误了你的生活,如果有的话,千万不要这样了。"

接着她又说了一些赵伟平听不懂的话,然后转身要走。赵伟平忽然觉得很难受,他伸出手想要挽留,但是拉不到,他就想起身去追,接着他就睁开了眼睛。

梦醒时,赵伟平看见高月正朝着自己走来,手上提着的不是水果是汤罐。

此时他胃里的东西还没全部消化完,但是好歹是腾出了一点空间,于是赵伟平也就喝了起来。高月就坐在旁边,静静地看着赵伟平喝汤,自己满脸都是惬意。随后她就四处打量了起来,这是她第一次来到赵伟平工作的地方,对一切都感到好奇。赵伟平的办公室和他的家一样简单、干净,没有什么摆设,唯一能够缓解办公室紧张气氛的,只有窗台上的那个小盆栽。高月四处打量了一下,没发现什么有趣的东西,目光就回到了赵伟平身上。这时候,她忽然注意到了办公桌上,放在那一大沓文件旁边的杯子。

高月的心里猛地咯噔了一下。

那是个陶瓷杯子,造型简约,但是又很有青春气息,挺时尚的。在高月眼里,赵伟平就是一个比较古板平淡的人,他有好的审美和品位,但是从来不会刻意追求什么,他这样的人买水杯,一定是那种大玻璃杯或者太空杯,简单实用为第一要素,最关键的是容量要大,就可以减少倒水的次数,提升效率,这才符合一个商业人士的习惯。

而这个精致的瓷杯,怎么看都不像是赵伟平会买的。高月咽了咽口水,伸出手拿起了那个杯子。而就在她拿起杯子的一瞬间,赵伟平喝汤的动作停了下来,目光完全聚到了杯子上,头也随着目光转动,一直到高月把它拿到了自己胸前,赵伟平才顿了顿,回头继续喝汤。

仅仅是这个动作,高月就看得出来,他十分在乎这个杯子,但是最后看到是高月拿着,是被一个他所信任的人拿去了,他才放下了戒备。这肯定就是陆文洁送的那个杯子。高月摸了摸它的底座,那尺寸正好比自己送的那个杯子,稍微大了一点点。

没想到,赵伟平并没有扔掉这个杯子。在过去的无数个日夜里，这个杯子就放在赵伟平的书桌上，自己几次在赵伟平家里过夜，都没有特地去看桌子，哪怕是翻看日记的时候，也不曾注意过桌子上有一个杯子，她的精力全在日记上了。真是讽刺，当时在日记里看他们互送杯子嫉妒得牙痒痒，怎么没想到那个杯子和自己近在咫尺？

而后来，高月也送了杯子，在决心和高月共度余生之后，赵伟平就把那个杯子从自己的家里拿了出来，但是没有扔掉，而是放在了办公室，放在这个他每天都要花大量时间待着的地方。他在家的时间大多是在睡觉，且又不睡在桌子边，这么看来，赵伟平每天用得最多的，还是这个杯子。

第二十五章　残忍的愚弄

高月强忍着心中的怒火,问道:"这个杯子是哪儿来的?什么时候买的?"

赵伟平显然没有想到高月会突然问这一茬,一下子愣住了。他在脑海里思考了一下要如何回答,但是怎么想,感觉结果都不好,情急之下,他也只能撒了个谎,随便编造了时间和地点,假装是自己买来的。这下子,高月反而更难受了,若是赵伟平坦然地交代这就是陆文洁送的杯子,自己念及往日情谊,不舍得直接扔了,高月还能原谅他,但是现在赵伟平竟然试图掩饰,想要隐瞒真相。

关于李冰的事情,赵伟平丝毫没有掩饰,一点一滴都说给了高月听,这是因为赵伟平心里没鬼,坦坦荡荡,自然敢全部说出来,毕竟身正不怕影子斜,就算高月怀疑了,最终也可以查清真相。但是关于这个神秘的陆文洁的事情,赵伟平从来不愿意多提,现在偷偷留下了陆文洁的杯子,竟然还不愿意让她知道,这说明什么?赵伟平的心里藏着秘密。

秘密是关于他爱过的女人的。

高月没有给赵伟平继续解释的机会。她忍受不了这样的情况,对于高月来说,赵伟平的这种做法已经可以算得上是背叛了。她直接说道:"你骗我,这根本就是陆文洁送给你的,你居然还留着,而且不愿意让我知道,你究竟想干什么?"

赵伟平再一次愣住了,他回忆了一下,自己从来没有对高月说过自己和陆文洁相爱时发生的事情,也包括送杯子这件事,跟任何人都没有说过,这些痛苦的回忆早就被赵伟平封存在了回忆的最底层,怎么还会拿出来和别人说呢?这岂不是刷新自己的痛苦。那高月是怎么知道的?

赵伟平提出了自己的疑问,高月倒是很坦诚,说自己看到了陆文洁的日记。那一瞬间,气氛十分尴尬,赵伟平的脸色阴沉得要滴出水来,而高月也丝毫没有被吓到,仍站在赵伟平身边俯视着他,等待他的回应。然而与高月所想的不一样,赵伟平并没有对此做出解释,他看上去就像根本不想解释一样,只是挥了挥手,对高月说:"你先回去吧,我不想继续这个话题了。"

高月足足愣了有十秒钟,然后一句话也没说,提上自己的东西就走了。她就那么步伐平稳地走出办公室,走出公司,没有骂人,没有摆出坏脸色,离开的时候也没有用力摔门,而赵伟平也只是一动不动地坐在那里,什么声音都没有发出来。可就是这样,办公室里加班的员工们也已经吓得一句话都不敢说,想上厕所的老刘坐在位置上不敢动,正在赶报告的凯子按键盘都轻轻地按,生怕发出太大的声音来,其他人也都静静地坐在办公桌前做自己的事情,不敢说话,不敢走动,不敢喝水,总之,不敢做任何会发出声音的事情。刚才赵伟平和高月的对话传了出来,所有人都听见了,两人虽然表面上风平浪静,一句都没有吵起来,但是已经让所有人感受到了他们心中的怒气。

赵伟平强压着心中的愤怒没有发作,而高月也是努力让自己不要在公司里爆发出来,或者说,这完全没必要。

愤怒到极点的时刻,高月就没有心思再听赵伟平解释了。之前她质问赵伟平,是因为赵伟平可以顺着这个提问做出解释,也许能让自己释然,也许确实是赵伟平做错了,高月也可以惩罚他,如此一来,事情总会过去,杯子也可以得到妥善的处理。这完全是因为高月还想要息事宁人,不想跟赵伟平一直闹下去才如此。真正让高月如此愤怒的并不是赵伟平留着杯子,而是既然留下了,赵伟平竟然还要瞒着她,并且事发之后还想要用谎言来欺骗,赵伟平心里究竟在想什么?他既然不愿意明说,那就说明对这个杯子很看重，既然如此，他送给自己的杯子又算什么？这些信息组合在一起，高月在脑海中拼凑出了无数种情况，一个比一个可怕，完全找不到好的结果。这让她感到愤怒，紧接着又是恐惧，她干脆就离开了，以此来逃避。

赵伟平最后让她离开的举动像在她的心上狠狠刺了一刀。这让高月觉得，赵伟平是在逃避，他不愿意面对高月，更不愿意一起面对真相。无论如何，在高月与陆文洁的杯子之间，赵伟平基本没有犹豫，就选择了陆文洁的杯子，然后让高月离开了。

满腔的心酸和愤怒积压着发泄不出来，高月难受得要命，在街上走路的时候好几次分心险些被车撞上。在经历了几次危险之后，高月决定平复一下自己的情绪和意识，就在路边的长椅上坐了下来。看着街上的车流涌动，人来人往，再看看那一对对情侣手牵着手、肩并肩走着，还有说有笑的，高月心里的酸楚又翻涌了上来，终究是没忍住，流出了眼泪。碰上这样的事情，高月除了哭泣，没有别的办法来排解心中的痛苦。

而赵伟平也差不多是如此。最开始的时候，赵伟平的想法非常简单，那并没有什么见不得人的。拿到了高月送的杯子以后，一张桌子上是容不下两个杯子的，他知道这代表着什么，自己的心里也不可能同时装着陆文洁和高月两个人，而陆文洁终究是离开了，要陪伴自己一生的是高月，所以陆文洁的杯子必须处理掉。但是怎么处理是个大问题。赵伟平首先要解决的，就是是否要把杯子继续留在自己身边。如果不留的话，怎么处置？扔了？绝对不行，眼睁睁看着杯子从自己的手上落进肮脏的垃圾桶里。送人？任何一个熟人用着陆文洁送给自己的杯子，赵伟平一想就觉得心里别扭得不行，那要是卖掉呢？被自己连续用了几年的杯子，谁会买呢？

想来想去，好像怎么处理都是个问题，于是赵伟平就想到了把杯子放到公司。既然不能离开自己，又不能放在家里，那么只能放在公司了，这样既不负了陆文洁的情谊，又避免了让高月不开心。赵伟平觉得，人都已经离去，自己拿着这个杯子，留个念想，也不算过分吧？于是就把杯子带到了公司,而公司里原来喝水的那个杯子,就被他顺手扔掉了。

任何一个有点温情的人,都不会彻底忘却一个曾经对自己那么好的女人。赵伟平心里始终是记着陆文洁的,怎么可能说忘就忘？赵伟平的记性不会那么差,他会一直记住陆文洁,记住她对自己的好。仅仅是记住而已,他不曾因为这个而冷落了高月,他都下定决心要和高月共度一生了,怎么还会放不下旧情人？只是,毕竟曾经爱得那么深,那份回忆,任谁都不可能轻易消除,赵伟平也一样。所以陆文洁对于他而言,就只是桌子上的一个杯子而已。他的生活中再也没有陆文洁的踪影了,高月已经取代了她的一切。当赵伟平拿起它喝水的时候,回想起那个女孩子,在那一瞬间心中回味一下过往,转瞬即逝,仅此而已。

这本来就不是什么大不了的事情,留个念想而已。赵伟平心里这么想着,所以就没有告诉高月,而且高月基本不会来自己的公司,那就永远不知道好了。或者说,赵伟平觉得高月知道了以后会不高兴,所以故意没有这么说。陆文洁终究是过去式了,何必让高月因为她的事情而烦恼。

正是抱着这种想法,赵伟平就这么平静地度日,直到现在。他喝水的时候,想起陆文洁的时候,内心已经很平静了,那只是一个重要的故人罢了。

谁知道高月会来他的公司,而且还上来了。赵伟平没有刻意藏起杯子,他根本没想过要藏,他问心无愧,不觉得这是什么大事,所以不藏,然而高月却生气了。而且高月还说出了一件让赵伟平难以容忍的事情,她偷看了陆文洁的日记。

陆文洁的日记一直是赵伟平十分珍重的东西。从出事以后,赵伟平总是将那几本日记带在身边。他不知道把日记来来回回看过多少遍了。陆文洁死后的那段时间,赵伟平几乎抵挡不住心中的痛苦,难受的时候,只能读一读日记,感受着陆文洁生活中的点点滴滴,试图走近她当时的生活,假装她就在自己的身边。但是经常都是越读越难受。后来,时光终于冲淡了他心里的悲痛,他慢慢地不去读日记了,只是将日记本放在书架上。偶尔拿起来,也只是看一看字迹,想象一下陆文洁写这些字的时候的样子,仅此而已。

那三本日记,对于赵伟平来说,是十分神圣的东西,那一点一滴都记载着陆文洁对他的爱,让他难以割舍。谁知道,日记就这么被高月偷看了。高月光明正大地请求要看,赵伟平说不定会读给她听,但是她竟然是偷看的,这就让赵伟平觉得,自己心里那属于陆文洁的纯净的回忆像被人侵犯了一样,哪怕这个人是高月也不行。

怪不得高月会给自己送杯子,怪不得高月会带自己去那家熟悉的餐厅,原来她早就读过日记了。他还以为是命运使然,出现了一个跟陆文洁有这么多相似之处的女孩子,没想到全都是从陆文洁身上偷学来的。那一瞬间,赵伟平心里的怒火几乎让他难以控制,好在理智让他没有跟高月发火。他保持着最后的理智,没有和高月吵架,而是请她马上离开。不管怎么样,两个人既然都很生气,那就马上分开一段时间,等气消了再说。至于要怎么解决这件事情,愤怒的赵伟平并没有时间去思考,他现在只想静一静。

接下来的时间,赵伟平心乱如麻,根本没办法工作。他只要一闲下来,就会想起陆文洁,以及高月那转身就走的决绝。勉强处理掉了重要的一些事情以后,赵伟平不想继续待在公司了,就打算回家,不过在临走的时候赵伟平又停住了。他转身看着桌子上的水杯,思考着要不要把它带回去。

那可是陆文洁送给自己的最珍贵的东西,把它从自己家里转移到办公室,本来就是委屈了它,现在高月侵犯了赵伟平心中属于它的地盘,就更加委屈它了。赵伟平静静地想了一会儿,忽然就觉得,反正都是杯子,凭什么高月送的杯子就比陆文洁送的杯子要娇贵?凭什么为了宠着高月,就得让陆文洁送的杯子受委屈?陆文洁送的杯子跟了自己那么久,就因为一个新的杯子,就要降低它的地位?

凭什么要为了高月做出这种改变,陆文洁对自己有那么大的恩情,难道要自己全部忘掉吗?赵伟平越想越不是滋味,最后他干脆把陆文洁的杯子带回了家。他拿来了同事拆快递剩下的一个大小合适的纸盒子,抽了几十张抽纸垫在盒子里,再把杯子小心地放进去,还是如往常一样,小心翼翼,生怕有一丁点的闪失。在路上的时候,赵伟平也是小心翼翼的,就像怀里护着的是自己的孩子一样,一点磕碰都不敢有。

毕竟这是陆文洁给的信物,除了日记以外,这是唯一能够纪念陆文洁的东西了,杯子要是碎了,赵伟平觉得自己一定会崩溃。慢慢地回到了家里,他取出杯子,放在书桌上,那个属于它的位置上还放着另外一个杯子,赵伟平把另一个杯子挪开了。两个杯子就那么静静地立在桌子上。杯子本身不会动,也不会说话,就只是两个普普通通的没有生命的东西,但是赵伟平仿佛看到了一场争斗,一场关于高月和一个她从未谋面的女人的争斗。

但是杯子只是杯子啊,它们什么都不知道,它们是无辜的。赵伟平叹了口气,脱衣上床睡觉。这时候,他接到了赵启平的电话。原来父母的老房子要拆迁了,赵启平这两个月公事特别多,抽不开身,所以希望赵伟平能够回去帮忙。赵伟平想也没想就答应了。此时已经过了春运热潮,路上应该会通畅很多,赵伟平这样想着,打开手机订了机票。睡着之前,高月和陆文洁的事情困扰了他很久很久。此时,他有点后悔了,觉得自己不应该凶高月,她肯定也很难受呢。赵伟平又把手机拿了起来,但是想了想,万一高月还在生气,这个时候打过去不是适得其反吗? 干脆等一个晚上,等到高月气消了再说。

他不知道的是,高月此时也在等着赵伟平。她整整一晚上都在等赵伟平打电话过来,等了很久,忽然想起了李冰,李冰等赵伟平去找她的时候是不是也是这么焦急的? 高月觉得自己很可怜,但是又没有什么办法,只能默默地等着。她等啊等,然后写了一会儿新闻稿,又去吃了顿夜宵,洗完澡之后还看了电视剧,但是做什么都没心思,眼神动不动就往手机上瞟,看看赵伟平给自己发消息没有。一直都等不到消息,高月也有些泄气了,看来赵伟平应该也心情不好,那就等一晚上吧。

他们其实都想要和对方和好,气早就消了,但就是不联系对方,一来是心里还有点傲气,二来是担心对方还在生气不想和好,自己要是主动的话,岂不是会很难堪?他们都在等,等对方主动找自己,只要对方能够服个软、示个好,哪怕仅仅是一句话,表达或者暗示了愿意和好、调解矛盾的意思,马上就可以好好谈谈。很多时候,这明明就是一个拥抱可以解决的问题,可是两个人都傻傻地等着,等待对方先认错,自己则是倔强地认为自己没错,但是他们又愿意包容对方,只要对方愿意找自己就好。

其实高月和赵伟平之间并没有不可调和的矛盾,赵伟平隐瞒是不希望让高月难受,高月偷看日记也是希望能够展现更好的自己,双方其实都没有恶意,他们的矛盾是很容易调解的。可是他们就是不知道彼此的心意,又猜不透,只能干等着。很多时候,就这么等啊、等啊,一段感情就没了。

他们本来还是有机会调和的,可是赵启平的电话干扰了赵伟平,让他错过了和高月沟通的最好时机。第二天天还没亮的时候,赵伟平就被闹钟吵醒了。他要去赶早上的飞机,于是早饭都没吃就坐上了出租车,到了机场以后应付安检,又没有心思想吵架的事情了。过去多少年,他都是根据生物钟而醒的,今天头一次被闹钟叫醒,睡眠有点不足,于是在机场里他就觉得很困,本来想靠在椅子上补一觉的,但是怕一不留神睡过头,错过了飞机,只能忍着不睡,可是这样的话,脑子一直处于一个十分困倦的状态,什么都做不了,只能坐在那儿干等着。他可以做到准时起床,每一个退伍军人都可以做到。但是他已经好多年没有遇到过被闹钟叫醒的情况了,身体一下子很不适应,脑子迷迷糊糊的,好几次拿起手机想要给高月打电话,但是考虑到自己现在的状态,考虑到待会还要上飞机,空闲时间不多,于是就没打。

大概八点钟的时候,赵伟平登上了飞机。这个点,高月忍耐不住了。赵伟平现在还不找自己,不会是真的生气了吧?于是高月咬咬牙,率先低了头,主动给赵伟平打了电话。

可是赵伟平此时正在飞机上,哪里接得到。高月眼见赵伟平的电话打不通,以为是有什么要紧的事情,心里也就舒坦了很多,原来不是不找自己啊,只是有事在忙。这样想着,高月也没那么紧张了,一想起赵伟平每天工作那么辛苦,自己还跟他发脾气,实在是不应该。高月打定主意,晚上一定要炖一锅汤去见赵伟平,不管两人之间有什么矛盾,都在这一锅汤里解决吧。

下午四点多钟的时候,高月就开始炖汤了,准备了一个多小时,五点半的时候,高月提着满满的一锅汤出门,打车去了赵伟平的公司。不过她在公司并没有见到赵伟平,问了问员工,才知道赵伟平昨天晚上就发了通知,这几天有事不会来公司上班,让他们先顶替一下。

那应该是心情不好,还在家里吧。想到这里,高月心里不免有点愧疚,陆文洁是那么深爱着赵伟平,为赵伟平做了那么多的事情,难道还不允许赵伟平对这样好的一个人留有一点怀念吗?想到这里,高月马上就给赵伟平打了个电话,想要跟他谈一谈,或者道个歉。这次倒是打通了,但是赵伟平没有接,难道还在忙?高月觉得有点奇怪。她直接打车去了赵伟平的家,敲了一会儿门,没有人回应,于是高月就拿出了赵伟平给自己的钥匙,开门进去了。

家里没人,高月觉得赵伟平可能真的有什么特别忙的事情,连公司都不能去了,也没有在家里。她把汤放在了桌子上,进了卧室,没有什么特别的目的,就是想进来看看。

结果刚进门就看到了让高月瞠目结舌的一幕,陆文洁的杯子就放在那个印子上,甚至把自己送的杯子都挤到了一边。

高月什么也没有做。她瘫坐在地上哭了一会儿,就拿走了自己的杯子,把钥匙留在了沙发上,然后从外面锁上门,离开了。走到街上之后,她随便找了个垃圾桶,就把杯子扔进去了。

而赵伟平对这一切毫不知情。此时的他,之所以错过了高月的电话,是因为他正在忙着背父母去医院。

赵伟平下了飞机以后就坐车回家,到了家之后,却没看到父母。家具已经搬走了一些,衣服也都收拾走了,现在只剩桌子之类笨重的东西还没带走。赵伟平打了个电话给父亲,但是没人接,于是又打给了赵启平,但是赵启平并不是十分了解父母现在的情况,只知道他们正在搬东西。

赵伟平是下午三点多到家的,一直等到了下午五点半,他们还是没有回来,这下赵伟平有点急了,他给父母打了好几个电话,奈何一直都没有人接。在六点多的时候他又打了一次,这次终于接通了。让赵伟平感到意外的是,电话对面是一个小孩子的声音。赵伟平愣了半晌,在脑海里搜索了一番,终于想起来了这个人。

范明。

范明有点内向,不经常说话,但是寥寥几句话,赵伟平还是记住了他的声音,不过他却更加奇怪了,父母怎么会跟范明在一起,是因为李冰的事情吗?

还没等赵伟平接着问,范明就开口了,说是有两个老人倒在了地上,他经过的时候发现了他们,此时那个老人身上的电话响了起来,范明就接了。

赵伟平马上反应过来,父母出事了,晕倒在了路上。他让范明保持电话不要挂断,然后飞奔出了门。花了二十多分钟,终于从家里赶到了县城,并且找到了范明家,毕竟谁也不放心两个老人就那么躺在地上,于是范明喊来了他爸爸,把赵伟平的父母带回家照顾。

第二十六章　愿她余生幸福

　　在电话里听到范明说出爸爸这个词的时候,赵伟平觉得很意外,但是因为急着去见自己的父母,也就没有多想这回事。到了范明家以后,赵伟平见到了李冰以及李冰身边的那个男人,一个很寻常的中年男人,没有什么特别的。他们一家人正在照看自己的父母,在他们的头上盖着湿毛巾。当时,赵伟平无暇顾及这个男人是谁,是李冰的丈夫? 这应该也是范明称呼他爸爸的原因。

　　赵伟平来到街上想要打车,但是等了很久都不见车子来,于是打算背着父母去医院。但是他总不可能同时背着两个人,于是就喊上了范明的父亲,他爽快地答应了,健壮的身躯轻松地把赵伟平的父亲背在背上,然后两人一起向市内的医院走去。

　　到了医院给父母做了简单的检查,应该只是中暑了。虽然才三月份,但是今年湖南的天气反常,十分的炎热,父母又都穿着厚衣服,再加上搬运重物时身体产生的热量就中暑了。中暑本身不是什么大事,问题是他们两个人当时还穿着厚衣服躺在太阳底下,要是继续这样下去的话,恐怕就会出大事了。

　　父母上了年纪,身体本来就不是很好,中暑不是大事,但是对于两位老人身体的影响还是很严重的。赵伟平不敢怠慢,来到医院以后,医生护理他们的时候,赵伟平一直跟在左右,一刻也不曾离开。接近晚上八点钟的时候,他们才醒了过来。

　　这时候,赵伟平才知道他们的情况,原来他们搬家,本来想叫个车子来给他们拉东西,但是一问价格,特别贵,他们顿时就舍不得了,于是打算自己扛,顺便锻炼身体。他们每次只带一点点东西,从家里一路走到县城。老年人做不了太重的体力活,可就是能走路,还能打发时间。这么做已经有三天了,每天来回一趟,就回家休息,倒也自在。然而今天下午,太阳特别大,他们带的东西又比较重,热得不行,就想着早点搬完东西回家,但在回去的路上,他们实在是累得受不了,就打算去旁边的小巷里避一避太阳。可是在巷子里坐了一会儿,父亲就觉得头昏眼花,没坚持住,倒在了地上,母亲十分焦急,想要喊人来帮忙,但是口干舌燥,根本发不出太大的声音,周围又没什么人,根本寻不到帮助。她想要带着父亲走,可是又扛不动父亲的身躯,努力了一会儿,自己也觉得头晕,跟着倒了下去,醒来的时候,他们已经在医院里了。

  联系前后发生的事情,赵伟平有了一个大概的判断,他们晕倒的地方离范明家不远,晕倒之后,范明正好路过那里,他也不知道该怎么办,就守在了赵伟平的父母身边,这时候赵伟平的最后一个电话打了过去,正好被范明接到。得知赵伟平要来接他们,范明也没有傻傻等着,而是回到家里喊来了自己的父亲,把他们背回家里照顾着,等到赵伟平前来。

  想到这儿,赵伟平不禁对范明一家生出一股感激之情。按理说自己如此对待李冰,再跟李冰见面应该会很尴尬才对,但是自己到他们家的时候,包括李冰在内,一家三口都在忙着照顾二位老人。李冰看见赵伟平的时候,也只是点了点头,就说起了他父母的情况,完全没有计较别的事情,尤其是她的丈夫,虽然不知道她这个丈夫是怎么来的,但是看起来他们关系还不错。她的丈夫背着父亲一路从家里跑到这儿,都不曾停下喘口气,一直到把赵伟平的父亲送上了病床,医生接手的时候,他才松了口气,一句话也没说就离开了,赵伟平甚至没来得及跟他说声谢谢。

  因为父母身体弱,尽管只是中暑,赵伟平也执意要让父母在医院里待一晚上,好好休息,明天再走,还掏钱把他们安排到了特护病房。从转移进去到深夜为止,赵伟平除了趁着出去给他们买饭的时候上了个厕所外,一步都没有离开过,他密切地关注着父母的身体情况。

以前怎么样都好说,但是现在情况有点特殊。这一次,父母直接晕倒在了路上。他们已经老了,实实在在地老了,身体已经变得十分虚弱,经不起岁月风霜的折磨了。想到这里,赵伟平就一阵难受。无论如何,这都是自己的亲生父母,或许感情不是那么好,但是毕竟血浓于水,眼见他们的头发一点点花白,脊背一点点弯了下去,赵伟平心里就不是滋味。

他很想要父母马上好起来,希望自己也有机会可以多照顾照顾他们,可是他们已经老了,就算从现在开始,自己连工作都不要了,寸步不离地陪在他们身边,又能有多少时日呢?想到这里,赵伟平只能默默地叹气,却没有任何办法。

而父母似乎也对赵伟平这样的行为感到有些诧异,因为相处得并不是那么好。这几年来,赵伟平在他们面前一直是一副不苟言笑、云淡风轻的样子,彼此之间也比较冷漠。然而此刻的赵伟平看着他们的时候,眼睛里满是担忧和关切,这让他们觉得有些不适应,十分地不适应。曾经如此疏离的感情让他们都有些忽略自己这个儿子了。一直到深夜,陪伴他们的赵伟平趴在床头睡着了,他们从梦中醒来,看着健壮的赵伟平,忽然觉得他还是个孩子,想起来他曾经也是那么小,躲在自己的怀里,受到自己的宠爱,曾经他也是自己的宝贝。后来因为种种原因,彼此之间疏离了,距离也远了,但是心里的联系是永远也不会断的。如今,他又回到了自己的身边,虽然不会表达,也基本没有表达过,但是在陪伴他们两人的时候,他脸上那关切的表情,是不会说谎的。

孩子终究是孩子,尽管一句话都没有说,可是他的心里始终是牵挂着父母的,而父母的心里又何尝不牵挂着他?只是双方都不擅长表达,多年以来的隔阂就一直难以消除。现在,赵伟平就那么静静地趴在床上,母亲伸出手,摸了摸他的头,正如赵伟平小的时候睡不着,母亲会摸他的头安抚一样。

这个夜晚过得很宁静,赵伟平也睡得很香。他只觉得心里好像有什么东西在慢慢地融化、消失,一股陌生而又熟悉的情感渐渐占据了他。早上,他醒来以后,还是帮助医生和护士护理父母,父母也只是面带微笑地看着他。虽然彼此之间没说上几句话,但是父母看着他的目光,明显不一样了。而赵伟平心里对他们的那份抗拒和疏离感,似乎也在渐渐地消失。他不适应这种感觉,觉得怪怪的,但是也让他很惬意。

下午的时候,父母的身体总算是恢复得差不多了。赵伟平去给他们买了点补品,随后叫了一辆车,搬运了所有的东西,到了新家之后又帮忙整理。

只是一个下午的工夫,赵伟平就把新家收拾得差不多了。两位老人看着赵伟平忙里忙外,忽然越看越觉得喜欢。当年不成器,不懂事,还那么倔强的孩子,现在终究是长大了,可以独当一面了,还可以照顾他们两个人,这么有出息……做父母的,可不就希望孩子成为这样的人吗?他们虽然没有对赵伟平说什么,但是看着赵伟平的时候,浑浊的眼睛里却都闪着光。

赵伟平晚上的时间哪里也没去,就在家里陪着父母,三人终于进行了一次比较深入的聊天。上一次好好聊天,赵伟平已经想不起来是多久以前的事情了,好像从来就没有过,这样的交流让他十分地享受。父亲问起他的工作,问起他的身体状况,最后问到了父母最关心的事情,什么时候结婚?

结婚了,做父母的也就没有忧虑了,他们十分希望赵伟平可以早一点结婚,最好是今年之内,然后尽快生一个大胖小子。赵涛都已经快成年了,但是他们可不满足,还是想多要几个孙子孙女,家里人丁兴旺,老两口这辈子也就没有什么遗憾了。

但是这个问题却让赵伟平犯了难。怎么说呢?自己和高月刚刚吵了架,而且到现在都还没和好,虽然说也不是就此分手,但是这会不会影响到他们的感情,以至于影响结婚的时间,赵伟平还真说不准。挠头想了半天,赵伟平只好搪塞道:"暂时还没有结婚的想法,高月还那么年轻,事业正是蒸蒸日上的时候,这个阶段要是分心来准备结婚的事情,怕是会影响她的事业,于是暂时没有考虑。"父母两人点点头,对此表示理解,也就没有追问了。

三人聊到了九点多钟，赵伟平还陪他们玩了一会儿纸牌，然后两个老人就早早地上床睡觉了。这时候，赵伟平终于闲了下来。想起自己已经两天没有跟高月说话了，期间还未打过电话。赵伟平很想念高月，也意识到自己做得不对，于是就打了个电话给高月，想要好好调和一下彼此之间的矛盾。

　　但是高月直接拒接了，赵伟平看着电话发呆，觉得高月应该是还在气头上，于是他又打了几个电话，无一例外全都被拒接了。难道过去两天了，火气还是那么大？赵伟平有点摸不着头脑，就给高月发了几条短信，好好地道了歉，可是没有用，高月仍然不回他。

　　赵伟平叹了口气，便暂时不再想这件事。道歉什么的，自己远在千里之外，想去见面都不行，还是等到事情忙完了之后再说吧。家里的事情已经处理得差不多了，而且赵启平也就住在离这里非常近的地方，不需要赵伟平担心了。于是，赵伟平预订了第二天的机票，打算早点回到北京去，也好早点见到高月。

　　第二天，赵伟平醒来的时候，父母已经起床了。见赵伟平醒来，母亲马上帮他备好了毛巾热水，赵伟平刚刚洗漱完，桌子上已经盛好了饭，赵伟平吃饭期间，母亲还一直往他碗里夹菜。父亲虽然没有这么做，但是也笑着看向赵伟平，苍老的眼里满是温情。这突如其来的温馨让赵伟平觉得有点不习惯，但是仔细想想也挺好的，就顺其自然了。

　　吃完饭后得知赵伟平今天就要走，父母竟然十分不舍，赵伟平怎么也没有想到，父母会舍不得他离开，以前他要走的时候父母最多象征性地寒暄两句，但是今天他们居然在挽留了，而且还拉着赵伟平，不愿意让他走，说是至少留下来住几天。赵伟平百般推辞，说自己得回去哄媳妇了，而且保证会经常回来看望他们，他们才松手。即便如此，他们也还是帮赵伟平拿着背包，一直送赵伟平到路口，直到赵伟平要他们回去，他们才一步三回头地离开。

　　说起来，此时的赵伟平，也有些舍不得他们了。看着他们苍老的背影，赵伟平的鼻子一酸，摇了摇头，转身向前走去。

　　但是他又想起来，自己出来早了。机票是傍晚的，从这里赶路到机场,哪怕是十点出发也来得及,而赵伟平又不想早早地去机场等候,那里网络不好,太无聊了。他打算回家再陪陪父母,但是怕待会儿他们又不让自己走了,于是就忍住了这个念头,思前想后,他打算去见见李冰一家。毕竟范明救了自己的父母,他的继父还帮忙背自己的父亲到医院,无论如何,也得去谢谢人家啊。空着手去觉得有点不妥当,赵伟平想了想,就找了家超市,买了一些东西带上,然后往李冰家走去。

对于赵伟平的忽然到访,李冰一家一开始感到有些意外,但是很快就恢复了过来,热情地招呼赵伟平坐下。赵伟平来的理由也很充足,答谢嘛,天经地义。赵伟平和李冰的丈夫坐在小凳子上聊了起来,一来二去,也就知道了他们的故事。他叫牛实,父母给他起这个名字的时候,是希望他能够像一头牛一样憨厚老实,而赵伟平打量了他一阵子,觉得事实也正是如此。牛实说,他的父母很早就去世了,他一个人在隔壁县城的中学旁边开了一家香料店,虽然生意一般,但是养活自己还是很轻松的。一直以来都有人给他说媒,但是牛实觉得,自己这样一无是处的男人,哪个女人看得上自己呢?因此就没有考虑结婚的事情。直到那个下雨天,李冰忽然来到了他的店里避雨,他才改变了这个想法。

他第一眼就喜欢上了李冰,在这个小县城,太难得见到这样漂亮的女人了。虽然李冰年纪已经不小了,但是化了妆,打扮一下,年轻时的风韵依然在,并且深深吸引着牛实。他看着李冰,眼睛都移不开了。李冰好像是碰上了伤心事,在店里哭了一会儿,后来发烧了。牛实给她倒了热茶,拿自己的衣服给她穿,李冰犹豫了几次还是穿上了,这让牛实开心得不得了。后来,李冰趴着睡着了,牛实就那么静静地看着她,连生意都不做了,有客人要来买东西,还没走进店门,牛实就挥手把他们赶走,生怕他们说话吵醒了李冰。李冰醒来后要走了,可是没走几步就倒在了地上。牛实连忙抱起她去了医院,连店门都顾不上关。

他们两个人就这么认识了。对于牛实的帮助,李冰十分感激,多次想要答谢牛实,但是也不知道做些什么好。牛实去李冰家里做客,认识了范明之后,就会买一些零食和作业本送给他,这让李冰很是感激,又有些惶恐,欠牛实的人情,怕是还不上了。再过几天,牛实干脆在李冰家附近盘下了一个店面,把他的香料店整个搬了过来,从此两人的距离就更近了,邻居们也渐渐注意到了这个男人,有不少人开玩笑似的对李冰说,有个老实男人看上你了,你有福了!对于这些话,李冰总是一笑而过,而牛实却很认真地看待这件事。两人的关系越来越亲密,李冰虽然没有往那方面想,但是心里已经十分依赖牛实了。

终于在某天下午,牛实跟李冰说起了这件事情。他说:"要不然咱俩就在一起过吧!"

这就是乡村人的告白方式,没有鲜花戒指,没有烟花和烛光晚餐,没有任何煽情动人的话语,只有这简简单单的一句"要不然咱俩就在一起过吧!"而这,正是婚姻的本质。牛实接着说:"你是单身,我也是单身,我觉得我们挺合得来的,那就搭伙过吧,我挺喜欢你的。"

几句话就把李冰说得面红耳赤,已经很久没有人对她说过这种话了。她紧接着就问牛实难道不会嫌弃范明吗?牛实摇了摇头说:"这么懂事听话的孩子,谁见了谁都喜欢。"李冰想了想,确实如此,而且更令人欣喜的是,范明也很喜欢牛实,他觉得牛实至少比那个只会拒绝妈妈,搞得妈妈伤心难过的赵叔叔好太多了。李冰暂时没有答复,她回去考虑了一个晚上,跟范明商量了一下,第二天就答应了牛实。

几天之后,他们就领了证。他们都没有什么亲戚朋友,经济能力也不高,所以只是在附近的一个干净的餐馆里包了两张桌子,请了一些街坊邻居,痛痛快快地吃了一顿,就当作是婚礼了。人人都祝福他们,都说一个勤快漂亮的女人,一个踏实可靠的男人,一个聪明懂事的孩子,这样的家庭一定会很幸福。事实也正是如此,他们婚后的生活,虽然清贫,但是十分甜蜜。牛实把他的店铺直接搬进了李冰的店里面,李冰把自己的干货收拾了一下,腾出一半的地方给了牛实,两个人一起做生意,赚得也不少,再加上一个成绩那么好的孩子,他们一家子成了县城里人人都羡慕的家庭。

李冰端茶的时候,她看向牛实的目光里,也充满着爱意,这一点,赵伟平是感觉得到的。女人真正喜欢一个人的时候,她的眼睛是不会撒谎的。牛实说,关于李冰的过去,他一次也没有问过,那都是过去的事情了,现在自己是李冰的丈夫,范明就是自己的孩子,尽管三个人是不同的姓氏,那又如何?过得幸福就好了。因此,赵伟平也就没有把自己和李冰的事情说出来,只是说他们是高中同学,也住在附近,认识罢了。范明也默契地没有说出来。

赵伟平包了一个大大的红包,以范明救了他的父母为由,执意要范明收下。而范明看了看父母,就从里面抽出了一百块钱收下,剩下的全部还给了赵伟平。赵伟平见状,心里感叹范明的懂事和成熟远超同龄人,也就不再强求了。一直坐到了九点半,眼看时间差不多了,赵伟平才离开。他和李冰一家人挥手道别,李冰看着他的目光里,包含着很多感情,但是更多的,还是朋友间的祝愿,祝愿赵伟平一切都好。李冰有了自己的家庭,赵伟平也有高月,他们的人生不再有交集,他们就此一别,也不知道以后还会不会再见面。或许不会了,也许现在就是诀别了,李冰知道这一点,所以她看向赵伟平的目光里,带着祝福。

愿她余生幸福,赵伟平想着,然后回头,踏上了远去的车子。

赵伟平马不停蹄地回到了北京,下飞机之后的第一件事情,就是去找高月。已经三天了,他们整整三天没有说话了,再不联系,赵伟平真不知道会发生什么事情。他直接去了高月的家里,并且给高月打了电话,然而高月一直拒接。赵伟平到了高月家门口,敲了很久的门,都没有人回应。这时候高月忽然发来了一条短信,只有简单的几个字:"不要再来找我了"。赵伟平知道高月就在家里,又打过去,发现号码怎么都打不通。

拉黑了?赵伟平想,也许她真得特别生气,尤其是之前三天自己忙着父母的事情,根本没有跟她联系⋯⋯这实在太严重了。赵伟平知道是自己做错了,现在硬要人家开门也没有办法,只能暂时离开了。

在回去的路上，王彪打了电话过来。接了电话以后，王彪寒暄了几句，聊了聊最近的事情，没有说什么要紧的事情。赵伟平了解王彪，他可是从来不说废话的，一定是有什么要紧的事情才让他这样的，于是就开口道："你跟我还用遮遮掩掩的吗？有什么事情就直说吧。"

于是王彪才说了出来，原来他的公司真的要坚持不住了。他打电话给赵伟平，是通知他过去一趟，尽可能地拿回一部分资金。

赵伟平说："那钱我已经回本了，你怎么办？"

王彪叹了口气说："你不用担心我，就算公司破产了，我也还有一些资产呢，不用担心。"

赵伟平没有追问，暗自佩服王彪的能力，哪怕天塌下来，王彪还是有这样的本事保住家底。但是紧接着赵伟平又问道："你认真的？别骗我。"

王彪沉默了好一会儿，才慢慢地说道："这个你就不用管了，我王彪福大命大，死不了！"

赵伟平也没有办法，只好作罢。他和王彪约了后天下午在饭店见面详谈，然后就挂了电话，回到家里。此时已经是晚上十点多了，奔波了一天的赵伟平筋疲力尽，勉强回到房间里，趴在床上就不想起来了。过了一会儿，他拿起手机，想尝试着联系一下高月，发现所有的联系方式都被高月拉黑了。

女人就是心狠！赵伟平想着，然后准备脱衣睡觉。他没有开灯，借着月光，他看见桌子上的杯子，只剩下一个了。

第二十七章　破碎的尘埃

赵伟平愣了很久。不多时,他拖着疲惫的身躯下床开灯,再看向桌面,确实只剩下一个杯子了。陆文洁的杯子一动不动地立在原地,而高月的杯子则消失了。赵伟平在地上找了找,什么都没发现,难道是自己放在别的地方了?赵伟平去客厅找了找,一下子就看见了躺在沙发上的钥匙。

赵伟平一下子就明白了,是高月来了自己家里,把杯子拿走了,并且留下了钥匙。这意味着,高月以后再也不会来他家里了,而且她还拉黑了自己所有的联系方式。赵伟平坐在沙发上思考了很久,心里越来越不是滋味,没想到高月竟然这么绝情?他心里顿时有一股无名火,仅仅是为了一个杯子,高月就要和他分开,她对于感情到底是什么样的态度,如此轻松随意,说走就走?

既然如此,赵伟平也懒得去理她了。感情是相互而平等的,高月如此随意,那自己也没必要用情太深了,不值得。想到这儿,赵伟平摇摇头,努力让高月从自己的脑海里消失,但是没能成功。好在身体实在是累了,打了好几个哈欠,借着这个机会,赵伟平迅速地脱衣上床,钻进了被窝,逃离了所有的烦恼。

现实就是如此喜感,充满戏剧性。他们当天只是互相生气而已,回去以后就都消气了,都准备着要和对方和好,只不过因为赵启平一个电话把赵伟平喊回了老家,两个人没有第一时间沟通解决,这就导致了接下来一连串的误解、失望,最终导致了他们关系的分崩离析。

第二十七章 破碎的尘埃

明明只是一件小事罢了。但是命运就是喜欢用一点点的小事，拼凑在一起，组成一个严重的结果。现在高月对赵伟平失望而愤怒，不愿意见到赵伟平，而赵伟平则对高月的处理方式感到失望，也倔强地不继续找高月。就这样莫名其妙的，好好的一对情侣分开了，甚至连分手都没有亲口说出来。

赵伟平在没有高月的状态下过了一天。他发现自己根本受不了。以前和高月在一起的时候，虽然感情很深，但是也只有在一定的条件下才会想起高月，思念片刻，反正晚上都可以见面的，所以白天工作的时候并不会多么思念。现在分手了，他意识到自己再也不能和高月在一起了，反而会克制不住地想她，想着要见到她，但是又清楚地知道这是不可能的。整整一天，赵伟平都被此困扰，工作效率非常低。分手归分手，心里终究是舍不得的，但是高月现在如此决绝，联系方式全都拉黑了，自己总不能去她家破门而入吧？只能暂时缓一缓，就算要挽回，也得等这阵子过了再说。

就这么浑浑噩噩地过了一天，第二天，赵伟平就去见了王彪和丁峰，目的很明确，三人简单地签署了一些文件，就基本搞定了。这一次碰面，依旧是三个好朋友的聚会，简简单单地吃一顿饭。丁峰的公司有不少事情要他处理，赵伟平这边也不是很方便离开公司，但是两个人都抛下了自己的工作，来到饭店里陪自己的兄弟。

王彪这次彻底失败了，他倾尽一切努力，只能尽可能地减少损失。赵伟平甚至还故意放弃了一些他的利益，他就怕王彪负债，希望自己少拿一些钱，王彪可以多填补一些债务，哪怕给员工多发一点散伙福利也好，如果还有剩下的，就当作是给王彪东山再起的本钱。而丁峰也做了和赵伟平类似的事情。

然而王彪却摇了摇头，说不干了，自己再也不创业了。赵伟平问他接下来打算怎么办，王彪说准备盘个小饭店，雇几个员工做做小生意就好，而且不打算扩大，就这样轻轻松松地过日子也挺好。然后守着自己剩下的钱，慢慢地把孩子养大，这钱就留给他创业用。王彪在商场奋战了这么多年，经历了那么多大风大浪，现在终于是累了，打算退出了，过一过清闲的日子。对于王彪的决定，赵伟平和丁峰都觉得十分可惜,但是可惜的同时,他们又有点羡慕王彪,羡慕他可以过上那种轻松自在的日子,每天都可以陪着老婆孩子,不用为生意而发愁,不用和各个公司竞争,不用钩心斗角。身居高位可不一定能幸福,关键是赵伟平和丁峰明知如此,却并不愿意抛弃自己现在所拥有的,像王彪一样退出。

王彪选择了一条舒服的道路,安度下半生。这是他的权利和自由,他的洒脱和淡然令人向往。

吃完饭以后,赵伟平回到了公司里,助理已经替他解决了很多事情,但是仍然有一大堆的事要他亲自解决。赵伟平四点半到了公司,审批文件、看报告、开会,一直干到了晚上八点半。他觉得很饿,想吃个外卖,但是却不知道点什么。他在软件页面上浏览了半天,看哪个都觉得不好吃。为什么呢?赵伟平想了想,原来自己的嘴已经被高月的手艺给养得十分挑剔了,这些外卖自然已经入不了赵伟平的眼。那也没有办法啊,饭还是得吃啊!赵伟平想了想,订了份外卖,地址是自己的家里,然后他就出门回家。等自己到家的时候,外卖也差不多到了。

赵伟平比外卖员要快一点。到家之后,他打算去拿餐具,因为他不喜欢用一次性餐具,都是用自己的。他走到了锅台边上,这时候他才注意到那一口小汤锅。

这两天一直在忙,昨天到家了也是进房间倒头就睡,早上一醒就直接出门了,还没有特别关注过这个地方,所以现在才发现。那汤锅再熟悉不过了,有时候高月会在赵伟平家里炖汤,有时候在她自己家炖了汤送过来,那时候她就会用这个小锅装着汤,一直到赵伟平下班回来喝,汤都还是热的。赵伟平仔细地回忆了一下,前天晚上就看到高月把钥匙留在沙发上了,所以这锅汤应该是在自己回老家的那段时间送来的,高月应该就是在那天送汤给自己,然后看到了桌子上的两个杯子,伤心之余带走了杯子并且决心离开赵伟平。

赵伟平肠子都悔青了,但是现在又有什么办法呢?

这时候外卖送到了。赵伟平拿了外卖,放在桌子上,明明很饿,但是他一点胃口都没有了。他开始试图联系高月,问下属要了个微信小号去加,甚至问邻居借了电话打过去,高月倒是接了,但是听到赵伟平的声音就挂断了。赵伟平尝试了很久,高月都始终不愿意和他交流。

实在是没办法了,赵伟平只好回到了家里。这时候他的肚子已经饿得咕咕叫了,必须得吃点东西了。他拿起了那碗已经凉了的外卖。

食之无味,赵伟平扔下筷子,一点都不想动了。这时候他想起了那锅汤,那个汤锅的保温能力可是一流的啊,于是赵伟平就走到了锅台边,兴奋地打开了它,当然了,也是凉的。锅的保温能力再强,也不是无限的。它在寒冷的冬天本来就会受到影响,更何况,放在这里已经好几天了,早就凉透了。

那高月呢?赵伟平忽然想到了高月,高月在生气的时候,一直等不到自己联系她,好心送了一锅汤来自己家里,就看见自己把陆文洁的杯子放在了那个最显眼的地方,她一个女孩子,承受得住这样的打击吗?

赵伟平沉默了一会儿,他把高月买来放在自己这里的锅插上了电,把那有点馊了的汤全部倒进去加热,而后一口一口全部吃完了。高月准备的分量很足,赵伟平大概只吃了三分之二就饱了,但是他一点也不想浪费,休息了一会儿,坚持着把剩下的也吃完了。也不知道馊了的汤再加热一次能不能杀菌,但是赵伟平对自己说,只要剩下一口没喝完,那就是对不起高月对自己的心意。自己现在无论如何也要把高月追回来。她是这个世界上对自己最好的女人了,无论如何也不能亏待了她,更不能辜负了她。

于是赵伟平也开始学炖汤。他想着自己学会做饭,也天天送饭给高月吃,希望这样能让她感受到自己的诚意。炖汤不难学,但是要炖得好喝,那就很讲究了。赵伟平知道自己一个门外汉,短时间之内是无论如何也做不出高月做的那种味道的,但是无论如何,至少要让人喝完以后有所回味,不然就算送到高月手上,人家根本不想喝也没用。

三天之后，赵伟平第一次带着炖好的汤去了高月家里，试着敲门，但是高月仍然不开。于是他就把汤锅留在了门口，还留下了字条。可是第二天来的时候，汤锅还是静静地躺在门口，连字条的位置都没变。赵伟平叹了口气，把汤收走了。接下来，他养成了一个固定的习惯，炖好一锅汤送给高月，第二天再来把丝毫没有动过的汤收走，第三天再送一锅汤过来，如此反复。就这样过了两周，一切都没有变化，赵伟平想尽了办法，甚至用汤锅挡住了门，这下汤锅被移到旁边去了，但是依旧没有被喝过一口。

赵伟平也不知道自己什么时候能够成功，或许要很久以后，在那之前，自己炖了这么多次汤，就当作是锻炼技术了。虽然高月始终不搭理自己，但是赵伟平一直在坚持。

三月末的时候，赵涛打了电话过来，为的是复赛的事情。赵伟平一下子就想起来赵涛参加的那个比赛，问赵涛什么时候去参赛，自己到时候带他去。没想到赵涛只是笑了笑，说不去了，自己放弃了。赵伟平十分诧异，问起原因，赵涛说，其实他现在已经找回本心了，自己热爱歌唱，那么只要自己能够唱得开心，身边人开心就好，何必非要以这个为出路，还是等到大学再说比较好。他打电话过来，是希望赵伟平能够去联系一下主办方，说明一下赵涛弃权的事情，免得人家不知道赵涛不来，又白费一番功夫。说实话，赵涛放弃比赛，赵伟平心里还觉得有点惋惜，但是他尊重了赵涛的决定，第二天的时候，就去了主办方在北京开设的分区，找到了负责人。

负责人了解了赵伟平的来意以后，就在电脑上修改比赛信息，剔除赵涛的参赛资格，而赵伟平就在旁边看着。负责人无意间说了一句，其实赵涛这个年纪，马上就参赛，红一波，将来的路是很好走的，无论如何也比普通大学生要好过很多。等到过了这个年纪，或者等到大学毕业了，要谋出路那就太难了。

赵伟平明显能够感觉到，当时在场的所有人，虽然不认识赵涛也不认识赵伟平，但是在听完之后，神色里都是带着惋惜的。这下赵伟平有点按捺不住了，他让负责人停止操作，自己走了出去，马上就打了个电话到赵启平那里。幸好这天是周日,赵涛就在家里,马上就和赵伟平通上了话。而这个时候赵伟平却不知道说什么了,只好把负责人说的话都说了一遍给赵涛听,最后劝赵涛不要放弃。赵伟平也不知道自己为什么会转变了态度,但就是觉得,不应该埋没了赵涛。

而赵涛的回答很简单、很果断:"不用啦,我已经放弃了。"

赵伟平愣了一下,追问道:"放弃了,你想好了吗?"

赵涛安静了一两秒,平静而坚定地回答道:"是的,我想好了。谢谢你给我的帮助,但是我觉得我不会继续了。"

既然如此,赵伟平也就没有再说什么了。挂完电话之后,他让负责人继续删除了赵涛的信息,然后离开了。

赵涛的人生会是怎么样的呢?赵伟平站在车水马龙的街道上,看着来来往往的、形形色色的行人,他们之中有多少人像赵涛一样,曾经有一个十分美好的梦想,最后却没有坚持?又有哪些人是坚持了自己的梦想,目前还在奋斗的路上?赵伟平不知道。他只能在心里祈求赵涛今后的日子一切顺利。没有人知道自己未来的路会是什么样子,更不知道别人会拥有什么样的人生。每一条道路,都拥有无限的可能。

在四月初的某一天,赵伟平的努力终于有了成果。这一天他照例炖好汤,然后送到高月家里。此时,他炖汤的技术已经过得去了,虽然还是远远比不上高月的,但是起码自己喝起来感觉还行。只不过,他依旧不知道高月什么时候会愿意喝自己炖的汤。

在他去高月家的路上,忽然就下雨了。赵伟平没有带伞,下车的时候只能冒雨冲进了楼房,一直到了楼上,站在门口放下汤。他有点担心高月万一没有带伞,也淋湿了怎么办?但是这么担心也没有办法,就算自己有伞,不知道高月在哪儿,也没办法送到人家手上。赵伟平下了楼,站在门口,看着漫天的雨幕,打算等到雨停了再走。

命运就是这么喜欢捉弄人。赵伟平被雨淋过,浑身湿漉漉的,十分狼狈,在这个时候,高月出现了。她打着伞从远处走来,一点点接近，挡在两人之间的雨幕一点点变薄，慢慢地，他们都认出了彼此。赵伟平一时间有些惊慌失措，怎么这个时候忽然就见到高月了，他还没有做好准备来面对这个情况。高月似乎也没料想到会有这种情况，可是赵伟平就在楼房门口，自己要回家总不能飞檐走壁回去。她只好硬着头皮走了过来。她进了大门，收了伞，没有看赵伟平，倒是赵伟平一直看着她。赵伟平绞尽脑汁想要说出一点挽留的话来，但是什么都说不出来，反而是高月说了一句："你以后还是别来找我了吧，也别给我送汤了，我不会喝的。"

赵伟平欲言又止，这时候，高月已经开始上楼了。眼见这么好的机会就要错过了，赵伟平只能硬着头皮说了一句："能聊聊吗？"

"不能。"高月的回答干脆而利落，"也别跟着我。"

高月说完就上楼了。赵伟平叹了口气，靠在墙角，默默地蹲了下去。他恨不得现在就跑上楼，跪在高月的面前道歉，承认自己的错误，请求高月原谅自己。可是事情都已经演化到现在这个局面了，看看高月对待自己的态度，赵伟平不觉得自己能够成功。

是啊，既然成功不了，那就不尝试了吧，强硬地要求人家原谅自己，反而会让她心生不快，只能再想想其他办法了。赵伟平又等了很久，一直等到天完全黑了，雨才小了一点，这时候他才冲了出去，钻进自己的车里走了。

他不知道的是，在楼房之上，某个窗口里，有个人正隔着雨幕关注着他的车，直到车子开走，那个人才关上窗户，离开了窗口，一切归于平静。

第二天，赵伟平仍旧去送汤。他知道自己的做法有点固执了，可是他乐意。他来到了高月的家门口，把汤放下，正准备走人，忽然觉得有点累，于是就在旁边的楼梯上坐了一会儿。高月现在在家吗？赵伟平不知道，如果在的话，她现在在做什么呢？如果她忽然开门出来，见到自己，会不会愿意跟自己说几句话？如果愿意的话，会说些什么，自己能不能得到她的原谅？

赵伟平这么想啊想，没想到门竟然真的开了。高月手上提着一袋垃圾正要出去扔掉，没想到赵伟平就在门口，两人的视线对上，不免有些尴尬。良久，高月才低下头，叹了口气说："进来吧！"

赵伟平如获大赦，马上拿起汤锅进去了。高月在沙发上坐下，赵伟平也坐下，并且把汤锅放在了茶几上。高月看着那锅汤，沉默不语。良久，赵伟平试探性地开口道："能聊聊吗？"

高月点了点头，"嗯"了一声。

赵伟平："我要道歉，我当时不该对你那么凶，是我不好。"

高月沉默了一会儿才说："你为什么要留着陆文洁送的杯子？你知道你不应该这样做的。"

赵伟平摇了摇头："那毕竟是人家的遗物，我宁愿做个罪人，也不能把遗物给扔了呀。"

看着高月瞠目结舌的样子，赵伟平长长地叹了口气，说："你记得那场地震吗？"

高月觉得自己仿佛沉默了半个世纪。片刻之间，所有的事情都联系上了。为什么感情那么好的两个人会突然分开，一点预兆都没有，只能是其中一个人忽然离世，阴阳两隔，而自己竟然一直没有想到。赵伟平日历上画的最后一天，高月写到一半忽然停笔的日记，那个日期，那个城市，陆文洁竟然忘了那天发生过一场地震。这样一来，一下子就解释得通了。对于初恋李冰，对于后来的江衫，赵伟平都丝毫不遮掩，因为分手了，不爱了，何必要隐瞒。偏偏对于陆文洁只字不提，因为她意外离世了，赵伟平还没来得及减淡对她的感情，就这么离开，谁受得了？因此只能尽量不提。

高月忽然觉得愧疚了。对赵伟平这么好、默默帮了赵伟平这么多的女人，遭遇灾难而离世，别说留着杯子，哪怕在钱包里留一张相片作纪念，高月都觉得不过分。而那个杯子，那是遗物啊，说扔就扔？不太可能吧。至于那三本日记，现在想想，自己偷偷阅读的行为，也是对于逝者的大不敬，错在自己。

一切全部反转过来了，原先对于赵伟平的种种责怪，一下子全部变成了内疚。那个杯子寄托着赵伟平对于曾经的爱人甚至是恩人的纪念，换作是自己，也舍不得扔的。他们闹矛盾都一个多月了，现在知道一切都是误会，若要和好的话，却又总觉得怪怪的。高月琢磨了半天都不知道解释些什么好,只好挠了挠头道:"对不起,错怪你了。"

"我做得也不对。"赵伟平说。

两人现在的处境非常尴尬,尤其是高月。她怎么都想不明白现在这个状况到底是怎么产生的,为什么两个人已经说清楚了误会,还是没办法坦然地说出和解这两个字?她思考了很久,正在想对策,谁知赵伟平先说了一句:"喝汤吗?"

高月想也没想就点了点头。赵伟平去厨房里拿碗,高月如获大赦,总算不用承受这样的沉默了。赵伟平倒了两碗汤,但是他自己不喝,只是默默地看着高月喝,然后问了一句:"怎么样?味道还可以吧?"

高月点了点头,表示还行,然后就默默地喝完了那一碗。

赵伟平挠了挠头说:"那我明天继续送过来。"

高月正在喝第二碗汤,听到这话差点把汤喷出来,但还是点了点头。随后她让赵伟平也喝,赵伟平喝是喝了,但是更多的时候,目光还是停留在高月身上。喝完了汤,赵伟平也不知道说些什么。今天高月让他进了房间,还喝了汤,对于赵伟平来说,已经是很大的进展了,现在不能急,慢慢来。

高月在楼上目送着赵伟平离开,然后回到了房间里,把自己一头蒙在被窝里,心里有点想哭,又哭不出来。仅仅是因为一点误会,他们就闹这么久的别扭,实在是不值得,明明第二天就可以和好的。但是两个人的关系已经僵了这么久,他们还能够和好如初吗?

她不知道赵伟平会不会不计较这些,也不知道自己能不能够摆稳心态来面对这一切。她是想要和解的,但是怎么和解,是个大问题,这涉及很多她自己也说不清楚的东西。

另一边,赵伟平就比较轻松了。他是一心一意想要高月回到自己身边的,今天有了这样大的突破,他在回去的路上都不停地哼着歌。然而他不清楚高月的心思,看高月喝汤的时候一脸淡然的样子,又觉得高月对自己的感情已经十分淡薄了。他也为此发愁,但是他相信只要努力下去,高月一定会回心转意的。他依旧每天给高月炖汤,依旧是放在门口就走,而高月则不知道怎么面对现在的赵伟平,每天都尽量晚回家,就算在家里,也故意装作不在。她把几个联系方式的拉黑都解除了,赵伟平可以给她发消息了,但是她从来都不回复。她甚至不知道,自己是不是还喜欢赵伟平,还是只因习惯了这样子的生活,难以割舍?

她甚至想过要搬家,彻底和赵伟平断绝联系。但是不知道为什么,她始终没有这么做。

就这样一直到了五月初,赵伟平都有些麻木,甚至有点疲惫,想要放弃的时候,姐姐打来了一个电话,而就是这个电话,帮了他一把。

第二十八章　梦的终点

赵雨晴要结婚了,这对于赵伟平来说是个天大的喜讯。他们家最敢于追求自我的就是赵雨晴了。她想走就走,想支教就去支教,十分自由,丝毫不管家里人的反对。赵伟平对于她的形容只有一个字——酷。姐夫洛桑也是个很不错的男人,他们彼此相爱,一起在四川生活,将来的日子,想想就十分美满。这样两个有想法,敢于大胆去做的人,真让赵伟平有点羡慕。

不过让赵雨晴有点尴尬的就是她的户口本还在父母那里。哪怕所有人都同意,哪怕全天下的人都在祝福他们,只要父母不给户口本,他们也没有办法。因此,赵雨晴打了电话给赵伟平,一来是通知赵伟平自己要结婚的消息,二来就是希望赵伟平能够帮忙,劝说父母祝福他们。

赵伟平当场就答应了下来,但是挂了电话之后却又犯愁了,该怎么让父母答应呢?女儿老家在湖南,却远嫁到四川去,在那个城市里,看不见家的方向,这要让父母怎么同意?太难了。但是赵伟平还是打算试一试。琢磨了半天,都不知道怎么说好,这个时候他想起了高月,决定向高月求助。

他发短信给高月,直接说自己的姐姐要结婚了,他必须劝说父母同意,但是口才不好,因此想请高月帮忙,高月这么厉害,应该不会拒绝这点小小的请求吧?结果也正如赵伟平预想的那样,当天赵伟平送汤的时候,屋内的高月听见脚步声,就把门打开了,让赵伟平进去。

他们两人讨论了一会儿,商量出这么一个办法,赵伟平给父母打电话,开免提,让高月也能听见,然后赵伟平和父母进行对话,不管父母说什么,都由高月进行回答,但是并不是由她直接说,她只是在赵伟平耳边轻轻说出来,然后赵伟平告诉父母。如此,两人合作劝说赵伟平的父母同意赵雨晴的婚事。一切都准备好之后,赵伟平才给父亲打了电话。

对于赵伟平的电话,父亲意外之余带着难以掩盖的兴奋,寒暄了几句之后,赵伟平就说起了正事,姐姐要结婚了。

花了很长的时间,父亲在终于接受了这个事实之后,就开始询问赵伟平关于女婿的情况。这下可难倒了赵伟平,他自己对于姐夫的了解,都是好的方面,但是不多也不深,要怎么说才能把事实全部说出来,又让父母对这个女婿十分满意呢?

好在旁边有高月在。赵伟平只是简单地说了几个关键信息,高月就充分发挥了她的能力,给这个人添加上了各种恰到好处的修饰,完善了他的形象,又不会过于美好而显得不真实。一通介绍以后,别说父母,就连赵伟平自己都觉得这真是个值得托付终身的男人了。而后,父亲犹豫了很久,说不管怎么样,至少要让赵雨晴带着对方回家来当面沟通一下,二老心中也有个数,再论婚嫁的事情。

赵伟平答应父母一定会转告给姐姐,然后他们就挂了电话。在挂断之后,高月才问:"你姐姐为什么不自己跟父母说?你的父母要见女婿,又为什么不自己跟你姐姐说?"

赵伟平十分无奈,如实道:"姐姐就是因为太有自己的思想,太不听话了,导致爸妈跟她的关系一直不好。他们有彼此的号码,但是基本都不联系的。"

高月点了点头,就没有再说话了。而后,赵伟平又打电话给赵雨晴,告诉了她父母的要求。但是赵雨晴则显得很为难,她的丈夫,虽然是个不错的人,但是并不是父母中意的那种类型,所以她不敢直接和父母说,而是想要通过赵伟平来劝说他们。

赵伟平想了想,对赵雨晴说,你要结婚,无论如何也得把你的另一半带回家里给父母看看,也算是对生你养你的老父母有个交代,不是吗?

赵雨晴很无奈,既然父母的死命令已经下了,不带人回去见一面是没有别的办法的,于是只能同意了。赵伟平松了口气,但是心里还是担忧,万一父母死活不同意赵雨晴的婚事可怎么办?思前想后,赵伟平决定跟着赵雨晴回家一趟,这样万一有什么问题,自己就在旁边,可以帮上一点忙。他就跟高月请了个假,说自己接下来几天要帮助姐姐处理结婚的事情,得回老家,不能够给高月炖汤了。高月"扑哧"一笑,说你又不是我雇来的,去就去呗,请什么假啊,我不会有事的,诸如此类一大堆的话,终于让赵伟平安心地回了老家。

可是高月真的有事了。赵伟平走了以后,她每天喝不到汤,得自己动手了。这之前那么多天的时间,只要自己一回到家,一定有一碗热腾腾的汤可以直接喝,不需要自己动手准备。然而现在赵伟平离开了,回到家里以后,要么自己花很长的时间做饭,要么只能吃外卖,前者太累了,后者又不对胃口。赵伟平的汤味道不如自己做得好,但却实实在在地给了高月一种家的感觉,那种在外面经历了风霜雨雪,回到家里,有一个人等着自己,给自己温暖和怀抱的感觉,令人迷醉。

高月想起了很久之前,自己也每天给赵伟平炖汤时的情形。那时候赵伟平的感受,绝对不会比自己弱吧!他的工作要求更高,那是一个公司中权力和地位最高的人,相应的责任也最大,他每天该面对多少事情啊!而他回家之后有个人等着自己,有一碗热汤等着自己,当时的赵伟平感受到的,应该就是自己后来在赵伟平身上感受到的幸福吧。

但是高月还是有些摇摆不定,犹豫着要不要迈出这一步,以及究竟要怎么做,才能够妥善地处理这件事,让他们毫无裂隙地继续在一起。

这个问题其实一直以来都困扰着赵伟平,现在同样也困扰着高月。她自己炖汤的时候,每次都是炖两个人的分量,剩下的只能放在冰箱当作夜宵,或者留到第二天喝,甚至倒掉。好几次,她喝汤的时候,希望赵伟平就坐在桌子对面,和自己一起喝汤,一起分享温暖。

人在本质上就是孤独的,谁都不会例外。区别就是,很多人可以通过各种各样的方式来充实自己,可能是游戏,可能是阅读,可能是艺术创作,还有的人甚至会用酒精。这些虽然不全是好的,但却实实在在地填补了很多人内心的空缺。而要摆脱孤独,最好的办法,就是找到陪伴自己余生的那个人。两个人携手前行,相互关怀,互相倾诉,那是一件多么幸福的事情,然而我们不全是为了填补孤独才彼此相拥。从一开始的关怀倾诉,到最后的无话可说,不能够白头到老的关系很多,谁的人生都不可能一帆风顺,缘分不由人,但我们还是相信缘分,因为幸福是你在兜兜转转之后最终遇到了对的那个人。高月承认,她想要这样的生活,而她理想之中的另一半,就是赵伟平。高月清楚地知道,但还差一点点动力才会跨出这一步,和赵伟平和好。她知道赵伟平还深爱着自己,而自己也是爱着赵伟平的,他们稍微靠近一点,马上就会重归于好,自己就会和赵伟平永远在一起,结婚生子,共度余生。这些幸福的事情,她几乎都可以看见了,仿佛就在眼前,伸出手就可以触摸到。

她也愿意接受这样的人生,现在差的就是一个动力而已。而这个动力究竟从哪儿来,她也想不明白。

她在孤单和期盼之中等了几天,赵伟平回来了。一下飞机,他就迫不及待地给高月打电话,这一次她没有任何犹豫地接了。知道赵伟平回到了北京,高月兴奋地几乎要跳起来,但是她依旧在电话里保持着平静。两个人聊了几句,赵伟平还要赶路回家,于是就挂掉了电话,而高月则是抱着手机在床上打滚,她太兴奋了,赵伟平回到北京了,也就是说,最迟明天晚上,他们就可以见面了。

高月忽然意识到,其实自己心里一直缺少的那点动力,就是自己内心的那点真实且没有任何伪装的情感,我们大多数时间都是因为不必要的面子或缺乏勇气而分道扬镳。其实很多是是非非的对与错只不过是你自身的那点执着。

第二天中午,赵伟平打电话问高月晚上想喝什么汤,高月说你空手过来就行了,我炖汤,你炖的没我炖的好喝。赵伟平满心欢喜地答应了,整个下午都沉浸在喜悦之中,早早地就离开了公司,来到高月的家里,汤还没炖好。两人坐在沙发上,高月问起了赵雨晴的事情。赵伟平微笑着点了点头说:"他们最终还是走在一起了。"

老一辈的思想都比较固执,赵伟平不能强求他们,只能劝说,赵启平为了妹妹也特地从局里跑回家里,在兄弟俩的共同努力下,父母最终还是点头同意,拿出了户口本。

也许是劝说有了效果,也许是他们的感情让父母有所触动,缘分到了不是他们可以左右的,也许意识到自己老了,没办法再为儿女做更多的决定了,他们终究是答应了这门婚事。赵伟平也觉得身上的担子落了地,眼见自己的姐姐找到了归属,快乐又幸福,缘分就像在一个地方画一个圈,不知道起点在哪里,但是终点终归会回到起点。赵伟平向高月表达着心中的思念,毫不掩饰自己的感情。高月的心被这番话说得仿佛融化了,赵伟平看着高月,高月看着地板,沉默了好久,高月觉得有些尴尬了,但是内心又非常开心,闹钟响了,高月如释重负,起身去厨房里关掉闹钟,把炖好的汤盛出来。

此时,赵伟平来到高月身边看着她忙活,并从身后抱住她说,我现在家里就缺少这样一个女人,问高月愿不愿意去,自己可以用余生请她,期限一生。

高月"噗嗤"一笑,说:"你家的厨房那么小,我才不去呢。"

赵伟平说道:"这不是问题,我买个两百平方米的房子,留出一百平方米给你做厨房,怎么样?"

高月没有理会他,只是把汤端到了饭桌上,让赵伟平去喝。她把赵伟平的话都听进去了,也确实在考虑,可就是不知道如何是好。赵伟平追问她,而她只是简单地回答道:"先喝汤,喝完了再说。"

于是赵伟平就开始乖乖地喝汤,一口一口,细细品味。他已经好久没有喝过高月炖的汤了,这久违的味道让他欲罢不能。喝汤仿佛已经变成了他的一个习惯。

喝完汤以后,赵伟平又问了高月一次,这次说得更直接:"我们继续在一起吧,好不好?"

高月愣了,思考了一会儿,她说:"这样吧,明天下午下班以后,你在你们公司门口等我,到时候我们再决定。"

没等赵伟平点头,高月就拉着他站起来,把他推出了门,再用力地把门关上。门刚关,高月就靠在门上,捂着发烫的脸蹲下来。赵伟平在门外站了一会儿,笑了笑,然后就走了。他不知道高月这是什么用意,只是觉得,明天一定会有结果。

赵伟平现在不会再因为高月而影响自己的工作了。工作时,他虽然经常会想到下午要和高月见面并且满怀期待,但是不会因此而分心导致无法工作。正相反,他以非常高的效率处理好了今天的事务,然后早早地宣布下班,还请员工去吃了烧烤,自己在公司门口等着高月。没多久,高月就来了,赵伟平笑了笑,平静地问她:"怎么决定?"

高月心里已经有答案了。但是她还是故作神秘地说:"我想了一晚上了,都不知道如何是好。这样吧,我们交给上天来决定,如何?"

赵伟平想了想,捉摸不透高月葫芦里卖的什么药,但还是点头同意了。高月接着说:"我们现在各自去坐地铁,你坐四号线,我坐八号线,随便挑一个站上车,不要知道对方在哪儿上,也不要知道对方什么时候上车。坐到西单站就下来,如果我们同时下车,在地铁站碰上了,那我们就继续在一起,怎么样?"

赵伟平始终捉摸不透高月的这个想法究竟有何用意,但是也没办法拒绝,只能同意了。高月见他没有反对,就冲他笑了笑,然后转身跑开了,片刻之后,就被人群淹没消失在了街道上。

赵伟平拿出手机查了四号线的线路图,然后打车去了线路上的一个地铁站。进站之后,赵伟平查看了路线图,希望以最快的方式到达,哪怕不能同时下车,自己也可以下车在那里等她。

车子平稳地前进着,很快就到了西单站。赵伟平怀着忐忑的心情下了车,然后就在地铁站内寻找了起来。他前前后后找了三遍,没有看到高月。

这让他很是郁闷,内心忐忑不安,这个游戏就这么轻易地决定了自己和高月是否继续在一起吗?赵伟平有点难以接受,但是高月是这么说的,他无法更改。他在地铁站里又等了一会儿,直到下一趟车来到这里,这时候高月依然没有出现。

于是,他离开了。他默默地走出地铁站,想要呼吸一下外面的新鲜空气,结果刚出大门,就看到了街道边上那一抹俏丽的身影。

高月正在那里站着,她微笑地看着赵伟平,朝他挥了挥手。赵伟平马上跑过去,还没明白这是怎么回事,高月就笑吟吟地开口了:"你怎么现在才出来啊,我等你好久了呢!"

赵伟平低下头说:"不是在地铁站汇合吗?"

高月捂住了赵伟平的嘴说:"我们这不是碰见了吗?"

趁着赵伟平愣神的工夫,高月继续说:"傻瓜,我其实根本没有去坐地铁,而是直接打车来了西单站等着,我等了你三个小时呢!因为我知道你一定会在车站里等我,我就在车站外面等你,只要你不坐着地铁回去,我们终会在站口相遇,终点之后便是我们新的起点。"

赵伟平心里的疑惑解开了,他问:"那你为什么还要这样?"

高月笑了笑,拍了拍赵伟平的肩膀,说道:"仪式感而已啊,其实我的心里早就有答案了。我站在这里等你,赌的就是我能不能坚守这个答案,一直坚守到你出来为止。"

赵伟平回头看了看,除了陆文洁去了另一个美好的世界以外,好像自己认识的每个人都找到了自己的归宿。

九月份,狂躁的夏天刚刚过去,空气里还残留着夏日的余温,但是已经能够感受到凉爽。在这样一个舒适的月份里,赵雨晴和洛桑举行了婚礼。婚礼的规模很小,西式的,只用了一间小小的礼堂,请的人也不多,都是一些比较重要的亲人和朋友,其中自然有她的亲弟弟赵伟平,而赵伟平也带上了高月。婚礼是所有女孩子都非常憧憬的,高月也不例外。而赵伟平,正等着这一天。

除了赵涛因为上学不能前来之外,家里其他人都来了,父母也抛弃了所有的成见,衷心地祝愿赵雨晴婚姻幸福,只是他们对于这个西式的婚礼不太能接受,多次想要掏钱办几桌酒席,都被制止了。大哥和嫂子就很理解他们,送了很多生活用品,以及一些祝福的话语。赵伟平面对这种情况有点不知所措,干脆就给赵雨晴支教的小学捐了一笔钱,盖了几间新教室,赵雨晴很开心,想要用赵伟平的名字来命名这些教室,被赵伟平谢绝了。

除了家人之外,其余的大部分都是支教的同事,或者曾经在这所小学支教过、听闻喜讯之后特地前来祝福新人的前辈。主动参加支教的人,都会把彼此当作是好友乃至亲人,因为他们对于孩子们的热诚是一样的,那些人赵雨晴可能连名字都叫不上来,但是他们的祝福,还是让赵雨晴万分开心。

高月看着赵雨晴和洛桑的幸福,眼眶之中不禁涌出一点泪水。

"哭什么啊?"赵伟平问。

"可能这就是姐姐想要的生活吧!"高月说,"和爱人一起在偏远的地方支教,也许生活质量不好,也许工资低,也许每天都会承受各种各样的压力,也许会永远失去大城市的种种便利,但是能够把孩子们一个个培养成才,看着他们长大,这就是一种莫大的幸福啊。每个人都有自己向往的生活,而且每个人都过得不一样。对于你来说,就是做一个公司的老总,维护好自己的企业;对于我来说,就是履行好记者的职责,不断地把人间的真善美和黑暗角落都袒露出来给世人看;对于哥哥赵启平来说,维护县城的安宁,让人们安居乐业就是最棒的;对于赵涛来说就是唱歌;对于燕子来说就是不断地写东西……"

赵伟平说:"你说漏了一点,对于我来说,还有一点至关重要,那就是要把你给娶回家。"

高月笑吟吟地看着赵伟平,捏了捏他的脸说:"你就知道嘴上说好听话,你倒是说说看,你准备什么时候跟我求婚啊?"

没想到刚说完这句话,赵伟平轻轻地笑了笑,就转身对着高月单膝跪了下来,这个举动把高月吓得后退了半步。只见赵伟平的手上拿着一个小盒子,他注视着高月,慢慢地将盒子打开,露出里面的戒指,高月的眼眶红了,而赵伟平看着高月,庄重地喊出她的名字的时候,她就已经迫不及待地要点头了。

多少年过去了,他终于找到了自己的归宿。他去过很多地方,见到过很多人,经历过很多事情,有些让他感动,有些让他深思,有些给他留下了怎么也不会消散的回忆。正是因为这些,成就了现在的赵伟平,以往的点点滴滴对他来说都是不可或缺的。而这也引导着赵伟平遇见高月,引导着他和高月来到这个婚礼上。在这美好的氛围中,赵伟平拿出了早就准备好的戒指,用那个十分简单但是意义重大的单膝跪姿,向高月表达爱意,请求她嫁给自己。他没有说很多动情的话,只有简简单单的一句:"你的余生,和我一起度过吧!"

高月闭上眼睛,深深地吸了口气,勉强让自己不要瘫倒在地上。她颤抖地伸出手抚摸着那枚戒指,眼泪一下子就流了出来。她用力地点了点头。赵伟平猛地站起来,一把将她抱在了怀里,而她也伏在赵伟平肩头,放肆地哭了起来,每一滴眼泪都是那么真实、那么幸福。

婚礼现场又响起了一阵掌声,所有人都看向了他们,看向这对幸福的人,在心中向他们送出祝福。未来是什么样的,没有人知道,但是只要身边有你,这就够了。

缘来是你,余生相伴,此生无憾。